周大新文集

预警

YU JING

人民文学出版社

图书在版编目（CIP）数据

预警/周大新著. —北京：人民文学出版社，2016
（周大新文集）
ISBN 978-7-02-011493-1

Ⅰ.①预… Ⅱ.①周… Ⅲ.①长篇小说—中国—当代
Ⅳ.①I247.5

中国版本图书馆 CIP 数据核字（2016）第 058277 号

选题统筹　付如初
责任编辑　付如初
装帧设计　陶　雷
责任校对　刘光然
责任印制　王重艺

出版发行　人民文学出版社
社　　址　北京市朝内大街 166 号
邮政编码　100705
网　　址　http://www.rw-cn.com

印　　刷　三河市鑫金马印装有限公司
经　　销　全国新华书店等

字　　数　235 千字
开　　本　640 毫米×960 毫米　1/16
印　　张　21.25　插页2
印　　数　3001—5000
版　　次　2016 年 10 月北京第 1 版
印　　次　2017 年 6 月第 2 次印刷

书　　号　978-7-02-011493-1
定　　价　32.00 元

如有印装质量问题，请与本社图书销售中心调换。电话:010-65233595

自 序

自 1979 年 3 月在《济南日报》发表第一篇小说《前方来信》至今,转眼已经 36 年了。

如今回眸看去,才知道 1979 年的自己是多么地不知天高地厚,以为自己的生活和创作会一帆风顺,以为自己可支配的时间多得无限,以为有无数的幸福就在前边不远处等着自己去取。嗨,到了 2015 年才知道,上天根本没准备给我发放幸福,他老人家送给我的礼物,除了连串的坎坷和成群的灾难之外,就是允许我写了一堆文字。

现在我把这堆文字中的大部分整理出来,放在这套文集里。

小说,在文集里占了一大部分。她是我的最爱。还在我很小的时候,就对她产生了爱意。上高小的时候,就开始读小说了;上初中时,读起小说来已经如痴如醉;上高中时,已试着把作文写出小说味;当兵之后,更对她爱得如胶似漆。到了我可以不必再为吃饭、穿衣发愁时,就开始正式学着写小说了。只可惜,几十年忙碌下来,由于雕功一直欠佳,我没能将自己的小说打扮得更美,没能使她在小说之林里显得娇艳动人。我因此对她充满歉意。

散文,是文集的重要组成部分。如果把小说比作我的情人的话,散文就是我的密友。每当我有话想说却又无法在小说里说出来时,我就将其写成散文。我写散文时,就像对着密友聊天,海阔天空,话无边际,自由自在,特别痛快。小说的内容是虚构的,里边的人和事很少是真的。而我的散文,其中所涉的人和事包括抒发的感情都是真的。因其真,就有了一份保存的价值。散文,是比小说还要古老的文体,在这种文体里创新很不容易,我该继续努力。

电影剧本,也在文集里保留了位置。如果再做一个比喻的话,电影剧本是我最喜欢的表弟。我很小就被电影所迷,在乡下有时为看一场电影,我会不辞辛苦地跑上十几里地。学写电影剧本,其实比我学写小说还早,1976 年"文革"结束之后,我就开始疯狂地阅读电影剧本和学写电影剧本,只可惜,那年头电影剧本的成活率仅有五千分之一。我失败了。可我一向认为电影剧本的文学性并不低,我们可以把电影剧本当作正式的文学作品来读,我们从中可以收获东西。

我不知道上天允许我再活多长时间。对时间流逝的恐惧,是每个活到我这个年纪的人都可能在心里生出来的。好在美国麻省理工学院的布拉德福德·斯科博士最近提出了一种新理论:时间并不会像水一样流走,时间中的一切都是始终存在的;如果我们俯瞰宇宙,我们看到时间是向着所有方向延伸的,正如我们此刻看到的天空。这给了我安慰。但我真切感受到我的肉体正在日渐枯萎,我能动笔写东西的时间已经十分有限,我得抓紧,争取能再写出些像样的作品,以献给长久以来一直关爱我的众多读者朋友。

感谢人民文学出版社给了我出版这套文集的机会!

感谢为这套文集的编辑出版付出大量心血的付如初女士!

2015 年春于北京

目　录

上阕：能不心弦颤

下阕：浪大舟回晚

……

人类正在向一个危险的地方走！

你所说的那个危险地方究竟是什么样子，它危险在哪里？

那儿满布着可致人类毁灭的巨大陷阱。

能不能说得明确点？可否拿科学用语来描述？

还是靠你自己去悟好，我说出来又会引起舆论大哗，还有对我的人身攻击，我受到的攻击已经够多了。

你是不是希望通过这类恐吓之词获得预言家的声誉？预言家要比哲学家的社会地位高吧？获得的金钱回报也会多些?!

……

——《詹姆斯·乔与温特莱莉谈话录》

上阕：能不心弦颤

上图：绝不必放魔

人生的每个年龄段,都有需要谨慎对待的事情。

　　过了五十岁之后,大校孔德武在和年轻女人们打交道时,变得格外谨慎起来。这其中的原因,大概有三。其一,是他的夫人樊怡有点神经过敏。每逢有女人来电话找他,不管是上级还是下级抑或是地方上有工作联系的同志,她都要屏了息听他们说话,末了,还要问一句:她是谁?我怎么听着挺年轻的?! 弄得他常常要解释半天。他知道这是樊怡进入更年期以后的正常心理反应,也是她开始不自信的表现,所以他得小心。对年轻女人,他一般不给对方留电话,也很少参加她们所办的活动,更不和谁单独相处,免得妻子疑神疑鬼。其二,是他注意到,这些年因与年轻女人有亲密关系而下台甚至进监狱、判死刑的中年官员越来越多了。那其中有多少原本很优秀的男人,因为没能控制住自己,和年轻女人搅在了一起,为了她们而贪污受贿,从而使半生的奋斗成果付之东流,太亏了。自己由一个小兵一级一级干起,直干到了大校,当上了998部队的作战局长,其间付出了多少努力,绝不能让哪个年轻女人毁掉自己的前途。其三,是他暗中发现,自己内心里愿和年轻女人接触的愿望变得强烈了。有时在大街上看见一个长得靓丽的年轻女人,都想停下步盯住人家多看几眼;工作场所若来了漂亮的年轻女人,自己总会没来由地情绪高涨很是兴奋;酒桌上要是有了漂亮女人,就止不住地想显示自己的酒量,每每都会喝多。这是一个危险的变化,是五十岁之前所没有的现象。过去,若是看见一个漂亮女人,总会悄悄拿她和樊怡比一比,比完总是很满足。如今这是怎么了?是人在老去过程中出现的正常补偿心理?是害怕自己再也引不起年轻女性的注意?是受那些影视剧影响想单纯追求新鲜刺激?有人说人老了容易好色,果真如此吗?你孔德武老了吗?

德武因此对自己提高了警惕。他常常在心里警告自己,孔德武,你得小心些,少让你的眼睛朝年轻女人身上瞄!别动歪念头,你得把持住自己!

他的生活因而变得很规律。只要是不下部队不开会,他的活动轨迹差不多就是两点一线:从家里到办公楼,再从办公楼到家里。作战局是998这支部队机关的核心局,平日和军队、地方上的很多单位打交道,需要应酬的人也很多,可他很少参加那些应酬性的活动,对因工作而有的饭局,他也多是借口忙,让副局长们顶替他参加。他最近的工作也的确忙,陆基作战值班部队的轮替,战略核潜艇部队的出航巡逻,可执行空投核武任务的飞行部队的检查,新型导弹的列装,各种当量核弹头的查验,陆基移动发射阵地的变换,他都要一一操心,常常晚上还要加班。他一直记着刚上任时何司令对他说的那句话:你这个作战局长是我们这支部队的核心人物,将来仗打不好,我一定要拿你是问!

正因为忙,当他在周五下午接到家乡驻京办主任的电话,说陈市长来京,今晚想请一些在京工作的同乡们吃饭时,他没有立刻答应,握住话筒犹豫着找什么回绝的借口,后来想想家

4

乡的父母官来了,自己不去也不好,人家会说咱官小架子大,最后改口应道:好吧,我按时到。

金城驻京办就在京城四环路的边上,是一栋不大的八层小楼,装修也很一般,但每次来到这里,因接待人员说的都是家乡话,吃的又是拌荆芥、蒸苋菜和芝麻叶面条这些地道的豫西南饭菜,便使他有了一种回到老家的感觉。在进入办事处大门之前,他向作战值班室报告了自己所在的方位和地点,又检查了一遍那部专用于作战指挥的保密手机的通话状态,给司机交代了不要远离小车。身为核打击部队主管作战的局长,他必须让作战值班员知道自己当下所在的位置,和值班员保持电话畅通,并随时准备返回作战指挥室,以应付可能发生的任何意外事情。必要时,他可以在自己专用的作战指挥座车里,用先进而保密的无线通信方式与最高首长及作战部队保持联系指挥作战。

他和陈市长还有几个金城籍的国家机关的副部长、司局长们见面寒暄之后,便向宴会厅走。就在这时,德武突然觉得眼睛一亮,只见前边不远处站着一个穿着西装套裙的年轻女子。那女子面孔漂亮、身材曼妙、举止高雅,一看便知是一个很有教养的人物。德武不自主地把目光朝她贴过去,在心中暗暗称奇:办事处还能招聘到这样优秀的女子?

诸位领导,晚上好!那女子见他们一行人走近,边躬身施礼边用标准的普通话打了声招呼,声音极柔美。

你是——陈市长停下了脚步,他显然也是第一次看见她。

办事处主任这时急忙趋前介绍:陈市长,这是我们从亚洲大饭店为员工们请来的礼仪老师方韵女士。

嗬,我说嘛,这气质和我们办事处的接待人员就是不一样。陈市长一笑,与她握了握手,就向前走了。德武却忍不住又看了她一眼,在心里暗暗惊叹:上天竟能造出这样美妙的女人。不过他很快就让自己扭开了眼,并在心里提醒自己:你看什么?别心猿意马的!像什么话?

酒过三巡之后,陈市长向请来的各方官员们说起了家乡下一步的发展打算,德武开始认真去听。他的职业特点使他很难在经济建设上帮上家乡的忙,但他愿意说些自己的看法以供父母官们去参考。一桌人正说得热闹,忽然门一开,只见刚才见过的那位方韵女士,端着一杯红酒走进来盈盈笑道:各位领导,今天是个难得见你们的机会,我就大着胆子进来了。我要代表我们亚洲大饭店公关部的全体员工向你们敬一杯酒,同时向你们发出邀请,欢迎你们以后到我们饭店去举办会议、宴请宾客。我们是五星级饭店,会给你们最大的折扣和优惠。让你们享受到最好的服务!

好,好。众位官员都急忙礼貌地站了起来。陈市长笑道:你真是亚洲大饭店的好员工,什么时候都在记着饭店的利益。方韵很大方地和大家一一碰杯。她碰杯的时候,办事处的主任就向她一个一个地介绍着这些官员。介绍到德武时,她朗声道:孔局长,我们饭店离你们部队大院可是不远,咱们可以说是邻居,希望以后多多关照。见过各种大场面的德武面对这个浑身散发着诱人气息的美女,一时竟有些慌乱,端酒杯时竟然把杯子碰倒了。看看看看,美女一到身边,我们的孔大局长激动得酒杯都端不好了。有人在说笑。德武多少有些狼狈,急忙又让服务小姐加了酒喝下去。他临坐下时,注意到方韵朝他灿烂地一笑。他见状急忙扭开了脸。

那方韵敬完酒就又娇笑着说道:冒昧地提个要求,各位领导能否给我留个联系电话?有一个司长就开玩笑说:这么漂亮的女士要电话,我们当然是求之不得了,行,行,快拿笔来!

轮到德武写电话时,他分明是犹豫了一下,和这样漂亮的女人有联系,是极易引起人们注意和非议的;只是别人都留了,自己若不写,也不好,就把自己用于日常联系的那部手机号码写上了。孔局长的字写得真好!她拿过写号码的纸片时,又朝他妩媚地一笑。

那晚回到家,他像往常那样到书房去读书。他那阵子正在读美国一个军事理论家写的《导弹时代》,这书原本是很吸引他的,可那晚就是读不进去,字里行间总有那个方韵的美丽身影在晃动,晃得他的思绪飘忽。她有多大年龄?二十八还是二十九?反正不会超过三十岁的!她的皮肤可真是白嫩,还像少女一样!胸部饱挺得人不能不看;还有那发型,恰到好处的美妙,把一张脸衬得格外迷人;她用的什么香水?不浓不淡,可那味儿真是撩人……

啪。他把书扔到了桌上。他很生自己的气,在心里朝自己吼:孔德武,你真是无聊透顶!你一个五十多岁的局长,怎么变成了这样?你这样是会出事的,懂吗?这一吼,他才有些平静了。妻子樊怡听到他摔书的声音,走到书房门口问:怎么了?生啥气?

没,没。这书写得太臭!他掩饰地指着那本书。

写得不好你可以不看,值得生气?樊怡白了他一眼。

这样下去不行!德武在心里对自己叫道。你必须转移自己的注意力,把多余的精力放到正经事情上去。你既然有时间去想那些乱七八糟的事,就证明你在工作之外还可以再做些额外的事。可做什么事好呢?养花,那只能消耗体力;读书,则只能消耗脑力。最好是做一件既能消耗体力也能消耗脑力的事,让你无暇去想那些乱七八糟的事。对,去写书,你不是很早就想写一本关于现代战争预警的书吗?你多年研究

7

现代战争的预警问题,对近些年世界上发生的局部战争的战前预警做了那么多的分析琢磨,该出个成果了。好,趁这机会把这件事做了!就做这件事!以一年为期,把这本书写出来,书名就叫《现代战争的预警》,为了保证在一年之内把书写完,该采用倒计时,给自己增加紧迫感,时间就从今天计起。今天是倒数第365天,过一天少一天,到第1天的时候,一定要把书稿放到桌子上!

下了决心就要落实。

孔德武,你可不能对自己食言!

情 浓

1

　　柔美的夕照前脚刚走,明亮的灯光跟着就来了,在北京这个大都市里,光亮是一刻也不能没有的。每每看着万千的灯光由街道、由高楼、由河畔突然亮起,地上的夜暗一下子被远远逼走,德武都会在心里感叹:人类把城市作为聚居地,真是一种奇妙的发明。

　　他沿着昆玉河的石砌河岸悠然踱着步。晚饭后,只要不加班,他一般都要在河边走上四十分钟左右。如今,打篮球那类激烈的运动于他的心脏已不适宜,他喜欢一个人或带着樊怡在这夜灯蒙蒙的河边,慢步走着,让身心完全放松。

　　一艘夜行的游船由颐和园那边开过来,渐渐驶到了眼前,船上的灯光、人影和笑声，让德武不由得驻足凝望。能够依稀看清，游船上坐的都是年轻的男女。人，年轻了真好。船头上一个窈窕的女子在做着姿势让游伴拍照，那女子的曼妙身影让德武又一下子想起了方韵。方韵现在可好？她会在哪儿？刚想到这里，他便急忙摇头，把方韵的影子由脑子里赶走⋯⋯

一个月来，孔德武在工作之外的业余时间里，都在思考《现代战争的预警》那本书的写作提纲。他初步决定，全书写十二章：第一章，战争预警的定义和主要内容。对可能发生的战争做出预先警告，使己方的军队和国民做好应对准备，应该就是战争预警的定义了。其主要内容包括远期预警——战争发生前半年的预警；中期预警——战争发生前一个月的预警；短期预警——战争发生前三天的预警；临战预警——战争发生前一天的预警；和战争已经开始、敌方导弹已经发射的开战预警⋯⋯他计划每章写一万五千字，全书十八万字，加上必要的图片，书印出来应该很像样子。

游船在河面上早已消失了身影，在岸边散步的人也少了起来，只有几对情侣在不远处倚着河边的栏杆正热烈地亲吻着。和平时期的生活是多么美好呀，但愿战争预警的信号永远不会发出⋯⋯

由于业余时间忙着《现代战争的预警》第一章的写作，加上有一支部队开始准备进行一场导弹发射实弹演习，他白天在办公室也有许多事情要做，他的确没有再去忆起那晚在金城驻京办的事情，那个方韵就渐渐沉没在他的记忆之海里了。

这天下午，他审查完一个报告，正坐在那里抽烟歇息，那部用于私人联系的手机忽然响了。打开一看，是一个陌生号码，他有心不接，又怕是正在一家公司实习的女儿有事找他，于是就按下了接听键，来电的不是女儿，而是一个好听的女人的声音：是孔德武局长吧，很抱歉打扰你，不知你还有没有印象，我是在金城驻京办事处见过你的那个方韵，亚洲大饭店的员工。

哦，哦。德武有些意外地应着，几乎从第二句话起，他就听出她是谁了，他惊奇自己对她的声音有如此清晰的记忆。在短暂的意外过去之后，他感到心里涌上了一股欢喜，这个漂亮女人真给自己打来了电话。你好，你有事？他让自己的声音显得十分平静。

我们老板给了我一个任务，让我明天晚上出面请附近几个大机关相熟的朋友吃顿饭。他的本意是想扩大客源，可我想趁这个机会和朋友们喝杯酒说说话，不知你肯不肯赏光？

德武几乎就要张嘴答应了，可就在那个"行"字要出口的一瞬间，他记起了自己给自己的那个警告：你要把持住自己！这样一个美女请你吃了饭，你敢说你不回请？她请你你请她的这样来往，别人看见后会怎么想？就算你不回请，可总要回报人家吧？局里再要宴请客人就到她那里去？她要趁机多收钱你可怎么办？那不是变相拿着公款去讨她欢心了吗？罢，罢，还是不来往的好。这种事还是别开头，一旦开了头，收尾怕就是有些难了。你既然想走仕途，就必须压制与年轻女人交往的欲望，有一得该有一失。想到这里，他狠下心，用很为难的口气说：很抱歉，我明晚不巧有个公务上的应酬，抽不出时间参加。

那就罢了，我知道你忙，你就先忙工作。

很抱歉。他想放下电话。

我们这儿后天晚上要来一支俄罗斯的小型歌舞团，在大宴会厅里表演节目，给就餐的宾客们助兴，不知你有无兴趣来看看？听说里边有前苏联国家歌舞团的功勋演员。

德武知道这次再以忙公务为借口不行了，要不就去看看？看这种表演是要边吃边看的，和她在一起吃饭？不太好吧？别人看见了会怎么想？一个中年男人与一个美貌女子边吃喝边说笑着，一旦有熟人看见，你能解释得清楚？还是罢了，别开头，一旦开了头结束便不会容易。他再次狠下了心说：谢谢你的盛情，我去俄罗斯访问过，在莫斯科和圣彼得堡看过他们顶尖演员的演出，我就不去了。

哦，我不知你去过俄罗斯，真不好意思，那我们就以后再找相聚的机会……

放下电话，德武觉得心里又生了一丝遗憾，不就是吃顿饭看场表演嘛，你干吗要想那么多那么复杂？美女都会引人变坏，不见得吧？世界上不是有那么多的美女在当贤妻良母？你是不是有些神经过敏？和这样的女人在一起吃饭，应该是一种享受。不说别的，单是看着她的笑脸，闻着她的体香，听着她的声音，都会让你心里放松和高兴。嗨，罢了，既然已经回绝，就别再后悔！

那天傍晚，他静坐在办公室里，很久没有离去，一丝说不清是后悔还是歉疚缠在他的心上久久不去。我是不是太过分了？她一个年轻女子，向一个男子发出邀请，大约也是经过反复考虑才决定的，我如此不给面子，她会不会伤心？可她为何这样热情地邀请自己？怕还是为了饭店的生意吧，有无可能是对自己有了好感？本人长得倒真是相貌堂堂，到了中年后身子也未发福，看上去应该不错。去，你对着镜子照照自己，满脸的皱纹，两鬓都有了白发，她一个光彩照人的女人会看上你？做梦去吧！不过这年头也难说，民间不是传说男人二十如铁，三十如铜，四十如银，五十如金吗？自己算不算一块金？

不是一块四个九的足金，十八 K 的金还算得上吧？呸！孔德武，你可真会自恋，真是无聊加卑琐，你都想到哪里去了？你一个作战局长，还想不想正事了？

你是不是在堕落?! 你可得小心着！……

2

实弹演习在一片大山深处进行。

清晨，当一切准备完毕之后，德武回到指挥位置，和何司令对视了一眼，而后紧盯着手表，嘴对着话筒威严地命令：现在各发射单位注意，10 秒钟倒计时开始，10、9、8、7、6、5、4、3、2、1，发射！

伴随着一阵巨大的轰鸣和炫目的火光，两颗新列装的洲际弹道导弹同时从移动发射车上腾空而起，携带着常规钻地弹头，向着遥远的目标飞去。

这是一次检验性演习，既检验新列装的洲际弹道导弹的性能，检验此型导弹突破敌方反导系统的能力，也检验移动发射部队的机动能力，还检验一种大型钻地弹头的威力。

那轰鸣声还没有从人们的耳朵里散开，部队已开始快速地撤离阵地。转眼之间，这里已人去车空，好像什么事也没发生一样，又恢复了山里的宁静，刚才被惊呆了的鸟儿，重又开始了它们在树枝上的蹦跳和啼鸣。

导弹突防成功！电话里传来有关跟踪分队的报告。视频上同时显示，拦截导弹无功而去。

只有几辆指挥车还静卧在密林之中，德武一手握着电话话筒，一手按着电脑的鼠标，双眼紧张地看着屏幕。

在预定的时间内，电脑视频里传来了弹头击中目标的镜头。德武和何司令相视一笑。这次实弹演习的弹着点是在西部沙漠里,演习的敌情也是德武亲自想定的:敌方的战时指挥部和备用指挥部均在我首次导弹突击后陷入瘫痪,但其部队的抵抗并未完全瓦解,汇总各方情报,发现其另有一个更加隐蔽更加坚固的备用指挥部在发挥作用,在迅速确定它的位置之后,我导弹部队奉命换携新型更大威力钻地弹再次发起攻击。按设想,敌方这个指挥部是在山中,算上山石和混凝土的厚度,它应该在三百多米深处。视频上显示得很清楚,只见两个亮点排着纵队以间隔一秒的速度落下,之后,有一团巨大的火光从目标那儿腾起。

更清楚的视频画面是不久之后到达的,两颗钻地弹几乎是循着一个口子进去的,这种接力式的轰炸把位于三百多米深处的坚固的敌方指挥部完全炸毁了……

何司令满意地站起身子,转身对德武和他的参谋们说:小伙子们,干得好,可以撤了。指挥车上的参谋们开始做回程的准备。大家相继开始给自己的手机装上电池,德武也将自己那部用于日常联系的手机装上电池,没想到手机刚刚打开,就叮的一声,有一则短信进来。他有些意外,这个时辰,樊怡和女儿应该都在上班的路上,是她们有了什么急事?他打开短信一看,原来是几句亲切的问候:虽是春花香,晨风却还凉,不管在何处,别忘添衣裳。这几句话让德武心中一热,待去看发信的手机号,却是一个陌生的号码,谁这样记挂我?他一时有些奇怪。

指挥车在山间公路上盘旋着下山时,德武的记忆之舟也在脑海里盘旋着搜索那个手机号码。长期的作战指挥工作,练就了他对电话号码的独特记忆能力,他想,只要他过去与这个号码打过交道,他差不多就能忆起来,果然,没用多久,他就

14

想起了,这是北京亚洲大饭店那个名叫方韵的女子的手机号码,是她。难得她在自己那么冷落她之后,她还能对自己有这样一份关心。想到这里,他急忙回了一个短信:谢谢,愿你也保重身体。对方的回信很快又来了:我整日在四季如春的环境里工作,无苦可吃;不像你们军人,走南闯北,栉风沐雨,没日没夜,让人牵挂。这几句话,又让德武心中一阵感动。如今的年轻女子,想的多是自己的物质享受,能对军人保持一份敬意的真是少之又少,这个方韵,看来她的心地和她的外貌一样美好。

她对自己这样热情,也许来自对军人的一份尊敬。

谢谢你,像你这样懂事的女子如今已经很少了。

罢了,这事到此为止,还是想想《现代战争的预警》第二章的写作吧。这一个月来因为忙着这场演习,在野外工作的时间多,第二章的写作便时断时续,到目前为止还没有写出五千字。他计划第二章写现代战争预警的重要性。进入 21 世纪之后,世界上发生的新型战争与传统战争的一个最大不同是,突发性更强。过去进行的传统战争,进攻的一方在进攻发起前,要集结兵力,要在进攻出发阵地展开部队,步兵、骑兵、炮兵行动起来难免人喊马嘶烟尘滚滚,防御的一方很早就知道对方的动向,因而可以向自己的部队和国民发出短期和临战预警,使大家做好心理上的和物质上的战争准备。可新型战争往往是从远程精确打击开始,进攻一方的导弹远在千里万里之外,从起飞到落地不过几十分钟时间,防御一方获得的预警时间十分有限。怎样尽可能多地获得预警时间,成为决定战争胜败的一个重要因素……

得抓紧时间写了!

3

演习到家的第三天傍晚,德武正准备下班回家,那部用于日常联系的手机里进来一条短信:孔局长,抱歉打扰你,我们饭店要在大堂里摆一些古代用物,其中涉及两件古代兵器,有不懂的问题急着想请教你,不知你今晚可否屈尊来饭店一趟?署名是方韵。德武把短信仔细看了三遍,觉着方韵提出的这个要求不好回绝。第一,这是一件工作;第二,这件工作涉及兵器,自己作为军人应该帮忙;第三,这件涉及兵器的工作对自己来说只是举手之劳,不帮说不过去。于是就回了一条短信:可以,我晚饭后即去,大约七点四十分到。

晚饭后德武让司机开车拉他去了亚洲大饭店。刚进饭店的旋转大门,方韵就满脸含笑地迎过来叫:孔局长,谢谢你在百忙中抽时间来饭店帮助我们。她化着淡妆,穿着藕荷色旗袍,原本就挺拔的胸部被紧身的旗袍渲染得格外显眼,两条修长的玉腿在旗袍里若隐若现,一双秀眸在华灯下顾盼生辉,德武不敢盯住她细看,只问:兵器在哪儿?

请随我来。方韵伸手引领德武来到一间休息室,只见一排木柜上摆着十来件古物。方韵指着它们说:最近国家旅游局要对五星级饭店进行一次检查,为了迎接这次检查,也为了提高饭店摆饰品的品位,领导们决定向北京饭店学习,在大堂和长廊里摆一些古物,就让人去古玩市场买了这些回来。按要求明天就要摆出,摆出时要在摆件的下边挂一个小木牌,木牌上要写明它的名字和用途,可写到这两件兵器时,我们无人知道它的准确名字和用途,当初负责去买的人也只知道它是兵器。发愁时,我就想起了您,您是专家呀,找您请教不就行

16

了？因此就大着胆子给您发了一条短信。

哦,是这样。德武含笑点头,走近那两件兵器,只看了一眼就指着其中的一件说:这个是宋代军中常用的狼牙棒,它安上手柄以后,可供军士挥舞着攻击敌人,不管对方是否穿着铠甲,一旦被它撞住都有可能受伤。

是吗？那就写"宋代的狼牙棒"？

对。这一件嘛,是明代的铜碗口铳,你看它的这个部位很像是一个铜碗,所以这样起名。在它里边装上火药和引线,就能够发射。你可以就写"明代铜碗口铳"几个字。

嗬,到底是专家,一眼就看明白了。真个是懂者不难,难者不懂。谢谢,谢谢。方韵凑近德武去细看那铜碗口铳,这同时也把一股淡淡的体香送进德武的鼻孔,德武深吸了一口那淡雅的香气,觉到心跳明显加快,忙直起身道:我只是告诉你这两件兵器的名字和这两种兵器出现的朝代,至于它们是不是真的属于那个朝代的文物,那你得找文物专家来鉴定。

你怀疑它们不是真的？

有一点。

好在我们只是把其作为一种装饰品。谢谢你！方韵一脸真诚地笑着。

这点小事,还要言谢？你赶紧去忙吧,我走了。德武说着转身就要向大堂门口走。

哎,那怎么成？方韵上前急忙拉住了德武的手:我起码得请你喝杯茶吧？你大老远地跑来帮忙,一口水不喝就让你走,你说我是不是太失礼了？瞧,那边就是五夷茶厅。她指了一下大堂的一个角落。

被方韵的小手握住手腕,德武很有些慌乱。他担心别人看见这一幕,便急忙点头应道:好,好,就去喝杯茶。

方韵这才松开他,一边灿烂地笑着,一边在前边引路,向五夷茶厅走。从后边看方韵,她身体的美妙更是抓人眼球,德武不敢细看,目光只在那凸起的臀上一掠而过,落在大厅里那些客人的身上。

　　茶厅里的服务小姐显然认识方韵,忙引他们进了一个单间。大厅里的热闹一下子被这封闭的单间隔在了外边,明亮的灯光也一下子被摇曳的烛光替代。

　　两杯极品观音,两个果盘。方韵边对服务小姐交代,边展开送上来的香巾递到德武手上:来,孔局长,你请用。

　　进到这样一个狭小的空间,又只有自己和方韵两个人,德武没来由地感到了一丝紧张。如果此时有熟人看见这个场景,必会做其他猜想,自己恐难解释清楚。在仕途上走,这种可能酿成绯闻的事还是要注意避免,此地不能久留,得赶紧走!

　　孔局长难得到我们饭店来,更难得到这五夷茶厅一坐,你不知道我这会儿有多高兴。来,趁茶还没有泡开,先吃点水果。方韵说着,用牙签叉住一块白兰瓜向德武递来。德武急忙去接牙签,牙签太短太细,两人的手指相触在一起,不知道是不是错觉,他感到对方的手指有意在他的手背上划了一下。

　　他有些慌乱,吃了那块白兰瓜,又喝了几口茶,就下决心起身道:方韵,我今晚还有些工作上的事,抱歉不能久坐,得回去了。

　　这么着急呀,人家还有好多感谢的话没来得及说哩。方韵显然没料到他这会儿就走,急忙起身想去拦他,但他没再给她拦的时间,很快出了单间,径向茶厅大门走了。

　　在饭店门口握别时,德武明显看出她的眼中有股失望,一时心中生了不忍,看来,不该走得这样匆忙,两个人聊聊天能有什么不得了的？和这样美妙的女人喝茶聊天，一生中能有几回？她刚才对自己手背的一划，应该不是无意的，如果有意，那又是在表示什么意思？走吧，你！神经过敏。你已不是小伙子了，在胡乱琢磨什么呢？无聊！……

4

难得这个双休日不加班。

作战局的局长和参谋们，双休日不加班的时候很少。为了让大家能过上一个完整的双休日，德武把周五这一天的工作安排得很满很满，把要加班做的事提前做完，之后他宣布：明天，谁也不许到办公室，一律在家陪老婆孩子，没有老婆的就去找恋人！

双休日的第一天上午，德武坐地铁去了西单的图书大厦，想看看有无详细介绍南斯拉夫科索沃战争情况的书籍。在北京工作的一个最大好处是买书方便，这儿是全国所出书籍的一个汇聚之地，西单图书大厦更是国内的大书店之一。

图书大厦仍像往常那样人流不断，几乎每个书架前都有人在看书挑书，交款台前排着长队，德武每次来店里看到这种情景，心里都会起一种莫名的感动，总说人们物欲膨胀，可还有多少人在追求精神上的富有呀。他熟练地在人群中穿行，很快找到了那排摆有军事书籍的书架。

在南斯拉夫科索沃进行的这场战争，在战法上有许多新东西，写《现代战争的预警》，这场战争是一个需要认真分析的案例。当时美国和北约大军压境，一再声称要惩罚要开打，可南斯拉夫执政者还是做了错误的判断，认为这只是在恫吓，并不会真打。结果并没有进行真正而有效的预警。他在书架前转悠了许久,翻了无数本书,到底找到了一本一个战地记者关于那场战争的见闻录,书中虽无他想要的各种数字,但也确实记录了许多值得琢磨的事情。他舒了一口气,总算没有白来。

他心情很好地往家走。在经过一家邻近998部队机关大院的小酒馆时,猛听见里边有人喊了一声"孔局长",他有些诧异:这地方还有谁能认识自己?待扭头细看,不觉一愣,原来是那个亚洲大饭店的方韵女士正泪眼迷离地坐在一张小酒桌前,面前摆了两碟小菜和一瓶啤酒。她怎么会在这个下等的酒馆里喝酒?而且是这种神态?德武吃惊不小,不由自主就走了进去。方韵很快地用纸巾擦了一下眼睛,站起来想要说句什么,嘴刚张了一下,眼泪就又流了出来。德武估计她是遇见什么难事了,忙伸手扶她坐下。很抱歉,让你看到我这个样子。她红着脸又擦了一下眼里的泪。德武一时不知道该怎么开口,他只好招手叫来一个服务员说:给我也来个酒杯。杯子拿来后,他自己拎起方韵面前的啤酒瓶倒满杯子,端起来说:来,我们好久未见,先喝一杯!方韵见状拿杯与他碰了一下。德武这才问:我们也算熟人了,我能帮你做点什么吗?

方韵的眼圈又红了,哽咽着说:谢谢你,我没想到他是个这样的人。

谁?

我们亚洲大饭店的老总。方韵的眼中有了恨意。

男的还是女的?

一个让人恶心的男人,四十八岁。

他怎么——? 德武不知接下来该怎么问。

他一直在用各种各样的方式纠缠我,我也一直在想着法子躲避他。今天早饭后,他以让我汇报工作为由,叫我去了他的办公室,工作上的事没说几句,他就开始用言语挑逗我,之后又对我动手动脚。我不想丢掉这份工作,就一边忍气吞声地躲开他的手,一边想退出他的办公室,没想到他把我的忍让当作了默许,竟锁死了门,一下子抱起我把我摔到了沙发上,跟着扑过来就要强行非礼——

这个浑蛋!德武听到这儿呼地站起了身子,军人的本性露了出来。

我没命地抗拒,跟他厮打起来,你看看我这衣服袖子,看看我这个衣领,都被他撕扯坏了,还有手腕这儿,都磕出血了,我总算跑了出来……她把手腕伸到德武的面前。德武不由得心疼地抚住她那白嫩的手腕,看着上边沁血的伤口,同时感到心里的那股火气在变大。不能饶了他,告他!他大声地说,引得附近的几个食客都停了说话扭头来看他,他这才意识到自己有些失态,忙撤了怒态,在心里嘲笑自己:你是不是愤怒得有些过头了,你是谁?你和方韵是什么关系?你这像是一个五十多岁的大校的作为吗?

方韵摇了摇头:要是告他,必会弄得满城风雨,倘是谁再把这事往网上一捅,那我就没脸再去见别人了;而且他有的是钱,检察院、法院里都有熟人,能不能告赢还说不准。

德武这时也冷静下来:说得也是,这种事闹开,吃亏的怕还是女方。那你想怎么办?

我只有辞职躲开他了,我再也不想受这罪了。

德武默然半晌,心里也认为只有这一办法能保证她不继续受伤。

再找个工作吧,凭我的本科学历和饭店工作的经历,在这京城里总能找个事情做。

嗨。德武叹一口气:可惜我不在公安局工作,若我是一个警察,我会让你那个老板因这事吃点儿苦头!

谢谢你了,我们并无深交,你能这样耐心听我诉说已经让我很感激了。我刚才心里实在难受得厉害,所以看见你就忍不住喊了你一声,耽误你办事了吧,我知道你是个大忙人。方韵说着眼圈又有些红了。

没有,没有,我今天没事,正常休息。德武急忙说,同时抬腕看了一下手表,见快到了午饭时间,就招手让服务员过来,又要了几个热菜和米饭,劝方韵道:消消气,先吃点饭。边说边拿起一张餐巾纸递到方韵手上,示意她擦擦眼睛。

谢谢孔局长,你的关心让我不由得想起我在老家的哥哥,我是湖南长沙人,商学院毕业后一直留在北京做事,见过的人也算不少,但像你这样让我一看就信任的人还没有。大概是你身上那股军人的正气让我觉着特别可靠,我可以叫你孔大哥吗?方韵说着有些害羞地低下了头。

当然,随你怎么叫都可以。德武感到了一丝快乐在心里弥漫开,这么漂亮的女人想做自己的妹妹,太好了。人说湘妹子里靓女多,看来这话不虚。

我这是想让自己心里感到,我在北京是有依靠的。

放心,以后有谁敢欺负你,你只管告诉我。德武边说边用筷子往方韵的碗里夹着菜。

这么说,我以后在北京再不孤单了,我是有哥哥照顾的人了。方韵含了些笑意端起杯子,轻声说:孔大哥,我敬你一杯!

德武就急忙端起杯子碰了过去……

这顿饭一直吃到了午后一点多钟,方韵边吃边向德武讲了许多自己家里的情况,父亲怎样在工厂受伤致残,母亲怎样一人独挑家庭担子供她和哥哥上学,她大学毕业后怎样和一个北京籍的同学相爱,那同学后来怎样去美国留学又爱上了别人,她怎样发誓过单身生活……德武一直兴趣盎然地听着,边听还边看着方韵那双好看的带点泪痕的眼睛,那是一双多么幽深而美丽的眼睛啊,男人怎么可以让这双眼睛流泪呢?

要不是德武的手机响了起来,要不是妻子樊怡问他还回不回来吃饭,他还会继续听她说下去。妻子的问话让他记起,今天在家休息的妻子特意为他包了茴香馅饺子,他这才慌慌地起身埋单并向方韵告辞,说:抱歉,我家里有点急事,我得赶紧回去。你今后若有什么事要我帮助,可随时打我电话。

再见,孔大哥,谢谢你陪我度过这几个小时,我现在心里已经平静好受多了……

一进家门,一看见饭桌上摆着的那两盘已没有热气的饺子,德武就知道自己面临着一场艰难的解释,而且绝不能说出实情。嗨,在书店看书,一看就看忘了时间,后来又碰上370基地的刘副参谋长,又在那儿瞎聊开了,竟把吃饭的事给忘了。他张口就说,说完才觉得自己临时编出的理由还挺说得过去。

那就不会给家里打个电话?你不是有手机吗?你打了电话我不就可以晚点再下饺子?樊怡带着气恼和委屈瞪着他,你看看,饺子都凉了。

忘了,忘了,只顾着聊他们基地的几件急事,就把啥都忘了。没事,没事,凉一些吃着更快。他在饭桌前坐下,装出狼吞虎咽的样子吃起了饺子。其实他哪里还吃得下去,他已经吃饱了,可他不敢说出真相,只好把平日能吃的那一盘饺子全吃了,吃完之后,直撑得他连站起来的力气也没了,老天哪,可别把胃给撑坏了,是不是该吃点消食片。罢,罢,今天真不该碰见方韵……

5

　　这是一个繁忙的仲春,德武既要参加国防大学举办的战役战法集训,又要筹办核武部队的战役战法集训班。白天,他要到国防大学听课学习和进行图上作业;晚上回来,他又要和自己的参谋们一起忙着各项筹备事宜。这种忙碌让他暂时把《现代战争的预警》的写作停了下来,也把其他的杂事忘到了脑后,自然也包括那个方韵。

　　国防大学的集训班结束的那天傍晚,他和一群大校们说说笑笑地向餐厅里走,学校里为他们准备了丰盛的晚宴,以庆祝这个重要的集训班结业。刚走到餐厅门口,他那部用于日常联系的手机忽然响了,一看号码,是方韵的,他不知自己什么时候已把这个号码记到了心里。接不接?他有一刹那的犹豫。接了,联系就要继续下去;不接,又好像说不过去,自己当初明明给人家说过,有事可随时打电话,现在电话来了,又不接,于情于理都说不通。那就接吧,他于是向远处走了几步,按下了接听键。

　　孔大哥,我没打扰你工作吧?是她那好听的声音。

　　没,没,方韵你挺好吧?他急忙声明。

　　我已经在东方大酒店找到了工作,是在餐饮部,做副经理,这儿的老总说,我若干得好,三个月后把副字去掉,当经理。你那样关心我,我想我应该告诉你一声。

　　好,好,为你高兴。德武心里真的很高兴,这样,她就再不会被亚洲大饭店那个老总纠缠了,什么狗男人,欺负人家弱女子。

　　我有件小事想麻烦你,不知你方不方便帮个忙?她的声音带了点撒娇的味儿,她说话本来就好听,再带上这种撒娇味儿,让他听了心里特别舒坦,特别受用。

说吧,我尽力。他觉出自己的心跳得有些急。

我到东方大酒店工作之后,离原来租住的房子远了,我就想换租个地方。和中大恒基房屋中介公司联系之后,他们代我在东方大酒店附近找了一套一室一厅的房子,说好今天晚饭后去看房子。根据我以往的经验,如果我一个人去,房主见我是一个年轻女性,就会怀疑我职业的正当性,会问这问那的,让人尴尬让人烦,而且总想再提高点租金,因此,如果你方便的话,我想麻烦你陪我走一趟,到时候你什么话都不用说,只需站在那里,他们就不会难为我了,行吗?

行,怎么不行?德武几乎是连想也没想就答应了。这么一件简单的事情,别说是一个熟人,就是一个陌生人,自己作为一个军人,也应该帮忙。唉,一个年轻女性,要想在这京城里站住脚,太不容易。

那太谢谢了,孔大哥。她高兴地在电话里笑了。这令德武想起了自己远在豫西南乡下的妹妹,妹妹小的时候,一旦他满足了她一个愿望,她也会这样笑的。几点?到什么地方?他问。

七点半,我在东方大酒店门前等你,你方便吗?

好。我准时到!

那晚的会餐他没有参加到底,按说,在这种各大单位作战局长都在的场合,是不能早退的,不论是平时还是战时,大家都要经常联系并相互给予关照和支持,所以到了一起,酒是一定要喝到位的。可德武今晚确实没那心情,他的心都在方韵身上,唯恐去晚了让她久等。他急匆匆地和每个局长干了一杯,就抱拳说:对不起诸位了,我家里有点急事,容我先告辞,以后再找机会陪诸位喝个够。有个局长就笑道:孔德武,看你这样心急火燎的样子,八成是去会女人!一句话说得大家都笑起来,把德武也弄了个大红脸,他急忙解嘲地笑着:但愿有个女人在等我,可惜咱年纪大了,已经没那福分了。

出了餐厅,他心里在暗暗吃惊:那小子怎就猜出我是去会女人?是不是我脸上有一种迫不及待的表情?

他打车到了东方大酒店门前时,离七点半还有五分钟。他嘘了一口气,总算没来晚。他觉出自己的心跳得厉害,便无声地呵斥自己:孔德武,你弄出一副像赴恋爱约会的样子,你想干什么?记住,你今晚只是以一个军人的身份,来帮助一个在京举目无亲的女人!……

方韵袅娜着向这边走来了,尽管他刚刚呵斥过自己,可他还是感觉到自己的心跳加速起来,欢乐感增强了,他大步迎了上去,轻叫了一声:方韵。

孔大哥,你到底是军人,可真准时!方韵向他妩媚地一笑,而后挥手叫住了一辆出租车,大大方方拉住他的手坐进了车后座上。一进这个狭小的空间,方韵身上的香味就立时包围了德武,让他感到了一种轻微的迷醉。方韵把身子朝他倚过来笑问:哥,你晚饭是不是喝酒了?我闻到你身上有一股酒味。德武被方韵那温软的身子烤得有些发热,忙含了笑答:只喝了一点点,是工作上必需的应酬。我可不是反对你喝酒,我觉得男人喝点酒才更有男子汉味……

房子就在邻近的街道上,中介公司的人和房主如约等在楼下,方韵在向他们介绍德武时,很随便地说:这是我哥。德武当时穿着军装,那两人见他是一个大校,果然都很客气。之后大家一起上楼看房,一起商量租期和租金,然后很快地签下了合同。当方韵把第一笔租金交过后,房东很高兴地说:把房子租给军人的亲属我很放心。说罢，便痛快地把钥匙递到了方韵手中。

方韵满含感激地看了德武一眼。待中介公司的人和房东走后，方韵高兴地关上门，过来抓住他的手摇晃着说：太谢谢大哥你了，要不然，今晚他们不定要怎么难为我呢。你不知道呀，他们见了年轻女人，就总怀疑人家是做三陪的，问这问那，真真是气死人了……她身上的幽香伴着那些娇媚的话语，钻到了他的鼻孔和耳朵里，让他更有些心醉神迷。

哥，我该怎么感谢你？她歪着头俏皮地笑问。

这还不是应该的。他想挣开自己的手，却又舍不得真用力。她的手小巧温软，握住他的手腕让他感到一种奇妙的舒服，似有一小股轻微的电流在向身子的深处走。

我一定要感谢你！

在这样一个密闭的空间里让一个美丽的女人抓着手摇晃，德武渐渐有些受不了了。他只觉得浑身燥热，心跳加剧，两条腿有些抖起来，他分明觉出自己的手想用力把对方拉向怀里，你想干什么？！他在心中向自己吼了一声，之后就赶紧挣回手说：我还要回办公室处理事情，得赶紧走了。说罢，不待方韵开口，就急忙拉开门走到了门外。

哥，瞧你慌的，再帮我看看添点什么家具。方韵追到门口说。德武实在不敢让自己再待下去，匆匆看了一下手表说：我的确还有急事，抱歉不能陪你，再见！说完，他逃也似的向楼下奔去……

他那晚没敢马上回到家里，他怕到家自己心神不定的样子会引起妻子注意。他到了办公室，点了烟默然吸着，一颗烟吸完的时候，他还能觉出自己的心在急切地跳。不，不，以后再不能见方韵了，就到此为止，要不然你必有把持不住自己的时刻。趁现在还来得及,停止,停止!

他发誓似地拍了一下椅子扶手:决不能再见她!

正当他在心里警告自己的时候,门外响起了纪检部长荆长铭的声音:老孔,辛苦了,还在加班吗?

德武略微一愣:难道荆长铭已闻到了什么味儿?机关里谁都知道,只要纪检部长找上你的门,八成不是好事。这个荆长铭过去和德武在一个旅待过,德武当营长时,荆长铭当教导员,后来两人先后调来机关,德武在司令部,荆长铭在政治部,如今都已干到了正师职,算是老熟人了。德武起身拉开门道:是荆部长啊,我临时有点小事,你也在加班?

下周要开个纪检工作会,今晚赶着搞材料。荆长铭说着走进德武的办公室,接过德武递过来的一杯水,边往沙发上坐边呵呵笑道:你现在也讲究了,在身上抹了香水,这样香呀?

德武暗中一惊,明白是刚才方韵抓他手和靠他身子时把香味弄到了他身上,这小子的鼻子可是真管用。他于是急中生智摇头道:我哪还抹什么香水?晚饭后女儿孔醒的香水瓶子掉到了地上,我就跟着沾了一点光。

估计你也没时尚到抹香水的地步。荆长铭又笑了:说到孔醒,我可要告诉你一件事,我儿子荆尚正在追你的宝贝女儿,到时候如果孔醒认可了荆尚,把结果报到你那儿,你可不能嫌贫爱富,看不起我们荆家,不批准荆尚做你的女婿,你届时一定要在呈批件上批上两个字:同意!

原来是为这事。德武心里顿时轻松起来,笑道:我一再给孔醒说,她的婚事我和她妈都不插手,只要两个孩子愿意,我还能有什么意见?话是这么说,可在心里,德武对女儿和荆长铭的儿子交往还是有些不很乐意,这主要是来自他对荆长铭的看法。在和荆长铭搭班子的那段时间里,在用人和用钱两件事上,两个人有过矛盾和争执,虽没有到红脸伤感情的地步,但在德武的内心里,对荆长铭是有一份不满的,总觉得他这人好认死理,办事脑筋死不灵活,喜欢按上边定的条条框框做事,干啥都小心翼翼不敢越雷池一步,不是那种敢作敢为勇于创新的人。让自由惯了的女儿到这样死板的家庭过日子,他担心女儿以后会受苦。

好,你这样表态我就放心了,我儿子早就催我给你说说这事,今天总算找到了机会。荆长铭高兴地把水杯蹾到了桌子上。他们俩要一结婚,我等于又有了一个女儿你等于又有了一个儿子,咱们可是两全其美。

德武心里有些不高兴:现在可说到结婚了,是不是有点太急了?!但他没说别的,只问:荆尚军校毕业后安排到了哪个单位?

就在咱们的计算机中心当助理工程师。

是吗?让孩子好好干,我们快该向他们这一代交班了。

当然当然。你忙,我也该去弄材料了。荆长铭说着起身告辞……

送走荆长铭后,德武又在办公室坐了很久。他在心里对自己说:你已经是快要当岳父的人了,可不能再出什么事让孩子们难堪,罢,罢,再也不能见方韵了!

不能见她了,孔德武,你可要记住!

6

还好,这之后很长时间,方韵没有再和他联系。他因为忙工作也因为女儿大学毕业在即,有很多事要操心,再加上对《现代战争的预警》的写作占去了不少业余时间,方韵的音容便在他的记忆中渐渐淡了下去。

《现代战争的预警》第四章他专写远期预警。远期预警是指战争发生前半年的预警,这时,战争的导火索通常已经点燃,但它最终能不能引发战争要靠判断。现代战争远期预警的做出,要靠四个手段:一是对敌方政治、经济、军事、文化诸方面的公开信息进行分析,从中发现战争在半年内爆发的端倪;二是对敌方政治、军事首脑人物心理状态进行把握,判断出战争导火索的引燃状态;三是激活执行战略潜伏任务的特工,让他们尽快搜集敌方进行战争准备的情报;四是密切监视敌方的重要网站,捕捉网络上关于战争准备的蛛丝马迹。在现代社会里,上网已成为人们的生活必需,发动战争的一方不论怎样进行网上保密,仍会有一些信息在网上隐现,防御的一方只要仔细在网上寻找和分析,就可能会找到战争远期预警的证据。伊拉克战争爆发前半年,一个西方国家的大学生,仅由网上信息预言的美国开战的时间,和真正的开战时间,仅相差四天……

这是一个颇为轻松的上午,机关里传达完上级的文件,开始以局为单位展开讨论。这种讨论时间,通常也是大家放松精神互相说点笑话和闲话的时候,对此,德武通常不去干涉。在他内心里,他认为这类讨论其实是可有可无的,机关干部差不多都是大学毕业生,不论什么样的文件内容,只要传达一遍,就都非常清楚了,还用得着用讨论这种办法去加深认识?果然,上午的讨论刚开始,大伙便离了正题,扯到了倒计时这种计时方法的来历上了。有人说它最早来自南宋与金国交战的战场,当时岳飞的部队在出击前,为了统一纵马出击的时刻,通常会有一个人站在战阵一侧高喊:5——4——3——2——1——只要他喊的最后一个数字出了口,将士们便立刻拍马向敌阵冲去……有人说它来自西方当年处死异教徒的刑场,那时,教会用火刑处死异教徒前,通常行刑者会说:给你喝三杯水的时间悔过,届时你还不改信仰,就开始点火！之后就有人喝水有人高声数着数字:3——2——1——

德武没有去参加这个讨论,开始是饶有兴致地听着,后来就转而去想他的《现代战争的预警》第四章的写作了。就在他陷入沉思的当儿,他那个用于日常生活联系的手机起了震动,他打开一看,是方韵的号码,他略有些意外,现在正是上班的时间,她找我有何事？他听凭着它响了一阵,心在接还是不接之间晃动,后见它一直执拗地响着,又记起当初对人家的交代:若有急事要我帮助,可随时打我的手机。便假装不知对方是谁,打开接了起来:我是孔德武,有事请讲！

孔大哥,我是方……韵……她的声音微弱而显出断续,一听而知是个病人的声音,接下来又是一阵长咳。德武只觉自己的心一紧,忙拿着手机到走廊上问:方韵,你病了？

我烧得厉害……无力下床……我因到东方大酒店工作不久……还没有可以张嘴相烦的朋友……所以就想麻烦大哥中午下班时……去药店代我买点退烧和止咳的药……到时候再给你钱……抱歉…打扰你上班……

天哪,病成这样为何不早说？德武觉出一阵意外的心疼,忙说:我这就过去,你等着！他回到会议室,和副局长说他有点急事要出去,请他主持讨论,之后便匆匆出门走了。

他打车赶到一家药店,让出租车司机在店门外等,自己急急地进去买了退烧和止咳的药,又慌慌地坐出租车向方韵租住的地方奔。他边一步三阶地上楼一边在心里说,幸亏今天是讨论,如果是开会或有别的重要事情没法来可怎么办？那一刻,他心里全是对方韵病体的担忧。

他敲了很长时间的门她才边咳着边微声应着来开门,她穿着睡衣,鬓发散乱,一脸病容,门刚打开,她的身子一歪就要倒下去,他急忙伸手扶住,搀着她向卧室走。能感觉她是在发烧,她的身子几乎全倚在他身上,他闻到了她那撩人的体香。他急忙摇了下头,怕自己会被那美妙的香味弄乱心境;她的睡衣是丝质的,柔软而透明,她身上那些凸凹的部位看得很清,德武不敢让自己的眼光在她身上停下来,他怕他的目光被那些诱人的地方吸引住不再离开。你现在是来照应一个无人照应的病人,一切都必须合乎礼貌和护理规矩!他小心地扶她在床上躺下来,拉一个薄被替她盖上。抱歉,让你耽误工作。她微声说道。他忙摇头:你早该给我打电话。他急急倒了一杯开水,用嘴吹着热气,用舌尖试着水温,之后,半抱起她的身子,让她服下了退烧和止咳的药。

我昨天着了凉……

别着急,看样子是重感冒,吃了药应该会好的。

她无力地躺在那儿,他坐在床边看着她双目微阖的脸。病,并没有让她减去一丝一毫的美,相反,那种软弱而无力的病容更使她增添一种娇柔之美。他看着看着,手不由得伸过去,替她抿了一下散乱的鬓发。

大哥……非常感谢你……她睁开眼睛,努力笑了一下说。

早上到现在是不是一直没吃东西?他的问话中透着深深的关切。

吃不下……也没那份做饭的力气……

不吃饭怎么能行?我这就去给你做点吃的。他不由分说就急步向厨房走。他这时才注意到,房子里添了冰箱、沙发、电视机和其他一些挺精致的家具,墙上挂了画和书法作品,屋子收拾得整洁而有品位。他在冰箱里找到了鸡蛋和挂面,打开炉子,爆了葱花下了一碗鸡蛋面——这是他唯一会做的饭。平日在家,他基本上没有下过厨房。

饭做好,他扶她靠在床头,端过饭碗,她说:我担心我的手端碗会抖。不用你端,我来喂你!他边说边拿起筷子,小心地挑起面条,填到她的嘴里。她的一对红唇张开的时候,他的心莫名地悸动了一下,喂这么一个美人吃饭,让他感到了一种从未有过的甜蜜。因为离她太近,她那没戴乳罩的胸差不多就算祖露在他的眼前,那两个尖翘的乳头有两次都已颤颤地碰住了他的手,他感到自己的心跳加快了,血开始向脖子和头上聚,身上热得出奇,额头上出现了汗珠,呼吸由粗变急。他觉得他非常非常想朝她那美丽的脸颊俯下身去。孔德武,你现在是来照顾病人,你是一个军人,你不能做任何出格的事情!他无声地警告着自己,坚持着把饭喂完。

大哥……你这样照顾我……我该怎么谢你?

说什么客气话?你有了病,我来帮帮,还不是应该的?

哥……她忽然抬手抓住他的手,高耸的胸脯起伏着:你是我遇到的最好的男人……

德武的心呼一下向上悬起,悠来荡去,他本能地也想握紧她的手,但理智也倏然一下提醒他:如果你做出了进一步的举动,那你刚才的助人行为,都可以作另一种理解了。他没容自己再犹豫,挣出手说:方韵,你先休息,我傍晚时再来看你,那时,你应该能退烧了。

谢谢……她的脸不知是因为激动还是因为刚吃了饭抑或是发烧的缘故,红得格外好看。

渴了,记住多喝水。他给她倒了一杯水放在床头桌上,又把暖瓶放在她伸手可以拿到的地方。

哥……这是门上的钥匙……你傍晚来时……我怕我还没

退烧无力气去开门……她把钥匙递到了他的手上。他一愣,一个女人把自己的房门钥匙交给你,这意味着什么? 意味着你随时可以走进她最私密的闺房,意味着她愿意随时看到你,意味着她对你的最大信任。这怎么可以? 拿了这把钥匙,不就意味着你和她的关系已经有了新的变化? 不,不。他想放下钥匙,却又怕伤了她的心,也许,她并没有别的意思,她只是为了让你傍晚进屋时不用敲门等待。好吧。他把那钥匙装进了口袋,朝她微微一笑,向门口走去。

他打车回到机关大院时,早过了中午的下班时间,他匆匆向家走去。到家看见女儿孔醒已坐在饭桌前吃起了饭,不由得高兴地叫:嗬,我的宝贝闺女回来了?!

老爸,我饿了,原谅没有等你就开吃了。孔醒朝他撒着娇。

吃吧,吃吧。他朝女儿挥着手。

你爸最近总是下班晚。妻子边伸手接过他的外衣边朝女儿诉着苦。

不是工作忙嘛! 今天上午有个会,刚刚结束。他话一出口,自己的脸不由得轰地红了:你当着女儿的面说假话?!

爸,你没事吧? 孔醒注意地看着他。

他一惊:莫不是女儿看出了什么? 我没事,我能有什么事? 他镇定地看着女儿反问。

没事就好,我看你脸有点发红,还以为你感冒了呢。

可能是风吹的吧。他接过妻子递过来的饭碗,急忙埋头吃起来,心里却在怦怦跳:这孩子,眼看得还真清! 为了掩饰自己的慌乱,他转而问道:醒儿,听说荆尚那孩子在追你?

你怎么知道? 女儿有些意外地抬起了脸:你是不是对我实施了侦察?

德武含意模糊地笑笑。

我抗议！

怎么这样对你爸爸说话？妻子瞪了一眼女儿。

德武呵呵笑了，心情轻松起来：这样的事你能完全保住密？再说，我也有了解的责任，是不是？

你过去可是说过你不管这事的，你想食言？女儿嘟起了嘴。

我是不想管，可有些人一定要了解我的态度我怎么办？德武存心想跟女儿开开玩笑。

你是说荆尚找你了？孔醒放下了筷子。

他没给你说？

这个家伙，他竟不相信这事我能一个人决定，看我晚点怎么收拾他！

不是荆尚来找我，是他父亲，他父亲怕我反对这门亲事，先给我打了预防针。

原来如此，他爸爸也太不了解孔家小姐在家中的地位了！你怎么表态？孔醒又拿起了筷子开始往嘴里扒饭。

我还是老态度，一切由你决定，你只要下了决心，我和你妈只负责掏钱筹办婚礼。

这还差不多，你要想包办我的婚事，那可没门。不过和荆尚的关系，离筹办婚礼还有十万八千里加一万二千里，远着呢。

这样远？那干脆作罢好了。德武今天特想和女儿开开玩笑。

这不是由你决定的事，老爸！

好，好。

醒儿，你对荆尚这小伙究竟怎么个看法？樊怡这时开了口。

人嘛,长得还将就;心眼嘛,也还凑合;工作态度嘛,还说得过去;对我本人嘛,还知道关心。就是对他的家庭我有点拿不准,他爸搞纪检的,听说他妈想去一家俱乐部美体他爸都反对,我怕他们家规矩太多,我受不了,我这人可不愿受太多的约束。

德武闻言一愣,看来父女俩的担心是共同的。不过他没再接口,他不想再给女儿施加影响,一切让女儿自己去拿主意。

要我看,这种人家倒可以让人放心。樊怡说,父亲生活严肃,儿子受到影响也不会乱来,这样结了婚后你不用担心荆尚会感情出轨,这年头,多少男人在外边胡来——

好了好了,妈,你扯到哪里了,还没结婚可就担心他出轨了,我要连留他在我身边的魅力都没有,我宁可打单身……

德武没再去听母女俩的讨论,而是边吃饭边去想那个方韵的病,她不会烧得更厉害吧?

吃过午饭,习惯午睡的他本想去卧室睡会儿觉,不想妻子的一个动作又把他吓得睡意全无,妻子说:我下午要去洗衣房送洗毛料衣服,你这外衣也一块送去洗洗吧。说着,走到衣架前就要去拿他上午穿的那件外衣。他的心一下子提了起来:那衣兜里装着方韵的钥匙。

他让自己沉住气,任凭妻子像平时那样去掏出各个衣袋里的东西。她果然叫了一声:噫,这儿有把钥匙你怎么没穿在你的钥匙圈里?

那是地图室里的钥匙,下午就要放回去的。他淡声应道。他为自己能立即编出这样的谎话再一次感到惊异。你在飞快地堕落下去! 他在心里谴责了自己一句。

下午有一个关于战场准备的会议,是绝密等级。全体首长都参加,任何人不得带手机和录音设备,更不准用笔记录。德武负责向首长们介绍预先拟订的方案。会上,几位首长对作战局拟订的方案看法不一并进行了争论,德武聚精会神地听着每个首长的发言并迅速对原来的方案做着修改,会议开得很有效率也很紧张,直到傍晚才结束。将方案和文字记录及录音机放进作战局自己的绝密保险柜中,他才发现时间已近七点。他猛地记起方韵那边还等着自己过去,于是急忙给家里打电话说,晚上有个公务上的应酬,不回家吃饭了。放下电话,他心里又生了内疚:你这样骗樊怡是不应该的。可不这样又能怎么办?总不能看着一个病人不管吧?他为自己找着理由。

局里的轿车就在办公楼门前停着,他也会开,可他没用公车,他担心那样目标太大。他匆匆向办公大院门口走,想去打的,没想到刚出大门,一个骑三轮车卖报纸的男子突然拦住他说:首长,买份《法制晚报》吧,今天的《法制晚报》特别好看!

德武认识这个卖报的,平日常见他骑着一辆摆满报纸的三轮车在院子里转悠,也听一些买报的人叫他老邱,今年春节过后上班的第一天,这卖报的老邱就在家属院门口拦住他说:首长,我有句话想说给你,又怕你生气。德武当时有些意外,问他想说什么话,老邱笑笑说:我会看点面相,我观你的面相,发现你今年可能要遇点灾祸。德武当时很不高兴,正月十五还没过去,年还没有全过完,你就对我说这话,太晦气!可对方一脸笑意一副好心提醒的样子,又让他不好发作,他只能沉下脸"哼"了一声走开了。

买一份吧,今天的头条新闻是——

我有急事,今天不买了。德武想绕开对方。没想到那老邱又麻利地把三轮车横到了他的面前哀求道：买一份吧，首长，我今天领了二十份《法制晚报》，到现在才卖出十二份，要赔钱了，请你行行好，买一份吧，全当是帮帮我，让我赚点买烧饼的钱——

好，好好，买一份。他只好忍着心急掏出钱买了一份，之后才挥手拦住了一辆的士。

夜晚的北京大街像一条流水湍急的河流，无数开着车灯的轿车像极了成群争相前游的鱼，一会儿这个游到前边，一会儿那个游到前边。站在街边等着过街的行人，就像站在河边看景致的游客，在观察着哪条鱼能游到最前边并激起更大的水花。

但愿方韵的烧已经全退了。德武无心看这车流所造成的壮观景象，只在心里揣想着方韵的病情。下了出租车后他三步并作两步地走进一家超市，买了些吃食，然后就慌慌地上楼，匆匆掏出钥匙去开门，心情的急迫竟让他的手有些抖。推开门，他几步走进卧室，却又吃惊地站住，床上没有方韵。方韵！他转了身喊。

是哥来了，我在冲澡，我已经退烧了。淋浴间里传来了方韵甜美的声音。德武这才松一口气，慢慢放下刚才在街上为方韵买的一些吃食。

哥，不好意思，还得麻烦你一下，我刚才把换洗衣服都放在床上了，请帮我拿过来。

好，好。德武答应着走到床前，一看摊在床上的那几样女人内衣，脸刷地就热了起来，三角裤、乳罩、短衫、花裙。他慌慌地拿起来，它们很轻，且带着香味，他却像拎着一颗炸弹似的紧张，到了淋浴间，他刚敲了一下门，门便哗一声半打开，方韵侧出光裸的上身，只用一只手捂住胸部，德武只觉轰的一声,血冲上了头顶,他急忙把衣服递到对方手上,转身来到了小客厅,像一只被扔到岸上的鱼那样大口地呼吸。

哥,你快坐,我下午退烧后做了几样菜,放在锅里,我们一块吃。换上了新衣的方韵走出淋浴间,新浴过的她真像出水芙蓉,没有了一点病态,她满脸笑容地拉德武在小饭桌前坐下,且动作麻利地把她预先做好的饭菜摆上了桌,还倒了两杯干红葡萄酒。

德武还没从刚才那种动荡的思绪中缓过劲来,手上已接住了方韵递过来的酒杯。

哥,我得向你表示真诚的谢意,我们相识后所经过的事情,让我明白我遇到了一个真正的好人,一个正直的男人,一个可以完全信赖的军人。来,先喝酒。她把酒杯"当"的一声碰过来。

德武也只好喝酒。三杯酒下肚,方韵的双颊更如桃花般艳红了。她扭身打开了音响,一支优美的德武叫不上名字的二胡独奏曲立时在室内飘荡开来,那旋律像一股跳跃着的溪水,在脚下叮咚着,让德武有了一种心旷神怡置身青山绿水间的感觉。

她随即又拿起了酒瓶:哥,我还想跟你喝一杯!

方韵,你感冒刚好,不能再喝了。

喝,今晚我一定要和你喝个尽兴。方韵又给杯里倒了酒,哥,自从我那个曾和我山盟海誓的丈夫,在美国跟了别的女人之后,我又和几个男人有过接触,他们都越来越让我认同那个说法,即天下的好男人和世上的幸福一样,量都很少,没想到上帝让我碰上了一个,这一个就是你!

方韵,你喝多了。德武笑着说,听着这么一个漂亮的女人夸自己,他心里很好受,那种好受的程度,就像小时候吃了很甜很甜的刚从树上打下来的枣,而且那枣还是鲜红鲜红的。

哥,就是因为有了酒的帮助,妹妹很想大着胆子说出一句话。

哦,说吧。德武笑着,他估计那会是一句很中听的话。

从今往后,这所房屋中的一切,你都可以随便拿走,包括人!

人?德武有一刹没听明白,但只是很短的一瞬,他的脸就和方韵的一样,鲜红鲜红了。他嗫嚅着:方韵,你别——我……怎么可能……他有点语无伦次了,他只估计到那是一句好话,没想到话会好到这种程度。他有点慌了。

我这个已尝过婚姻苦涩味道的人,再也不想结婚了,我只想找一个值得我倾心的人,把我心里堆积起来的爱,都倾倒给他,我没有任何别的要求,就是让我爱他,让我用我的全副身心去使他快乐幸福——

德武知道对方现在表白的都是什么,尽管凭本能他非常欢喜,内心里极愿意听凭事情发展下去,可还没有消失的理智催促他很快地站了起来:方韵,时间不早了,你的感冒也好了,我先回去了。

哥!方韵抓住了他的一只手。

他的胳膊哆嗦了一下,心狂跳起来,他知道他一直模糊期盼的东西转眼间就要到来了,可倏然之间,樊怡的身影出现了,只听她冷笑了一声:嗬,你也想养个小蜜了?他打了个寒战。紧跟着出现的是女儿孔醒,孔醒只是睁大一双吃惊的眼睛看定他。德武这时急忙挣开对方的手,狼狈地向门口快步走去。

哥……

他没敢回身,他怕他一回身,就再也无力走出这个屋子

40

了……

大街两边的霓虹灯闪得五彩缤纷,可那五彩的霓虹灯在德武眼里渐渐就变成了方韵的两只眸子,那两只眸子闪得多么美呀……

他没有直接回家,下了车后,一个人在营院里漫无目的地踱着步,他得想法把心中的那股遗憾慢慢消去。方韵的两只眼多像两汪清潭,沉进去该是怎样的味道?就在他边踱步边乱想的当儿,一阵响亮的笑声传进耳中,他循着笑声看去,透过机关棋牌室的窗玻璃,看见里边挤满了人,他于是快步向棋牌室走去。那儿人多,热闹也许会让我纷乱的脑子静下来。德武平日很少到棋牌室,但他知道这是一个热闹的地方,很多有牌瘾的干部都想在这儿树立自己的威名。他刚进门,就有人喊:孔局长驾到。随即有一个少校礼貌地站起:局长,想打几把吗?

好。德武没有客气,接过牌就坐了下来。打的是升级,德武因为还在想着刚才的事,故有些三心二意,出牌没有仔细考虑,结果三手牌出罢,和他打对家的一个上尉就不高兴地抱怨起来:哎,我说你怎会出这样的臭牌?你会不会打?不会就赶紧给我靠边站!德武被这话刺得有些脸红,可也不能发火,他知道在这牌场里是不分官位大小的,那次一个中将副司令在这打输了牌,照样被一个中校小参谋逼着钻桌子。他让自己集中起精力认真打牌,直打到对方认输了才罢手走了。

德武回到家已近十一点了,他以为那娘俩都已睡下,没想到两个人都还在等着他。樊怡给他端来了洗脚水,他把脚浸到温暖的水中时,心不由得扑通扑通跳起来:她要知道了自己和方韵的交往那还得了?

快洗洗睡吧,一天忙到晚,身体能受得了?樊怡的唠叨里浸满了爱。

爸,你还喝不喝你的睡前一杯奶了?孔醒这时把一杯牛奶递到了他的手上。

妻子和女儿的爱让他心里突然有了一种庆幸的感觉,庆幸自己今晚终于走出了那所房子。这时他才发现,傍晚在办公大院门口由那卖报的老邱手上买来的《法制晚报》,还折叠着装在裤子口袋里,他慢慢把它掏出来,本想把它扔到沙发上,眼珠却又突然定住了——原来那报纸的头版上赫然印着一行大字:一厅级干部雇凶杀死情人。

仅仅这个题目,就让他倒吸了一口冷气……

午夜之前,德武一直没有睡着。与方韵的关系,他现在只有两个选择:一是彻底断掉;二是做秘密情人。按今晚她明白的暗示,她随时愿意做他的情人。怎么办?断掉,的确有些不舍,遇到这么一个心仪自己,自己也觉着可心的女人不容易;那么就做情人?如今在地方官场,找情人好像也不是太稀奇的事情。若是做了情人,接下来就有三种可能:第一种,两个人一直有情有意地交往下去,但最终没保住密——这种事情要想完全保住密也是不可能的事情,正所谓“要想人不知,除非己莫为”。那样,便会闹得满城风雨,倘若再让樊怡知道,必会闹得惊天动地,那自己的名声势必会受到影响,下一步的提升也将可能泡汤,自己的政治生命也就宣告结束了,这好像太划不来了。第二种,自己因她而贪腐。有了这样一个情人后,即使她是一个很节俭的女人,自己在经济上的开支也势必要增加,她的租房费总要替她出吧?逢年过节总要给她买礼物吧?她的家人你总要给些钱吧?而你的收入只有工资,那份工资既要供女儿上学,又要家用,再要给那女人,怎么可能够用?何况那工资一向又是樊怡掌握,自己也无法拿出来。

没有钱怎么办？那只有像那些贪官一样，想法子贪占国家的钱了，那不仅自己一生的清白名声没有了，而且弄不好会被关进监狱。倘若被关进监狱，那可是奇耻大辱，那会终生翻不过身来。世界上只有贪腐这种耻辱是所有人都不会原谅的，是任何朝代也无法平反的。第三种，是随着交往时间的延长，她不再满足于情人的身份，纠缠着要结婚。这种事情太多了，毕竟，女人只当一个隐形的情人，痛苦太多了，当她的不满积存到一定程度时，她就会要求自己的正当权利，要求当正式的妻子，那时，麻烦就会来了，就会有哭闹、威胁、跪求，就会有眼泪、争吵和咒骂。不是已有几个相当有权的官员，像那个厅长一样，因不堪情人的纠缠，而生了杀死情人的心吗？他们或雇人用刀，或让人用炸药，或制造车祸，把当初如胶似漆爱在一起的情人杀死了！倘是走到那一步，当了杀人犯，你说这一生过得有多窝囊?！罢，罢，还是趁早收手的好，结束吧，现在结束对两人都好……

7

德武是利用课间休息时来到邮局的。他事先已经想好，把方韵给他的钥匙用纸包住，然后装进快递信封里寄回方韵的工作单位，从此了断这件事。可没想到，当他把快递信封封好要交给邮局工作人员时，一股巨大的遗憾和不甘使得他不由自主地把手又缩了回来。我寄走了这把钥匙，就等于伤了一个女人的心，显得自己太绝情，人家只是表白喜欢你尊重你，并没有强迫你做什么，你这不是反应过度吗？再说，寄走了钥匙，你自己心里也难受，等于违心地做了使自己难过的事。你这是干什么？你已经五十多岁，还会遇到如此美丽的女人？不让关系向情人发展，只做个朋友总可以吧？有一个美丽的异性朋友，平日在一起喝喝茶聊聊天，稍微体验一下浪漫生活，算犯错吗？你长这么大还没有浪漫过，为何要自己跟自己过不去？那就不寄了？

他撕开快递信封，将那把钥匙又掏出来攥在了手里。他在原地站了足有三分钟，才一步一挪地出了邮局的大门。

不寄了，就留个念想吧，保存一把钥匙能出啥事？

翌日上午，他那个用于日常联系的手机里进来了一条短信：哥，想你，明天我休息。他把这条短信看了又看，在那八个字的旁边，他看见了方韵那张如花似玉的脸，看见了她那高挺诱人的胸，看见了她那丰满颤动的臀，看见了她那颀长柔韧的腿，还有她那双含满柔情蜜意的让人心醉的眼。他在心跳加速的同时不由自主地回了五个字：明天下午见。

见，就见一次，见一次能出多大的事？一次都不见不也太遗憾了？

第二天上午，他上班时就有些心不在焉，一份文件读了三遍还不知上边写的是什么。下午上班前，他给局里的值班员打电话说下午要去图书馆查个资料，有急事就打手机。之后他便打车向方韵租住的地方赶。下出租车前，给司机付钱时他觉出手都在抖。下车没走多远，刚要拐进方韵租住的那条小街，他忽然听到了女儿孔醒的喊声：爸——

他被这喊声惊得几乎魂飞魄散。天哪，怎么偏偏会让女儿碰上了？他在原地静静地站了几十秒钟才定下神来，才把脸上和眼中的惊慌抹掉，孔醒这当儿跑到了他的身边，上气不接下气地说：爸，我实习的那个单位头头让我替他来邮局取个包裹，你在这儿干什么？

德武急中生智地看了一眼近处的一家酒店，淡了声说：我到那儿看一个从上海来京的老战友,他已经退休了。

哦,看你热的,没带手绢?女儿边说边从手袋里掏出一叠餐巾纸递给他,之后就跑向旁边一辆公交车:我走了——

德武站在原地擦了很久的汗,边擦边在心上自责:你怎么连女儿也骗起来了?你已经骗过樊怡,现在再骗了女儿,那这世界上你还有谁不敢骗呢?你配得到女儿对你的敬和爱吗?你真要和方韵偷偷相会,以后你将怎样面对女儿的眼睛?女儿若有朝一日知道了这件事,她该会怎样的伤心?想到这儿,他胸中原有的那份要见方韵的迫切,陡然间没了。算了,悬崖勒马吧,你得明白,你今天去见她,很难保证不会出事,万一你把持不住自己出了事,你几十年间辛苦塑出的形象就毁了,家也可能毁了,你真的忍心吗?

他边想边慢慢向前移着脚步,走了没有百米,一辆军车忽然"嘎"的一声停在了他的身边,他一怔,还没回过神,只见车窗玻璃摇了下来,荆长铭正看着他问:老孔,在这儿忙什么呢?

是你呀?德武心中一紧,自打和方韵联系上之后,每次看到荆长铭,他都会没来由地在心里紧张,这个时候看见他,心里更是打起了鼓:难道他听到什么了?

我来这儿看个朋友。德武指了一下附近的那个酒店,你这是去干啥?他看定荆长铭的脸,想从那上边瞅出点东西。

参观展览。

参观展览?什么展览?画展还是书法展?德武有些惊奇,你还有这种雅兴?

是反腐败展览,地方上纪检部门办的,让来看看。

嗬,原来如此,在哪个展览馆?德武颇觉新鲜。

就在一个司级贪官为他情人买的一栋小楼里,这也叫实地参观,参观者可以实地感受贪官的胆大妄为和贪欲无边。

哦？在哪条街？德武惊奇地问出了这一句，话一出嘴，又有些后悔，你问这样细干吗？也想去参观？

就在前边那条小街。怎么，想去看看？想去就上车，跟我一起走。荆长铭边说边要开车门。

别，别，我还有事。德武急忙摆手。待荆长铭的车驶远之后，德武的心里仍惊悸不已：那个贪官情妇的住处和方韵住的那条街竟然相邻？天呀，前车之鉴就在眼前哪，孔德武，你真的想毁了自己吗？

不，不，不！

他几乎是跑着进了刚才孔醒出来的那个邮局，立马要了一个快递信封，将方韵给他的那把钥匙装了进去，然后写上方韵的名字和她的工作单位：东方大酒店餐饮部。他做这一切时动作很快，似乎担心慢一点自己又会改变主意。

欢迎你再来。邮局里的服务小姐办完快递手续时朝他礼貌地一笑，他这才松了一口气。然后，他在大厅里的一张椅子上坐下，掏出手机给方韵发了一条短信：抱歉不去了。

第二天下午，他那部日常用的手机上，出现了她的一个短信：钥匙收到。不必回信。

他知道，她生气了。

她是应该生气的，你辜负了她一片情意。

他苦笑了一下，事情到此结束了。

他正坐在那里发呆时，通信局长程万盛打来电话，说：今天是周末，咱们和荆长铭三家好久没聚了，晚上六点到金麒麟酒家在一起吃顿饭热闹热闹吧。程万盛也是从99旅出来的，当年德武在99旅当营长时，程万盛当他的副营长，两个人关系不错，后来德武调来机关，程万盛接的营长。再后来程万盛也来了机关，慢慢当上了通信局长。这样，一个营就出了三个正师职干部。尽管德武对荆长铭这人有些看法,可因为是老战友,加上万盛在其中的积极联络,三家人逢年过节总要在一起聚一聚。德武此时心里正有些空落落地难受,听到这提议,立刻觉得这倒是一个调节情绪的好机会,便痛快地应道:好,我们全家准时到。

<h1 style="text-align:center">8</h1>

在北京,只有一个行当干着风险最小,这就是餐饮。只要你稍有经营头脑,干这个都不会赔钱,几百万人的流动人口和一千五六百万的常住人口,再加上各省来京的党政军官员、商人都要请客吃饭,使京城的餐饮市场一直十分火爆。每到傍晚华灯初上时分,北京的大小饭店门前都是吃客如云热闹非常。大饭店门前,各种锃亮的轿车一辆接着一辆,男宾们西服笔挺气宇轩昂,女宾们晚服华美香气扑人;小饭馆门前,自行车、电动车排成长列,吃客们勾肩搭背嚼着香烟拎着酒瓶笑声冲天。德武他们聚会的金麒麟酒家算是中档餐馆,这里既有大饭店里都有的那份干净雅致,又有小餐馆中的那份自在轻松,食客中各样的人都有,有中层官员和白领,也有发了点财的普通百姓。

三家老熟人在一起吃饭,人到得很齐,三位夫人和三个孩子都来了。因德武大荆长铭半岁,大程万盛两岁,他就按三家聚会的老规矩坐在上首,一左一右是荆长铭和程万盛,然后是三位夫人坐一边,三个孩子坐一边。先上来是程万盛说明今天聚会的缘由:今天在干部部门听到一个好消息,我们的德武大哥被列为最近一批的副军职预提对象,今年就可能加官晋爵,刚好今天又是周末,我们就聚在一起先行庆贺一下。德武听罢一笑:万盛想喝酒了,就找一个由头来,这种提升的事,哪能信这些马路消息? 纪检部长在这儿,你要小心他说你造谣惑众。来,我提议为了咱们的三个孩子将来事业有成,干杯!

众人于是都举起杯来,吃喝就此开始。其实德武心里知道,在他们部的正师职干部中,要说提升,他应该是第一人选。他明白万盛得到的消息不会是假的,但这种提升的事只有见到"命令"才作数,岂能提前庆贺? 所以他没让自己露出特别的欣喜,只转移话题道:长铭,你最近忙吗?

长铭吸一口烟,叹一口气:我们这一行,还能不忙吗?

你上次去参观的那个反腐败展览,值得一看?

当然值得一看,我真想让所有的师以上干部都去看看,受点教育。

那个贪污的司长叫啥名字?

胡垒。

胡垒? 万盛惊叫道,我认识他,那次秦省长来京请客,他也在,我和他还喝了几杯酒,他喝酒豪放且酒量惊人。

我在电视上见过他几次。德武回忆着。

万盛的兴致来了:这胡垒可是个才华横溢的人,能说英、法、德三种语言,经常参与和外国经贸方面的谈判,当年为国家的经济建设立过功。

荆长铭点点头:人都会变的,这年头,抗不住诱惑就会出事。他太让人惋惜了。

德武一时感到心上有些沉,他记起电视上的胡垒显得干练利落,带着谦和的笑容,没想到他能出问题,而且是那么大的问题。人哪,一不小心就会摔倒。

命能保住吧? 万盛又问。

估计最低也是无期。长铭又吸一口烟,为了讨一个年轻女人的欢心,把自己的前途全赔上了。

不亏!樊怡这时接口道,放着好好的日子不过,去偷腥,去犯贱,不治他还得了?!没有王法了?

就是。长铭的妻子这时也附和着,他花心就该付出代价,听说他的老婆挺漂亮的,他不好好心疼老婆,为别的女人买楼买车,浪摆啥?!

德武的心先是猛地一缩,随后又慢慢伸开,一丝暗喜渐渐生出来,幸亏我做出了不再和方韵来往的决定,要不,保不准也会出事的。

你们三个也都要小心!男人都有偷嘴的毛病,别管不住自己,到时又后悔!万盛的妻子这时朝自己的丈夫和德武、长铭一指,故作严肃地发出警告。

女人和孩子们都笑了。

德武也笑了,悄然舒一口气。万盛笑着回道:放心吧你,我们三个都是久经考验的老牌优秀丈夫了,没有谁会犯傻去违犯国法军纪家规的,要是我们三个中真有人犯了这种错误,就把他开出家籍……

一阵吃喝之后,聚会就分出了三摊,三个男人说机关里的事,三个女人说衣饰上的事,荆尚、孔醒和程万盛的女儿程莨就谈他们关心的新潮音乐。聚会显得十分热闹。在三个男人中,荆长铭属于不苟言笑的那种人,一向是不问不说话;德武虽然性格平和,但也属于偏于严肃的人,说得不多;只有万盛是个善于交际能喝能说快言快语的人,所以基本上是荆长铭和德武在听万盛说话。万盛的话题不停变换,一会儿是机关工作上的苦恼,一会儿是听来的人际趣闻,一会儿是对军队大事的看法,一会儿是手机上的新段子。德武一边饶有兴味地听着,一边看着三个孩子,他发现孔醒看荆尚的目光里含有爱意,荆尚和程万盛的女儿程莨搭话有些心不在焉,只有在和孔醒说话时才显得神采飞扬心旷神怡,两个人不时用目光交流着情意,他明白女儿是和荆尚相爱了,不免在心里叹息:孔醒,世界很大,你不该在这么小的范围里寻找爱人……

这顿晚宴是在女人和孩子们的笑声中结束的。十来杯葡萄酒和成堆的欢声笑语改变了德武的心境,使他原本空落的心又显得充实起来。临出金麒麟酒家时,他在心里对自己说:孔德武,你应该对自己的生活感到满意,造物主已经给了你很多东西,你不能奢望太多,人太贪婪了会受到惩罚,小心你已经得到的东西再被收走……

这天晚上到家后,他许久以来第一次安静地坐在那里看着电视,再不必为那个方韵焦虑了,他长嘘了一口气。可没看多久,当屏幕上出现一个长相和方韵近似的女演员时,他的心又倏然一跳,感到一丝遗憾又生了出来。

嗨,孔德武,你就死心了吧!他猛拍了一下自己的额头。

只在心里记住她的一份深情吧……

谊 长

1

每年部队开训一段时间后,孔德武都要带着几个参谋下部队走一圈,主要是想看看部队训练的真实情况和实际质量。他是由部队主官干上来的,他知道,各级都有因怕出训练事故受处分而悄悄减轻训练难度的军官,而如果不按实战该有的难度训练,那训出的部队是打不了胜仗的。身为作战局长的他明白,再好的将帅所做的谋划,没有具实战本领的部队去执行,也是要吃败仗的。

一外出,《现代战争的预警》那本书的写作就得暂时停下。整天都是赶路、检查、讲评,哪还有时间打开手提电脑写作?

他最先去的是陆基导弹部队99旅。这个旅既是最新型远程战略导弹的发射单位,是我军战略核反击的拳头部队,也是孔德武的起家之处。他当年一入伍就到了这个部队,在这儿当的新兵,在这儿第一次见到导弹和核武器,在这儿提的副班长、班长、排长、副连长、连长、副营长、营长,在这儿立了第一个三等功,并由此走进了高级军事机关。99旅,在他的内心里,一直是他的第二故乡,是经常进入他梦境的地方,是他觉得最亲最亲的一个去处。

这次巡查他决定搞突然袭击,不预先通知抵达时间,不预先说明要检查的基层单位,不预先告知检查的内容。他想看到部队真实的训练情况,不愿看到掺了水分的成绩。

车在夕阳中一接近99旅的驻地,他的眼就迫不及待地向窗外看去。那座山头,这条峡谷,那片柿林,这道瀑布,都依旧是原来的模样,可看它们的这双眼睛,已经属于一个五十开外的男人了,真可谓物是人非。一看见那些熟悉的景物,他就想起了过去的岁月,想起了年轻时的日子,心里异常地激动起来。车进旅部大院时,暮色已浓。他没让车径把他拉到办公大楼前,而是在大门口就下了车,步行在他闭了眼也熟悉每个拐弯的营区道路上。随行的参谋们先去了招待所,他一个人缓步走着,目光急切地触摸着他所看到的一切,并立刻搜寻着往昔的记忆:

这是我当新兵第一次进营区下车的地方。

在这座房子里,领导宣布了我晋升为排长的命令。

这片草坪上,放映过电影《第八个是铜像》。

在这片树林里,我见到了营长想介绍给我做妻子的那个女护士,没料到她嫌我长得太对不起她……

老首长好!一位旅里领导发现了他的到来,急忙跑过来向他敬礼,他只好中断回忆,开始和他握手寒暄。

晚饭是匆促准备的。旅长让通信员拿来了茅台酒,德武刚想开口让把酒撤下去,年轻的旅长说:孔局长,我知道你给自己规定过,在旅以下作战部队不喝酒。可你是从咱们旅出去的老首长,今天回到老家,无论如何也要喝几杯,这酒是从我家里拿来的,你一不必担心多花我们招待费,二不必担心喝到假酒。我们也不多喝,每人三杯。旅长说完,又高叫一声:把臧北叫来!

一个身个不高的精干男子应声跑进来:旅长,臧北到!

你要立马准备,把你最拿手的那四道"金龟"菜做出来,让咱们的老首长尝尝。

是。那臧北转身出去。德武见状不好再说什么,怕坚持不喝会让旅长难堪,就端起杯道:这三杯酒我喝,但我预先声明,别指望酒宴能让我网开一面,降低检查标准,而且我希望你们旅的领导在我这次检查没走之前别喝酒,因为检查说不定什么时候就会开始,到时谁若因喝酒误了事,可不要怪我不留情面。

老首长放心,大家都只喝三杯酒,在咱们旅的领导干部中,一般人的酒量都在半斤以上,没有人会因为三杯酒误事的!再说了,老首长今天刚回老家,相信你今晚也不会真对我们动手。来,为了欢迎老首长回到旅里,大家干!旅长举杯碰了过来。

孔德武淡淡一笑。

三杯酒喝完不久,只见那个臧北炊事员用一只托盘端着四个大盘子进来了。盘子往桌上一放,随德武来的那几个参谋都禁不住欢叫了一声:嗬!原来那四道菜是四个形态不同惟妙惟肖的老鳖,一个在作揖,一个在攀岩,一个在戏水,一个在脊珠。

来，动筷尝尝。旅长笑让。

德武和同来的几个参谋尝了之后更是意外，原来这老鳖并不是真的，而是分别用香菇、木耳、南瓜、黄花掺了淀粉做的，完全是绿色食品，而且味道绝美。

怎么样，还可以入口吧？

你这厨师不简单哪。德武笑道。

实话给老首长说，我们这里常有上级的工作组来，可原来苦于没有一个好的厨师，做出的大路菜人家都不喜欢，后来基地招待所的厨师臧北找我，说我们旅部离他老家近，他想调到我们旅招待所工作，我一听他在北京的大酒店里学过厨艺，就答应他来试试。他一来，嗨，手艺还真行！

德武点点头。

臧北，你来给孔局长说说你的经历。旅长喊来臧北。

报告首长，我原来在基地招待所食堂工作，被送入北京天伦酒店学习厨艺，没想到刚结业，我父亲去世，为了就近照顾老母，就来到了旅里。

你的手艺不错，谢谢你……

晚饭后，德武一个人向发射阵地走去。每次下部队，不论是到陆基、海基还是空基导弹部队，他都想去亲手摸摸导弹的弹体，手一摸住弹体，就有一种奇妙的充实感和自豪感由心里生出来。隐在阵地暗处的哨兵，突然执枪出现在了他的面前，他熟练地说出了口令，哨兵在夜色里看见了他的军衔，急忙抬高枪口向他敬礼。旅长这时也由德武的身后闪出，对哨兵说：这是首长。德武没想到旅长跟在他身后，略有些不快地看他一眼，而后径向导弹身边走去。摸住了，这冰冷的钢铁制品，这熟悉的武器。他的手指起了一阵轻微的震颤，一股莫名的快意升上了心头。我们的国家,就是因为有了这些看似冰冷的东西而变得安全起来;我们的军队就因为拥有了这些坚硬无比的武器而让他人不敢小觑;我们军人就因为会操纵这威力巨大的火器而让人刮目相看……

首长,你白天赶路辛苦,早点休息吧。旅长在身后说。

他在夜暗中把头点点。

今晚不会开始检查吧? 旅长带了笑问。我现在总失眠,睡前须服安眠药,你说我今晚要不要服药?

该服还是要服的。

那我明白了。旅长舒心地笑着。

年轻的旅长没有料到,老首长就在当晚对他动了手。

检查是从夜里 11 点 55 分开始的。这是一个干部战士刚刚进入深度睡眠,人的反应比较迟钝的时辰,此刻测试才能见出真本领。按照训练进度,孔德武决定就检查由接到战斗警报到各发射单位奔赴战位做好发射准备的情况。差不多就在部队刚一熄灯,德武便令随行的参谋们悄然进入各检查地点:两个作战值班分队的驻地,两个导弹阵地和旅指挥所。

他想要看看自己老单位训练的真实景况。

德武就站在旅指挥所门口不远处,默然看着腕表。午夜过后的营区一片静谧,只偶尔能听见哨兵的一点脚步响和雷达天线旋转时的低微声音。今夜无月,四周的群山和山上的森林黑黢黢地只显一个模糊的轮廓,夜风仿佛也已睡去,没有在山间林中弄出任何响动。时针刚一指向 11 点 55 分,孔德武就用那部作战专用保密手机拨响了旅指挥所的值班电话,待值班员一拿起电话,他就威严地下令:99 旅,我是孔德武,请接开战预警,敌已悍然对我发动了核袭击,命你部立即做好回击准备,等待接下来的新命令!

那个略有睡意的值班干部反应很快,几乎在答"是"的同时按响了战斗警报,顿时,尖厉的警报声在群山间响起。仅仅几秒钟后,就有干部战士飞步向自己的战位奔去……

几分钟之后,德武的手机里就传来值班副旅长的声音:报告孔局长,99旅值班分队回击准备已经做好,正等待进一步的命令。

让你们的旅长听令。

但旅长迟迟没有到位。

德武下令各单位在战位待命后,才看见旅长慌慌地由家属区跑来。旅长显然想做点解释,可德武没有给他机会,扭头登车就向各检查点驰去。

进一步的仔细检查还令德武满意,营连指挥员们都能快速到达自己的指挥位置,各号手的动作都很准确。仅有一个副连长迟到了五秒钟;一个班长跑丢了鞋子,赤着脚做好了规定动作。

总结是第二天早饭后进行的。在全旅干部战士面前,孔德武说:我对你们前一阶段的训练成果比较满意。当对着旅长一个人时,他没有客气,他说,如果昨晚是真打,因为你的延误,你这个拳头旅就可能失去回击敌人的机会,葬身在敌人的第一波攻击里!

旅长红着脸说:孔局长,我昨晚的安眠药吃多了。我老婆最近因为一些婆婆妈妈的事老和我生气,弄得我睡眠不好——

我不听原因,只看结果!

当然……

敌人不会因为你吃了安眠药就暂缓袭击你的阵地。

我错了。

你们招待所做的菜质量不错，我希望你们旅的训练质量也能有新的提高！……

2

与脸还红着的 99 旅旅长握别之后，德武就又驱车向另一支部队赶去。

《现代战争的预警》第五章的腹稿，就是在这种赶路过程中打好的。这一章他想写现代战争的中期预警。中期预警是战争爆发前一个月的预警。此时，战争的导火索已引燃过半，战争这个怪物的身躯已在前方的浓雾中时隐时现，要对战争准确做出中期预警，必须弄清五方面的情况：第一，敌方的经济运行是否已近似战时状态；第二，敌方的主力部队是否正向进攻出发阵地接近；第三，敌方的统帅部是否已开辟前进指挥所；第四，敌方的舆论宣传中关于爱国献身的内容是否在大幅增加；第五，敌方的外交部门是否已安抚了他的其他敌人。此时，因敌方的军队在频繁调动之中，对其部队信息的收集分析显得尤为重要。高空可用侦察卫星，中低空可用有人和无人驾驶侦察机，地面可开启远距离侦听装置，可使用热源追踪器等所有的侦察器材……

在一些没安排检查活动的晚上，他抓紧把打好的腹稿敲在电脑上。

这一走就是一个多月。先由北到南，再由西向东，由陆基导弹部队到核潜射部队再到空投核武部队，主要的作战部队都去了一趟。每个单位都是不告而至，不听汇报，不看计划，直接到训练现场看官兵的动作，再根据实战的要求出题目当即检验。这样的检查，有些单位免不了要出洋相，但总的来看,他心里还是很满意的。绝大多数指挥员能够得心应手指挥自己的部队,绝大多数官兵能按真打的要求熟练完成战斗动作。他回到机关就径去向何司令作了汇报,何司令听了也高兴,说:好,玩花架子的少了,将来我们在战场上流血就会少些。以后下部队检查就该这样悄无声息,要是去时让部队列队欢迎,你还能了解到真情实况?……

提着箱子进家已是黄昏了。一个多月的奔波让他极想进家放松休息,没想到进屋却看到樊怡正坐在沙发上抹眼泪。怎么了?他很意外。樊怡不是个轻易掉泪的人。

你看看你的好女儿,我今天上班,她在家休息,我让她去帮我买点"东方华贸",她倒好,跟荆尚去香山上玩了整整一天,把我交代的事忘得一干二净,现在可好,"东方华贸"已经停售了!

东方华贸?啥东西?孔德武没听明白。

基金,懂吗?你们爷俩谁也不关心这个家的积蓄,只知道没钱了朝我要,自打买了经济适用房后,你算没算咱们的存折上还有多少钱?眼下这年月,光靠你我的那点工资,能应付日子?不想法赚钱能行?"东方华贸"这个基金的回报挺高,没想到让这个不操心的孔醒弄没了。

对不起你了我的啰嗦妈,一件小事能让你啰嗦得头都大了!孔醒这当儿从自己的房间里冲出来,一脸不耐地叫。

嫌我啰嗦就把事情办好呀!办好了我夸还夸不过来哩,办错事了还不让人说?!

好了好了,德武见状急忙浇水熄火,生怕母女俩吵下去都会再哭起来。主要是怨我这个家长没操心买基金的事,害得让你们娘俩生气,我向二位道歉了。

去!樊怡被这话逗笑了,都是你,把工资卡交给我就算完事,从不操心再投资赚钱的办法。你看人家后勤部的龚局长,当初用存款在三环边上买了套两居室的房子,也就两年多的时间,卖出后净赚了三十多万;还有装备部的柳局长,人家光靠买基金,一年就赚了九万多;还有你们司令部的韩参谋,支持老婆炒股票,四个月就赚了十二万;还有政治部的老齐,让老婆开了个美容美发店,一年也能赚十来万。你哪,你做啥了?成天就记着往部队跑,跑来钱了?跑来物了?光是说战备战备,仗没见打起来,人却见穷了!

你总说穷,咱们家是没粮吃了是没衣穿了还是没牛奶喝了?德武笑着问。

嗬,你是说有吃有喝有穿你就满足了?真是一个典型的农民!你啥时候才能跟上这个时代?你没看好多人都有私家车了,好多人周末都去别墅里休息,好多人过节都出国旅游了,有的人还去坐豪华游轮玩哩,你就满足于能吃上饭穿上衣喝上牛奶?说出去都能让人笑掉大牙!土老帽!

我的同学焦葶家,最近买了一辆奥迪 A6,前天她让我上去坐了坐,那个舒服呀!孔醒这时忘了刚才的不快,接上了口。

她家靠干啥赚的钱?樊怡也忘了刚才和女儿的争执,急忙问,看来是想学点赚钱的经验。

她爸是一个副主任,说是管着批什么东西,巴结她老爸的人特别多。

那八成是贪的——樊怡的话未落音,有人敲门。孔醒开门后,只见一个年轻小伙站在门口问:是孔局长家吗?

是。爸,找你的。孔醒开了门。

孔局长,我是 99 旅招待所的炊事员臧北,你去我们旅检查工作时,是我给你做的金龟菜。那小臧边说边把两个塑料提袋放到了门后。

德武记起来了,那晚在99旅吃的四只"金龟"让他印象深刻,于是忙让道:快坐快坐。

我从这周开始休假,我姐让我陪她来北京买辆帕萨特,下午把车买好了,就特意来看看首长,向首长表示真诚的谢意。

谢我什么?德武有些不明所以。

你去99旅之前,我已在旅招待所让当了一段时间的厨师,可他们总说要考验我,一直不给我办理正式调动手续,你那天一夸我做的菜,旅里领导一高兴,立马就给我办了调动手续,你说我不该来当面向你表示谢意吗?

是这样呀,那你就该好好干,把干部战士们服务好。

那是那是。首长这次到我们旅,轻车简从,检查极端认真,不搞虚的不玩假的,机关和部队反映都好,好多干部战士说:像你这样的领导才是真干事的!

德武听出小臧的话是一种奉承,可他还是有些高兴,毕竟这是来自基层部队的反映。你姐能买得起帕萨特,收入肯定不错,她是干什么的?

她呀,什么也不干,就是炒股,她当初学的是金融专业,对股票还有点研究,她说中国的股市在经历了近十年的熊市之后,最近开始向牛市进发,最高点有可能冲破六千,她因此把自己的所有积蓄都投进了股市,目前已经赚了九百多万。这一赚钱,她就不知道自己姓啥名谁了,非要买一辆大奔不可,我劝她少显摆,买辆帕萨特就行了,大奔那种东西太惹人眼,很容易让人把她当成特大的老板,弄不好会让坏人绑架的,她听了我劝,才来买帕萨特。

是吗?炒股还能赚这么多的钱?德武惊奇了。

孔局长你可能没关注这段日子的股市,牛得厉害,有人说傻瓜进去都能赚钱。我姐说这是千载难逢的机会,她估摸这个好势头不会持续太久,她一定要抓紧赚钱,她说她在这一波的股市上,稳定要赚一个亿。

真的?已进到卧室的樊怡听见这话,这时又急步走了出来。

她这话里肯定有水分,不过根据她在股市上的实际表现,她能赚钱倒是一定的。怎么,阿姨对股市还有兴趣?小臧看向樊怡。

听你说你姐在股市上赚钱那么容易,还真让人生了兴趣,只是我对股市一窍不通,有兴趣也是白搭。

要是这样,我可以让我姐帮帮你。股票就是看准后买进卖出的事,你可以听我姐的电话指导,她让买什么,你就买什么,她让卖什么,你就卖什么,保准能赚钱。

那得需要先开个户吧?进到书房的孔醒这时也来到客厅,也是满脸的兴趣。

是,需要开个户。小臧点头。不过如今开户只要很少一点钱,百把块吧。

那我们倒可以进去试试。孔醒兴奋地搓着手,一副跃跃欲试的样子。

试吧,有我姐帮你们,你们保准会赚钱的。

刚进去拿多少钱买进好呢?樊怡小心地问。

当然是趁眼下股市上的牛劲,多买进一些,具体买多少得由你自己定。

俺家买了经济适用房后,已经没啥积蓄了,手里也就几万块钱,不会有闪失吧?

你们这钱是攒的工资,可不能有闪失,我看你就委托我姐来替你炒,让她来决定买进卖出,真要出了问题,由她负责任。

我想,凭她的经验,快进快出,搞短线操作,赚一笔应该是稳拿把攥。小臧说得很爽快。

那行吗?樊怡看了一眼丈夫,希望他表态。

我看可以。德武还没开口,孔醒先已表态了。咱们不懂股票,人家又自愿帮忙,试试有什么不好?真要赚一笔不是可以送我出国留学了?

你想得多简单。樊怡白了女儿一眼。

大不了赔一点,其实钱存在银行里,得的也是负利息。

据我对我姐的了解,赔的可能性很小很小。小臧的语气很肯定。阿姨你打算拿出多少钱来炒?

最多九万块钱,再多就拿不出来了。樊怡说着又看了一眼丈夫,显然希望他说话,毕竟她对这个年轻人不了解。

咱就不赶这个浪头了吧。德武所以这样表态,一个是因为这件事出现得太突然,他原来根本没想过炒股这事;再一个是他对这个小臧只是见过面,谈不上了解,一下子就把自家积攒起来的几万块工资交给他,万一全赔了咋办?

孔局长,阿姨,你们看这样办好不好,你们先不必给我钱,我就让我姐拿出九万元先替你们炒两笔试试,赚了,是你们的,证明你们的运气好,也证明我姐还有点本领;赔了,算她的,反正她已经赚了那么多,也不在乎这点钱,行吧?

那……可不好意思。樊怡笑着。

其实,你们就是想今晚给我钱,银行不开门,你们也取不出来,而我和我姐想今晚就开车返柳城。咱就这样说定了,我先告辞,过些日子我打电话过来。小臧说着就要走。

德武起身送客,说:小臧,谢谢你的一番好意,股票就不要真去炒了,还有,你拿的那是什么东西?说着指了一下那两个提袋。

几包煎饼,两袋干枣,一点柳城的土特产,来向首长表示谢意空着手不好意思。小臧抓挠着头发笑着说。

那你就把这袋河南的山药带走。德武这时顺手把前些日子老家人捎来的一袋铁棍山药递给小臧。自当局长以后,他给自己作了规定:不收重礼;对于偶尔送来小礼物的下属,要坚持回礼,不白收。

臧北走了之后,孔醒问父亲:爸,这个人说的话可信吗?

德武还没回答,樊怡已笑道:连这都看不明白?哪有天上掉馅饼的事?这个年轻人不过是顺口说说而已,到时候在电话上讲一句"俺姐不同意",就罢了……

3

臧北到访这件事很快被孔家人忘到了脑后。孔家的三口人都很忙,都没把臧北的话当真。可没想到,那个叫臧北的炊事员还真是说话算数,十六天之后的那个正午,他兴冲冲地给樊怡打来电话:阿姨,恭喜你,你的九万元股金在我见你们的第二天,就被我姐全买了西北铝业的股票,当时买的是一万五千股,每股六元。今天上午,这只股票每股已净涨了八元,扣掉我姐垫付的本金和税款及其他费用,你现在已拥有了十一万元。我姐让我问你,你是继续委托她炒下去还是想提现退出来?

樊怡握着话筒先是怔在那里,随后就又喜又疑地问:真的?

那还有假?你现在打开电脑上网查一下西北铝业的股价,看是不是已到了十四元一股。臧北在电话里催。

孔醒这天刚好也在家,电话里的声音很大,她听到后就跑进爸爸的书房里去开电脑。

可我们还没把要买股票的钱交给你姐呢。樊怡觉得有必要把这话说明白。

那有什么要紧？当时你不是口头委托我办这件事了吗？我姐是为你才买的这只股票，也就是说，这次赚钱，是你的福气而不是她的福气，在股市上，不论是大炒还是小炒的人都知道，不能去挤占别人的福气，否则是要倒霉的。

这——樊怡一时不知道究竟该怎么表态。

你只说吧，是继续委托我姐炒下去，还是提现？

孔醒这时由书房悄步跑过来在妈妈的耳边轻声说：西北铝业的股票，今天每股是已涨到了十四元。

要是这样的话，我们就还用九万块钱委托你姐炒吧。樊怡知道自己的家底是九万，就只敢说出这个数字。

那好，剩下的两万马上兑现给你汇过去，请告诉我你的银联卡号。

樊怡将信将疑地说出了自己在工商银行的一个卡号。

请你下午到银行查收这笔钱。臧北说罢就放下了电话。

他真能给自己打来两万块钱？她放下电话后还站在那儿发愣。孔醒笑了：妈，愣什么？是因为从来没有一下子赚过这么多钱吧？

不太可能，世界上怎会有这种好事？那天下午，樊怡把卡插进 ATM 机时还在怀疑这事的真伪，直到卡上显示出真有了两万块钱时，她才长舒了一口气。天哪，看来这次是真碰上好人了，这年头，如此讲信用的人实在少有，你爸爸当初帮助这个人算是帮对了。她当时就拐进超市里买了一只乌鸡、半只酱鸭和一条鲈鱼，今天晚上全家人要好好庆祝庆祝。

晚上德武下班回到家，看见饭桌上摆了一桌子菜，先是很高兴地拿起筷子去品尝,然后问:今天是什么好日子?

是赚大钱的好日子。孔醒边给爸爸倒长城干红酒边笑答。

赚大钱?谁赚了大钱?

樊怡于是说了事情的经过,德武先还带了笑容听,听着听着笑容没了。他放下筷子说:咱家这样赚钱,是不是有点太容易了?

炒股票就是带点赌博的性质,输赢都是很快决定的,赔也赔得快,赚也赚得快,这有什么了? 没准过不了两天,咱的那九万本金又一下子没了。樊怡反驳着。

可这并不是你亲自在股市上炒来的呀?

炒股并不需要每个人都去股票大厅,委托代理是这个行当最常见的事情,藏北自愿让他姐为我们代理买卖股票,你又没有使用不正当手段胁迫藏北他姐为你代理,俗话说,这是一个愿打,一个愿挨的事,有什么不放心的? 再说呀,藏北当初不是接受过你的帮助嘛,我们跟他也算是朋友了,朋友间互相帮帮忙有啥不得了的?

我那怎算帮助他? 我不过是夸夸他做的菜罢了,人家是客气,你可就当真了?

你这人就是树叶落下来也怕砸住头,干啥都是瞻前顾后,能干成啥大事?

就是呀,爸真是,自己赚不来钱,妈赚来钱你还说三道四的! 孔醒也不高兴了。

好,好,咱们吃饭。德武不想让妻子女儿都扫兴,就重又露了笑脸。也罢,就要了这笔钱,这又不是我贪污的,是妻子委托别人炒股赚来的,能出什么事? 我有点太小心翼翼了,股票这个东西,真神奇呀……

4

在京城北郊召开的协同作战会议,是一次机密等级很高的会。会议期间,与会者不仅不准离开会址,手机全被收走,而且所有的非保密座机都一律切断。到会的德武长期从事作战指挥工作,对这种保密措施已经习惯,自觉不与外界联系。会议一连开了几天,会后又参观了几个部队和分队的实地演示,等踏上归程已是八天以后了。

德武是和兄弟部队一位负责作战的邬副参谋长同车回城的。那位邬兄上车不久就打开非保密手机大声小气地和妻子聊股票的事,只听他连着声问:内当家的,行情如何?赚了没?他妻子的回话也非常清楚,德武想不听都不行:你不看看我是谁,还能不赚?告诉你,你就准备给儿子买房子吧!好嘛,回去我可要好好犒劳犒劳你……

打完手机,那位邬兄就回头问:德武局长,你家夫人是"玩股"还是"养基"了?

她呀,既不懂股票也没买基金,不过有一个朋友在股市上有点经验,她托人家买了一点,小打小闹的,只是玩玩罢了。

你只说你投了多少资金吧。

九万。

嗨,你这个老孔,真是个小气鬼,看来你是真的对股市没有研究,咱们国家的股市经过多年的憋屈,积聚了太多的能量要释放,一牛就会牛出个样子来,眼下这种牛气冲天的时候十年难遇,而且持续的时间也不会太长,你还不赶紧抓住机会把所有的钱投进去,赚他一回?怎么只投九万?那能赚多少?这是上天给我们这些不会经商和无权经商的人提供的一个最好的赚钱机会,为何不抓住?你想让你的钱躺在银行里一天一天变少呀?没听人家说,一百块钱存到银行里十年,把通货膨胀率算进去,最后会变成七块钱吗?!

德武笑笑,没敢说出自己其实只剩九万的家底。

不瞒你老孔,我可是连储蓄带筹借,把近五十万都投进了股市,你猜猜我老婆拿这些钱在股市里给我赚回来多少?

多少?你敢给我说实话,不怕我绑了你?德武笑道。

谅你也没那个胆子。七十万!扣掉本金和税费,净的,还可以吧?

德武的两眼瞪大了:好家伙!

眼馋了?舍不得娃子套不住狼,明白?!当然,我等也要小心风险,我准备见好就收,回去就让老婆马上全部卖出提现。捞一把就收手,用咱们的军事术语,叫不恋战,打个胜仗就溜。这股市我看疯得也太厉害,谁进来都赚钱,持续的时间不可能长,风险明显在越变越大,该小心了。

德武让姓邬的一席话弄得心里着实有些后悔,看来当初是该关注一下股市,自己不出面可以让妻子出面嘛,进股市的钱是完全可以借到的,要真是像老邬这样赚一笔,家里办啥事不都方便了?

德武到家是中午吃饭时分,他原以为进屋会看见樊怡和孔醒正坐在饭桌前吃饭,没想到母女俩都正趴在电脑前聚精会神地看着屏幕,樊怡还边看边对着电话话筒喊:好,全卖了!我们也不想再炒,请把所有的钱都打在我的卡上。

电话里传来一个女人的声音:行,我马上卖,然后转去。

卖啥?他凑到电脑前一看,原来屏幕上正呈现着当下的股市行情。

西南水电。孔醒看见他,高兴地回身搂住他的脖子叫道,老爸,我们又赚了!那位姓臧的姐姐把我们的九万全买成了"西南水电",一开始是三块一股,总共三万股,经过这些天的运行,每股已升成十六块了,一股净赚十三块,我妈刚才已当机立断,让那位姐姐全给卖了,我们现在已净赚三十九万,加上本金九万,是四十八万,扣掉税费和其他的支出,差不多还有四十四万,我们娘俩怕太贪心被套,想下午就全部提现。

德武听了女儿这话着实惊喜,不由得拍了一下樊怡的肩说:嗨,想不到你们还真大赚了一笔!

樊怡笑笑:大概是老天爷看我们家太穷,特意要照顾我们一回。

怎么办,老爸,你该慰劳慰劳我和老妈吧?

好,好,走,咱们出去下馆子,说,想去哪一家?

钓鱼台大酒店行吗? 孔醒笑问,咱们去不了钓鱼台国宾馆,去钓鱼台大酒店吃一回过过瘾总可以吧?

成,就钓鱼台大酒店。

去去,你俩一看就不是过日子的主,走,到"郭林家常菜"!

我抗议! 赚了大钱还是家常菜? 孔醒不想出门了。

快走吧你! 樊怡一把就将孔醒扯出了门,刚赚了点钱你可就不知自己姓啥名谁了,想挥霍掉呀?! 不想留学了?

好好,留学留学! 孔醒这才转而笑了。

吃完饭全家一起去了银行,三个人全围在自动取款机前查询,尽管都已知道结果,可当卡上出现了一长溜数字后,三个人还是激动地互相看了一眼。樊怡当即到柜台上把税后的钱转成一个一年期的存单,另取出了两万元现金装进了手袋里。

妈,你取出这么多的现金干啥? 孔醒不解。

你这孩子,连这都不懂?咱得感谢你那位没见过面的臧姐呀,还有臧北,没有人家,咱们怎会赚这么多钱?

对,对。孔醒转向德武:爸,你得马上约见那个臧北,向人家表示谢意。

好好好。德武急忙点头。

德武是当晚给臧北打电话的,德武在电话上说:臧北,感谢你和你姐姐帮我们买卖股票赚钱,我们全家都很感激,想表示一点谢意,双休日我让我女儿去看看你们,你们方便吗?臧北笑道:首长可不要说这种客气话,这点忙在我姐那里只是举手之劳,这类事情她每天都在做,不帮这个帮那个,根本算不了什么,你们完全不必记在心上。

不行不行,我们是一定要表示点心意的,你只说你们双休日有时间吗?

嗬,孔局长真是客气,那这样吧,这个周六我和我姐刚好去北京办点别的事,届时你请我们姐弟吃顿饭就行了。

好,那咱们就一言为定,你们一到北京就给我打电话。

星期六下午四点来钟,臧北打来电话,说他们姐弟俩已到。德武忙告诉了他预先订好的饭店,臧北这时说:他姐来京是要和一家公司谈一桩生意的,原定明天上午谈判,可对方老总刚才提出今天下午就谈,这样,我姐就不能参加咱们晚上的聚会,由我一人代表了。德武听罢说行,然后就带上樊怡和孔醒去饭店了。

这是孔家人和臧北的第二次见面。握手时樊怡拍着臧北的肩膀说:小臧呀,真得好好谢谢你和你姐,没有你们的帮忙,我们怎么也不会从股市上赚那么多钱。来,孔醒,把我给臧北买的那件鄂尔多斯羊毛衫拿出来,让他穿穿试试……

一顿饭吃得笑声不断。

臧北端着酒杯说:其实你们完全不必客气,我姐靠她的证券知识和玩股票的经验,帮好多人赚了钱,你们这点事在她只是顺手做的,赚的这点小钱可以说她都没瞧上眼,她帮别人赚的钱比你们的多多了。

那也得感谢呀,要是我们只凭工资,何年何月才能赚这么多?德武高兴地和臧北碰杯,人有了钱你想心情不好都难,钱既给了你面对生活的勇气,也给了你放开做事的胆量,还给了你一份难以言表的成就感。

那天的晚宴吃到很晚,显然都很尽兴。送走臧北后,孔醒忽然说:爸,妈,你们注意到没有,这臧北哥哥有一个特点,就是他的眼睛很少与人对视,而且他的眼里还像存着不安。

这孩子!樊怡瞪了女儿一眼,你管那些干啥?一个大姑娘家,留心人家的眼睛?!

好,好,不说不说。孔醒笑了:俺老妈要对一个人印象好,你就不能说一句那个人的不是了……

5

第二天中午饭前,德武接到了那位一起开会的邬副参谋长的电话,那老兄声如洪钟:老孔,你老婆还有多少钱在股市上?你记住,不管有多少,让她都立马卖掉提现。德武笑道:怎么?听到啥风声了?我们已经未卜先知,全提了现,股市上已没有一分钱了。

那就好,我有个朋友人称股神,这些年在股市里从没失手过。他经过多方分析后断定,中国股市将很快大幅下跌,我凭直觉相信他的判断有道理,我怕你们吃亏,所以才打这个电话提醒你们。

谢了,谢了。

你们的本金和赚数比例达到了多少？邹副参谋长又问,想保密的话可以不答。

一比四吧。答完这话,德武才猛然意识到,自家赚的这四十多万,并不像那位邹副参谋长家,是他夫人直接从股市上赚的,咱这是别人帮忙赚的,而且最初那九万块钱,也没有拿给人家,是臧北他姐垫的,这就是说,到目前为止,咱还从没有出过一分钱本金。这等于自己既没出钱也没出力,更没担风险,轻轻松松就把钱赚来了。

挂了电话,德武对妻子说:我忽然觉得,咱们那四十多万块钱,赚的路数好像不太对。

你什么意思,啥叫路数不对？樊怡一听这话,眼瞪起来了。

我们当初没有付本金。

没付本金有啥不得了的？臧北的姐姐先替我们垫了,很快我们就还给了人家。人与人之间还不兴借钱了？

这样,别人就有可能说,我们赚的这些钱,其实是臧北他姐白送给的。

这话没道理！这些天我和妈整天都在电脑前忙碌,被股票的涨跌起落弄得心一惊一怕的,夜里都睡不好觉,我们赚的是辛苦钱,怎么会说是白送的？一旁的孔醒也将柳眉倒竖了起来,爸站着说话不嫌腰疼。

德武一看母女俩这架势,知道现在不是讨论这事的时候,忙说:好,好,先吃午饭。不想德武这几句话让家里的气氛一下子全变了,母女两个都憋了一肚子气,吃饭的速度和数量明显都降了下来。德武苦笑笑,只好边吃边继续去想刚才的问题。

德武现在最担心的,是别人会不会质疑这四十多万块钱的合法性。赚了钱当然是好事,但赚的钱如果不合法,带来了祸,那就划不来了。首先是它合法吗? 委托别人代为买卖股票,这是合法的;把由股市赚的钱提现存起来,这也是合法的;问题就出在第一笔本金是臧北他姐代垫的,这就会使整笔钱的合法性受到怀疑,别人会说这笔钱其实是臧北他姐赚的,人家赚到手后送给孔家的。可谁会来质疑这笔钱的合法性呢?机关里没有人知道自家赚了这笔钱,组织上并没有要求一定要申报这类收入,知道这件事的除了自家三口,就是臧北姐弟了,只要他俩不说出去,这事谁知道? 他们是主动要帮忙的,我又没去求他们,他们会说出去吗? 想到这儿,他立刻拿起军线电话,拨到了99旅,想再听听臧北的口气。

电话拨到旅招待所,所长一听是孔德武找臧北,急忙报告说:最近上边让清理旅部用工,说为了保密和安全,作战部队不准使用地方职工,招待所的炊事员一定要用志愿兵,这样,刚刚让臧北又回到了101基地招待所工作。电话转到101基地招待所,果然找到了臧北。臧北一听是孔局长,忙问:局长有事?

我们当初向股市上投的本金是你姐姐垫的,现在想起来觉得有些不妥了。德武把自己最担心的问题说了出来,他想看看对方的反应。

嗨,这还不是应该的,在股市上,彼此拆借点钱还不是经常的? 我姐有时急用,也向别人借一点,你千万别把这事放在心上;再说了,你们也没让她垫多久,不过是几天的时间,她能损失什么? 她赚的那些钱放在手里不也是闲着? 你们这次能小赚一笔,归根结底在你们的运气,运气来了,挡都挡不住。

这番话差不多打消了德武的顾虑。看来这在臧北他姐来说,确是一个随手可办的事情,根本没有什么大不了,人家一点没放在心上,自己是有些多虑了。想到这里,他的心情轻松起来,别自己吓唬自己,更不能给妻子女儿增添心理负担。

这件事就这样结束吧……

此后他再回到家,就又开始安心地去写他的《现代战争的预警》第六章了。这几天,因为对赚来的那笔钱心神不定,他都没再打开手提电脑。第六章写的是战争爆发前三天的短期预警。现代战争因其破坏性极大,若在爆发前三天发出预警,防御一方仍能减少很多损失。可要做出短期预警,难度极大。此时,虽然战争的导火索已接近燃完,爆炸很快就要发生,但因发动战争的一方千方百计要掩盖企图,故意施放和平烟幕,反会给防御一方一种局势也许会和缓的感觉。历史上不乏在此刻进行误判的例子,致使短期预警没有发出。要做出短期预警,要注意看敌方国家元首有无取消预定国事活动的反常举动;看敌方主要城市和部位的防护等级是否突然升高;看其主要军事指挥员是否已不见了踪迹;看其主力部队的驻地是否已开始了大战前的安静。尤其要看其武装直升机群的动静。直升机在传统战争中虽也有使用,但多用于后方救援和短途兵力输送,可在现代新型战争中,武装直升机成了直接的进攻作战工具,它可以成群地突然出现在敌方战斗队形上方,很快地发射短程空对地导弹和其他炮弹,巨大的啸叫声和猛烈的火力会给敌方造成强烈的精神震撼和肉体伤害,是撕开进攻口子的重要力量。因此,敌方武装直升机群的动向,最能让人感到战争是不是已将很快逼近……

这天,德武写到吃晚饭时分,又想起了那笔钱,便关了电脑走到客厅里大声说道:樊怡、孔醒,去股市赚钱的事再不要对别人提起,把存折放好就行。

醒儿,记住,这事对荆尚也别提。樊怡补充了一句。

孔醒撇了撇嘴:瞧你们那种小家子气,亏着没赚大钱,要是赚个几百万,你们兴许吓得睡不着觉,成神经病了!

6

大巴车在京郊的公路上疾驶着,德武和机关里的几十个大校坐在车里,向京北的一座监狱驰去。部队今天搞廉政勤政警示教育,组织师职干部到京郊的一座地方监狱参观,和那些因贪污、渎职而入狱的地方领导干部近距离接触,让大家从那些人身上吸取教训。德武靠窗坐着,窗外仲春田野的景色像油画一样一幅幅扑入他的眼睛,使他觉得心旷神怡。长铭,以后这样的活动多搞些,也好让大家从钢筋水泥筑成的高楼丛里出来透透气。德武对坐在邻座的纪检部长荆长铭笑着说。

我流汗费力让你们到京郊可不是让你们出来散心的,是想让你们把心收紧的!荆长铭一本正经地回道。

现在各级领导都在关心下属的身体,经常嘱咐大家要身心放松,你这个老荆是怎么搞的,偏偏让大家把心收紧?是存心要把大家的身体都整坏?!你好去独享天下的美食和美色?一个姓宋的大校笑着抗议。

我让你们收紧的是贪心、花心和粗心,这三心一收紧,尔等的身体自然会好!

这我倒要问问荆部长了,你凭什么说我等有贪心和花心?你这是不是以己度人?万盛从座位上站起来含笑反问。

凭的是上帝犯的一个错误,他当初造人时,朝每个男人胸口里都塞了一点贪心和花心,我现在的任务,就是不让你们胸内的那点贪心和花心膨胀！

我要郑重向上级举报，纪检部长竟然言必称上帝，考虑到他的信仰出了问题，应该即刻摘掉他的顶戴花翎！

众人哗一声笑了……

德武和众人的好心情一直持续到监狱大门打开之前，当那两扇厚重的铁门被狱警们轰隆隆推开之后，大家脸上尚余的笑容先是一下子凝固，随后像受惊的鸟儿一样，呼啦一下全飞走了，肃穆和紧张倏然之间笼罩了人群。监狱里的犯人们正在学做一种简单的健身操，一色的光头，一色的号衣，一色沉郁的眼神，加上站在四周的荷枪实弹的武警战士和那些昂着头惕视犯人的警犬，让人立刻体验到一种非常沉重的东西压上了心头。

这些人入狱前几乎全是县处以上职务的干部。监狱长给大家小声介绍。排在前排第一名的，是一个市长，正地级，半个月前才来的，他是因为贪污，贪的总额是两千多万；第二名是个副司长，也是因为贪污，总额是九百七十二万；第三名是一个矿长，犯的渎职罪，因为对安全工作忽视而造成塌方，导致十一名矿工死亡……

接着是参观监房。一间间监房里所摆的用物，差不多只满足人最基本的生理需要，人们在监外自由世界所享有的东西，大多已被取消。铁栅门，铁栅窗，铁框床，脚镣，手铐，这些冰冷的东西再加上狱警们警惕戒备的眼神，让每个参观的人都感到了法律惩处后果的坚硬和沉重。德武看见，同来的那些大校们，脸上都写满了肃穆和凝重。

最后一项活动是听几个犯人的忏悔。第一个上台忏悔的就是那个只有四十五岁的地级市的市长。他的话不时被自己的哽咽打断：……我现在非常后悔，没有拒绝别人对我的第一次贿赂。记得那还是我刚上任当交通局长的第一天,一个高中同学热情地邀我们全家和他们全家聚餐。我知道他办了一个路桥公司,肯定是想通过我,拿到本市准备开建的一条高速公路某个标段的建设项目。我有心不去,又怕伤了和气。无奈之中,我对妻子、儿子说:我们可以去吃这顿饭,但不能收他们的任何礼物。妻子和儿子都表示同意。我们到饭店时,他已到了,他妻子和儿子还没到,他让我们先喝茶,等一下他妻子和儿子。我们就坐在那儿边喝茶边聊天。没有多久,我们隔着玻璃窗看见他妻子和儿子下了轿车向饭店门口走来。这当儿,他对我儿子笑说:我想和侄儿玩个游戏,不知侄儿愿不愿跟我玩?我儿子一听说玩游戏,来了兴趣,忙问玩啥。我那同学说:咱俩凭心理学知识打个赌,猜猜窗外你阿姨和你弟弟谁会先推门进来,你猜错了,把你那块电子表给我;猜对了,我把我这块值一千元的手表给你。我儿子高兴地叫:好,你可不准反悔! 然后就说:阿姨疼爱弟弟,肯定会先推门进来。我和妻子就含笑坐那儿看结果。因为是玻璃门,看外边很清,我儿子猜得还真有问题,那母子俩一直是儿子在前母亲在后走着,我儿子一看这样就想反悔,说要重猜,但我同学说:那不行,你要承认错了就把电子表给我。就在说话的当儿,他儿子突然停下脚步去掏手机,他妻子一下推开门走了进来。只听我儿子先快活地叫了一声:猜对了——然后便跑到我同学面前去捋手表。我赶忙拦我儿子,可我那同学一本正经地说:为一块旧手表,让我跟侄子说的话不算数,那他以后会怎么看我?随即就真把手表取下给了我儿子。我儿子那晚在饭桌上一直高兴得手舞足蹈。我和妻子怕扫了孩子的兴致,也就没有再说什么。这件事很快被我忘到了脑后,不想一个多月后的一天中午,儿子在饭桌上告诉我,有人说他打赌赢来的这块手表值九万块钱。我听罢吃了一惊,忙要过手表去看,可不,那原来是一块好雷达表。天哪,都怪我当时没有去细看,这不是受贿吗?咋办?我和妻子商量,妻子说,已经收了这么长时间了,儿子又喜欢这块表,就装一回糊涂吧。我默然半晌,同意了。因为收了这块表,在此后的高速公路建设招投标时,我不好不给那位同学帮些忙。他拿到一段高速路的建设项目后,又送来了三十万元现金,妻子说,已经收了他一次了,一次和两次性质一样,收下吧,不收白不收,反正他会从高速路建设项目中赚很多的钱。我想想也是,他赚大数,我收个小数还不行吗?没有我,他能有这个赚钱的机会吗?就是从此开始,我收钱没有顾虑了,只要给,我就要,反正已不是清廉干部了,咱也不立牌坊了。当了市长后,送钱的人更多了,我只让妻子把握住三条:事没办成的,不收;和自己亲友有竞争关系或伤害过感情的人送的,不收;有第三人在场的,不收。收的次数多了,就形成了个不好的习惯,看见来找我办事的人没掏出装钱的信封,我就不高兴,就想冷着脸。为了保存收到的那些钱,妻子在装修房子时,学当年抗日时的经验,修了个夹墙,把几个保险柜都藏在夹墙里。事发时,我们共收了两千一百多万元的现金。现在回想起来,就是那块表让我开了受贿的头,没有那块表,我可能还想当一个清廉干部。干部在收钱这事上有点像女人跟男人睡觉,只要被人破了身,接下来就很难再守住身。我现在特别恨我那个同学,他个狗日的送礼的点子太鬼了,竟让当时警惕性很高的我上了当。所以我劝各位有权的朋友,一定要小心,那些想用你手中权力的人,他们会挖空心思破你的清廉处女身……

德武听到这里,忽然打了个寒噤,他猛地想起了那笔由股市上得来的钱,那笔钱来得是不是太容易?会不会有问题?

那天剩下的时间,德武都在想这件事情,竟没再留意后来又见了哪个犯人,又听了什么忏悔,又参观了监狱的什么地方,他的脑子都在那笔钱上:收下它真的有道理?算不算在对自己行贿?……

7

这个周日是个难得的好天,云淡风轻,春阳和暖。德武的心情也很好,他先是在家写了一会儿《现代战争的预警》,之后便决定去理发室染染头发。头发如今成了德武经常关注的对象,原因是头发白得太多,差不多有一半白了,这就需要定期染黑,不然就给人一种挺老的观感。可德武内心里最不愿承认的一件事就是自己老了,所以他很愿意把头发染黑,给人也给自己一种依然年轻的感觉。染头发也是一件麻烦的事,往往只过一周,白色的发根就露出来了;十八到二十天,两鬓上的白发就很清楚了;二十五天,头顶上的白发就无遮无拦了。不勤染,太难看,尤其是开会时,年轻人特别是年轻女人往你头上一看,你心里就特别难受;染得太勤,又有危险——有人不断地说染发可致癌症。所以德武现在常常怀念五十岁之前的日子,那时每次头发长了,去理发室一理就成,差不多十分钟就可以解决问题;如今染头发,每一次都需要近两个小时,嗨,人年纪大了,真是麻烦。

理发室就在宿舍区里,德武快到理发室门口时,突然听到一声招呼:首长,看报吗?今天的《京都晨报》。德武扭头一看,认出是整天在宿舍院内院外骑三轮车卖报的那个老邱,就停住步礼貌地应道:哦,是你,怎么,报纸上有啥好消息?

报告首长,今天的头条新闻是广东的一个区长,接受别人的股票贿赂,被广东省免职并移送司法机关处理。

哦?! 德武不安地应了一声,顿时想起了自家赚的那四十多万元钱,他们是怎么用股票贿赂人的? 他急忙掏出钱,买了一份报纸,边看边走进了理发室。

德武对接下来发生的事情都没有记住,是哪个服务小姐给他围上的罩单,哪位小姐给他染的头发,用的什么染发药水,哪位理发师给他理的发,他都没有在意,他的全部注意力都在那篇不长的报道上——

利用炒股所得名正言顺地收受贿赂,成为当前一个重要的腐败现象。区长吴又韧口头委托江进涛用二十万代为买卖股票,但并未将钱交到江进涛手中,江为了讨好吴又韧以在一桩地产交易中得到吴的支持,将自己炒股赚来的一百三十八万元打进吴又韧的账号,声称是吴的二十万本金赚来的……

德武的心不由得一下子揪紧了,自家从股市上赚钱的事和这桩腐败案子是如此的相似,不同的只是数字,再就是那个江进涛属有目的地行贿,是为了在一桩地产交易中沾光,而臧北姐弟是纯粹地想帮我的忙。但你能说他们就毫无目的? 世界上是有施恩不图回报的人,可你能断定他们就是? 他们会不会在今后向自己提出什么要求? 想到这里他打了一个冷战,若自己稀里糊涂地成了一个受贿者,把自己大半生的清名和前途毁掉,那岂不是太冤枉?

他再次想起了监狱里那个被关的中年市长,想起他那含泪的忏悔。

他染完头发时差不多已经下定了决心:尽快把这四十多万元还给臧北姐弟。可要做到这点,要紧的,是让樊怡和孔醒同意。他知道要说服她们母女并不容易,毕竟是四十多万块钱呀,毕竟也有一些收下的理由。

他自己心里也有些不舍,有这四十多万元在手,一般的困难都可以从容应付。真的全交出去?要不再问问荆长铭?

他于是去了办公室,拨通了荆长铭的手机,说:长铭,有一个朋友让我问问你,他委托他人炒股赚了四十多万块钱,拿这笔钱算不算违纪?

委托他人炒股赚钱,是国家允许的,不算违纪。荆长铭慢吞吞地回答。

口头委托也可以吧?德武还是不放心。

口头委托?没有任何凭证?钱和股票的来往竟然不立字据,那得是割头换颈的朋友才行。你说细点,你那个朋友究竟是怎么个委托法?

德武于是说了委托的经过,当然,他隐去了所有当事人的姓名和身份。

荆长铭听后沉吟了一阵,说:这笔钱拿了也不是不可,但可能会有后患。你那位朋友若是不在政界,拿了似也没啥;若是在政界走仕途,你劝他还是别拿,我不能保证他没有麻烦。这年头,没有不要任何回报的投资,金钱交往很少不附加条件。

有点道理,谢谢谢谢。德武听到这里,更坚定了原来的决心:退还。犯不着为这点钱毁了自己的前程。

可他知道,要说服樊怡和孔醒同意退还可不是个简单的事情。

得想个主意!

晚饭时分,孔醒又提到了这笔钱,孔醒说:老爸,提一条事关家庭建设的建议,咱家干脆买辆伊兰特轿车吧,不超过十万元,我和我妈都可以学着开。你身为局座平时出门能用公车,我和我妈可是要挤公交车的,咱家有了车,我和妈就可以过过

80

现代生活,省点走路挤公交的力气。反正咱赚了四十多万元,花它个四分之一也没啥不得了的,都放在银行里,贬值了不是挺可惜?

樊怡这时开口了:要我说,买车还不如到五环外找一个新开盘的便宜小区,买一小套房子,等晚点升值了卖出去,再赚上一笔。这年头,人得有投资眼光。

以敝人之见,还是先买车好些,现在的北京城,私家车的拥有量可是达到了相当可观的数字,在那样庞大的数字里竟然没有孔家的一个,也实在说不过去,好歹我们也算中产阶级吧?孔醒坚持着她的意见。

德武没有接口,他就是在这时想起了那个主意。

表个态呀老爸,要不咱们票决吧,按民主程序办,得两票的决议可以付诸实施。

醒儿,买车还是买房,咱们以后再议,你现在要先去给我准备一下出门的用品,我明天要出门,衣服多拿一些,这次出去的时间可能很长。

干啥?又是下部队?樊怡这时把眼瞪过来,有点想生气。醒儿快毕业了,她工作的事还没影儿,你不能下去很长时间。

这次不是下部队,时间长短不是我能决定的。德武故意说得慢吞吞的。

那是去干啥?

可能和双规有点近似,就是到领导指定的一个地方,去说清楚问题。

啥?樊怡吃惊了。孔醒也急忙跑到父亲面前,连着声问:出什么事了?出什么事了?!你甭吓我们呀!

嗨,都怨我没给你们说清楚,才惹出了这桩麻烦。德武叹着气。

究竟是为了啥事？你能不能说快点,急死人了。樊怡催着。

就是我们炒股的事,上边的领导现在知道了,认为我们这有受贿的嫌疑,要求我去说清楚。

我们这怎么是受贿？哪位领导怀疑的？这不是想故意整人吗？我去给他解释！樊怡恼道。荆长铭总知道情况吧？他是纪检部长,我去问问他,凭啥这样诬陷好人？

这与荆长铭没有关系,你先看看这个再说。德武说着将那张《京都晨报》递到了樊怡手中,向她指了指广东的那条消息。樊怡看得很仔细,大约看了两遍,才慢慢抬起头,脸上露了点慌乱,说:这和咱们的事,还真有点相似,可领导是从哪里知道的？不会是臧北他们姐弟说出去的吧？

估计臧北姐弟不会说,可这种事,要想人不知,除非己莫为。

那怎么办？孔醒这时也看了一遍那条消息,显出了一点紧张。

怕倒不需要怕,第一,我们没有要受贿的故意;第二,我们也没有为臧北和他姐办任何违犯原则的事情;第三,这钱我们没有花一分,臧北他姐给了我们,我们再原样退给臧北他姐。就应该没有事情。

要是马上退了,上边是不是就不要你去说清了？孔醒担心地问。

应该是的,我们光明磊落,臧北他姐有给我们的自由,我们也有还给她的自由。

那就赶紧还吧,没想到钱没赚住,倒落了一身不是,咱可犯不着为这点钱去坐监狱。樊怡下了决心。你这会儿就给那个臧北打电话,先说清还他姐钱的事,明天上午一上班,我就去银行给他姐汇过去,我有他姐的账号。我这边一汇出钱,你立马就去找领导说明咱还了钱的事! 咱可不去他们指定的什么鬼地方反省问题,那是变相双规,肯定不是闹着玩的。

好吧,就按你说的办。德武点点头,心里松了一口气,本来一场艰难的劝说,能如此顺利地结束,让他感到了一阵轻松。他拿起了电话,很快找到了101基地招待所的臧北,把要还给他姐钱的事说了一遍。那臧北显然有些意外,再三坚持说这是你们孔家应该得的,根本不应给他姐姐。但德武决心已定,说了表示感谢的话后,不容他再多说别的,就挂上了电话。

我们空欢喜了一场。樊怡叹了一句。

总比让爸落个贪污的名声强! 孔醒说。

也是,你爸奋斗了大半生,以后说不定还能当上个将军,可不能让四十多万块钱就把他毁了。

德武舒了一口气。他忽然想起那个卖报纸的老邱年初时对他说过的那句话:你今年可能要遭遇点灾祸。如果这算一次灾祸的话,它被我躲过了……

唉,只是让她们娘俩白忙活了。

费思量

1

德武自然没去"规定的地方"说明问题。

那晚过去的第二天上午,樊怡就去银行把四十多万元钱全汇了过去。臧北他姐收到钱后给樊怡来过一个电话,说:既然你们执意不要属于你们的东西,那我就只好先收下。

德武让樊怡把汇款的单子收好,以备组织上核查。事情全办完之后,德武心里又多少生了一点后悔:也许我真的是过于小心了,可能收下那四十多万元并不会出现什么问题,毕竟,那是臧北他姐代为炒股赚的,正当理由也是有的;四十多万哪,不是一个小数,自己单靠工资,什么时候才能赚到那个数的钱?对于臧北姐弟,他心里也有歉疚生出来,人家可能完全是出于助人的好心,自己这样做,大约会让他们很难堪,好像人家是真的想贿赂你,也许,该找臧北他姐姐表示一下谢意和歉意。

他于是拨通了臧北的电话,问他姐姐在什么地方,他想当面向她表示谢意和歉意。臧北听了连说不必客气,说自己会向姐姐说明情况,说他姐姐会理解孔局长这一行为的。不过臧北最后说:那笔钱的确是你们应该得的,你要求自己过于严格了……

这话又让德武生些后悔。

罢,罢,罢。既然事情已经过去,就别再思三虑四的,赶紧写你的《现代战争的预警》第七章吧。第七章写的是临战预警,也就是战争爆发前一天的预警。此时,战云已经压来头顶,战争这只怪兽的呼吸声已清晰可闻,但防御一方要提前二十四小时预告战争的爆发,仍然非常不易。这时要特别注意六方面的情况:其一,敌方的无线通信是否已进入完全静默状态;其二,敌方的战略和战术导弹是否已处于发射状态;其三,敌方一、二、三线机场的战机是否大都已加满油准备随时起飞;其四,敌方的潜艇是否全已出海;其五,敌方的正副统帅是否已不在一地并且不再安排国务活动;其六,敌方的首都和主要大城市是否都没有安排大型集会和文体活动……

一旦进入写作中,那四十多万元就被德武完全忘到了脑后。

第七章差不多写完那天,何司令突然来了电话,问他看没看当天的报纸。他一愣,司令怎么关心起我看报纸的事了?忙答:还没有。

何司令说:快看看有关美军的一则新闻,看完把你的感想告诉我!

好。德武急忙去翻当天的报纸,他的目光很快盯在了那个标题上:美军一架飞机在上级不知情的情况下携带装有核弹头的导弹由东海岸飞抵西海岸。我的天,他倒吸了一口冷气,倘若这架飞机在飞行途中出了意外,那将出现多么可怕的后果!他很快拨通何司令的电话,肃穆地说:何司令,美军出的这次事故,也应该成为我们的一个警戒。我想马上通知各有关单位,迅速对我们的核弹仓库和管理制度的贯彻情况做一次全面检查,发现问题即刻纠正。

可以,马上去办吧!

通知很快就用电报下达了。当天午后,德武又亲自带了一个工作组飞到了101基地。一下飞机,德武告诉接机的基地参谋长不去基地机关,先到核弹仓库。检查虽然是突然进行的,而且极其细致,但并没有发现仓库的管理有什么毛病,一切都是按规定按制度办的,这让德武放了心。看来美军的那种事故不可能在我们的部队里发生。在对管理人员做了一番叮嘱之后,德武才带人驱车随基地的参谋长回基地机关。到达基地所在的天良市已是将近晚上八点。基地负责接待工作的一个参谋等在机关大门口,说机关招待所新换的厨师做菜手艺不行,晚饭安排在驻地旁边的九天饭店里吃。基地参谋长对德武抱歉地笑笑:那就去饭店吧。

因为检查结果令人高兴,吃饭时德武对基地参谋长让上酒的事没有反对。于是大家就都喝了起来。德武也喝了几杯。吃喝将要结束时,饭店的年轻老板端着酒杯来了,说欢迎诸位领导来我的饭店吃饭,我敬你们一杯。德武一看那西装笔挺的老板,意外地叫道:嗨,这不是臧北吗?臧北这当儿也认出了德武,欢喜地扑过来抓住德武的手:哎呀,这不是孔局长吗?老首长能来我这小店吃饭,我太高兴了,今晚这顿饭我免单,请大家一定给我这个表示心意的机会。

德武笑问:你不是在基地招待所干吗,怎么开起饭店了?

嗨,还不是我姐,她炒股赚钱多了,就总嫌我在部队招待所当炊事员挣钱太少,非要让我离开部队到这儿承包个饭店不可。钱是她投的,我当经理。真没想到在这儿又碰上了你,咱们还真是有缘呀!

是,是。德武也很高兴,主动和臧北喝了几杯。上次的事太谢谢你了,只是因为上边有规定,我才——

首长不用说了,我敬重你,你那样做证明你真是一个好干部! 臧北拦住德武的话。然后说:我们饭店还办了个练歌厅,请孔局长和诸位吃完饭再给我个面子,移步去看一看,也给我带股发财的喜气。基地的几位陪同者都看着德武,德武觉得臧北的邀请带着真情,拒绝了好像有点不近情理,就点头说:那就去看看。

一行人在臧北的带领下来到了练歌房,进门之后才发现,这练歌房被隔成了一个个的包间,德武跟着臧北进了一个挺大的有帷幕相隔的包间,包间里灯光灿灿,他被让座在沙发上时才发现只有他一人进来了这个包间,他问臧北:参谋长他们呢?臧北笑着:去别的包间里参观了,这儿的包间很多。德武正想起身,不防一个漂亮的小姐这时突然由一道布帘后闪了出来,不由分说闪电般地坐到了他的腿上。德武大吃一惊,那姑娘这时嗲声嗲气地说:哥哥,我陪你唱歌。由于太过意外,德武有一刹被惊愣在那儿,这当儿那小姐又"噗"的一声在他颊上亲了一口,吓得他脸朝后一仰,那小姐又把脸强贴到他脸上说:俺陪哥哥唱个歌嘛! 德武这时忙扶那小姐坐到沙发上,说:我是来参观而不是来唱歌的,抱歉。他说时脸上已露出了不快,瞥了一眼臧北,很快就向包间门口走了。臧北一边对德武连说对不起,一边扭头训了那个姑娘一句:没看清楚这是首长? 真是胡来!

由进到出也就十多分钟时间,随行的人都很快走了出来。这件事让德武刚才的好心情一下子减去了不少,但他也不好再对其他人说什么,只在心上后悔:不该来看这练歌房的……

2

回到北京是一个星期六的早晨。他洗漱完吃过饭刚想出门去办公室看看,樊怡拿着一个大红的请柬递到他手上说:别走了,万盛的闺女莨莨今天出嫁,咱们得去参加婚礼。

是吗? 德武一喜:莨莨这姑娘平时寡言少语的,没想到在这事上倒先行了一步,这可是大喜事,是咱们的第二代中第一个成家的,去,去,一定去。咱今天去贺喜的同时,还有一个任务,那就是学习,看人家怎么办这婚礼,咱们不是也快要给醒儿办啦?

爸,你怎么乱说呀? 不是给你讲过,我离结婚那道坎可是还有很远很远哩?

多远? 差多远这件事也总是要办的,走,你今天也去,看看人家莨莨是怎么应对的,当个见习排长,对一应程序好做到心中有数。德武挥着手。

这还用你说? 樊怡笑了,她打昨天起就在挑选今天要穿的衣服,迫不及待地要去看别人的婚礼,想学习哩。

妈,你胡说什么? 你再乱猜瞎说我就不去了。

好,好,算你妈不会说话,快拿上贺礼走吧,咱们先去看莨莨出门的场面,然后再去饭店参加正式的婚礼……

程家正浸在欢乐的海洋里,四室两厅的房子里挤满了贺喜的人,万盛正笑容满面地给人们散烟、让座、递糖块;莨莨妈嘴都合不拢地给女儿准备着要带到夫家的东西;已穿上白色婚纱长裙的莨莨正在女性亲友们的协助下最后一遍检查衣妆。万盛夫妇看见德武一家进门,忙迎过来握手寒暄,德武说,我得先看看宝贝侄女,给她一句新婚叮嘱。说着,就径直到了莨莨的住室门口,高声说:莨莨,今天是你的大喜日子,伯伯我送你一句话——爱夫尊婆敬公公,手勤语暖愿吃苦。正在收拾头发的莨莨闻声忙转过身羞赧地朝德武夫妇施礼,孔醒这当儿朝莨莨叫道:莨莨,别听我爸的,全是对女性的限制,只讲义务不讲权利,结婚要是为了吃苦谁还结婚?一席话说得满屋子人都笑了起来。

穿着簇新西装的新郎就在这当儿进了屋子,人群一阵欢呼,德武这才注意到,原来当伴郎的是荆尚。荆尚那小子穿上笔挺的西装,头发又很正式地一吹,还真显出了几分帅气。德武用胳臂碰碰女儿,示意她去看荆尚,小声说:这小子还有点派头和看头,去打个招呼吧。孔醒撇撇嘴:哼,美得他,不就是当个伴郎嘛!我才不去找他,我看他敢不来跟我打招呼!

荆尚这会儿显然也看见了孔醒,眼睛不住地往这边瞄,樊怡含笑低声对德武道:这两个人今天都在这儿见习呢。

别只说他们,包括你,你也要注意向莨莨她妈学学,看看她都忙了些什么,记在心里,到了你当岳母的那一天,好心中有数。

别只说我,你自己哩,醒儿日后出嫁,你不也是头一次当岳父?你就不需要学习?樊怡白了一眼丈夫。

德武笑了:当然,当然,我也得学习。

新郎向岳父岳母行鞠躬礼——司仪在喊。

德武急忙去看万盛的回应动作,心里在说:我还真得学学哩。

新郎送上聘礼,呦,红包挺大——

岳父不要光笑,得伸手接过来,不要嫌少,是个心意——

岳母端上荷包蛋,新郎官,这可是你岳母刚刚亲手煮的——

新郎吃荷包鸡蛋一双,甭不好意思,大口吃,吃下去待会儿好有力气背新娘——

新郎向闺房走,步子走稳点,别舍急慌忙,没人跟你抢——

新郎向新娘施礼——

新娘得回个礼——

新郎弯腰下蹲,做好背新娘的准备——

新娘伸手环抱住新郎的脖子——

新郎起身,背新娘下楼坐车——

岳父岳母送女下楼——

新娘可回头含泪叫一声:妈妈——

岳母可扶门框含泪叫一声:女儿——

岳父可以抹抹眼中的喜泪,别说话——

德武和屋子里的人都被司仪的最后一句逗笑了。下楼坐车要去男方举办婚礼的饭店时,德武看见了荆长铭,长铭走过来打招呼,德武笑着埋怨:你怎么才来?没赶上看刚才的场面不遗憾?长铭笑道:这是该你学习的科目,不是我想看的,我想看的是当公公的程序和礼仪,待会儿到婚礼上再学不迟。怎么样?你看明白了吧?把怎样当我们荆尚岳父的过程都记下了?

德武笑了:美得你!

我们孔醒可是还没拿定嫁谁家的主意!樊怡这时忽然

90

插嘴。

不会吧？荆长铭脸色禁不住一变,明显有些急了,不是已经说好了吗?

跟谁说好了?樊怡问得一本正经。

嗨,我早就给老孔打过招呼,两个孩子也谈得很好,怎么会——

你亲耳听我们孔醒答应了?你问过我们孔醒了?

荆长铭忙用目光去找孔醒,走在德武身后的孔醒这当儿脸一红,扭身跑远了。

德武在心里笑道:荆长铭,谁叫你摆出一副胸有成竹的样子?!……

3

德武回到机关后因为事情繁多加上又要写书,很快就把在101基地所在的天良市吃的那顿晚饭忘到了脑后,他根本没想到这顿晚饭会顽固地留在他的生活和记忆里。

德武一边工作一边写他的《现代战争的预警》,日子转眼间就到了六月下旬。

六月下旬是一批正师职干部包括孔德武的关键日子。每年的这个时候,上级都要研究批准一批正师职干部晋升副军职。这种晋升,是军官晋升之路上的一道重要门槛,军官过了这道门槛,就成了军队和国家的高级干部,军衔便可定为少将,成为了共和国的将军。被人称为将军对于一个军人来说,那该是多么荣耀的事情。上次程万盛说的那消息的确不是假的,已任作战局长四年的孔德武,已被定为副军职干部的预提对象。机关里已风传他要在本部当主管作战的副部长,有一些参谋见他时已悄声要求喝他的喜酒,近几天,自己局里的几个参谋已在暗地里准备定下酒席为他贺喜。对于这些,孔德武都是一笑置之,他对提升的事不表一点关心,脸上总是一副事不关己高高挂起的表情。不过在他的内心里,却是异常兴奋,一个普通农民的儿子,一个连甲长、保长都没有出过的家族,就要出一个将军了,这是一件多么了不得的事情!

那天吃过晚饭,他朝沙发上一坐刚打开电视,樊怡忽然把一个精致的提袋递到了他手上,说:走,咱们去一趟何司令家。

去何司令家干啥?孔德武一时没明白妻子的用意。

去表示点心意呀,不是马上就要研究你们了? 妻子瞪他一眼,我听说有晋升可能的人现在都在跑呢,只有你,还像个傻瓜一样,坐在这儿看电视!

你买的这是啥?

给何司令买了点正宗虫草,给他夫人买了盒高级化妆品,给他儿子买了块好手表。该花钱时就得花,人家说这也叫投资,而且是回报率很高的投资。你想想,你要是提了将军,奥迪 A6 汽车一配,再来个司机跟着你,我和醒儿不是也跟着沾光了?

想什么呢?!

是不是嫌我俗了? 那你当初为啥不娶个不食人间烟火的高雅女人? 只许俺们娘俩跟着你跑东跑西吃苦受累,不许俺们想着跟你享点福?

我不是这个意思,我是说你买这些东西前为何不跟我商量商量?

怎么,买错了? 不对路? 那我就去换,你说,买啥好?

是根本不需要买!

又跟我来清高了,你又不是出身名门望族你给我来啥清高？你一个农民出身的军官求求人有啥不得了的？小你的架子了？

德武不屑地一笑：我就不信这将军的职位是跑来的，何司令就那样贱，让你这点礼物就买通了？就打倒了？笑话！一个正师职干部能不能提升，关键是看他平时干得怎么样，能不能胜任高一级的工作。

好，好，你给我唱高调，让你唱高调，提不起来了你可别后悔！大不了我不当这个将军夫人，我当个局长夫人也凑合了，可你呢？一辈子可就白奋斗了，你离五十五岁可是已经不远，我可是知道你们正师职干部到了五十五就要一刀切下来，不准提副军了，过了这个村便没有这个店了，那时候你就是想送礼怕也是没人收了——

我奋斗就是为了提将军？德武脸上现出几分愠色，他没有去再听妻子的絮叨埋怨，而是把目光转到了电视屏幕上。其实，德武所以敢稳坐不动，是因为他知道何司令属于那种爱才如命的将领，何司令多次在机关干部大会上表扬德武是一个能领兵打仗的人才。在核打击部队，要论对部队装备的各型导弹、核弹头和常规弹头的各样参数的熟悉程度，论对各作战单位训练现状和作战能力的了解，论对核打击部队的战争准备和战术动作以及各种作战预案的明晰程度，没有一个人能比得了孔德武。何司令每次出门，必带的一个人就是孔德武；何司令在作战上每做大的决策，最先咨询的，也是孔德武。正是因此，德武坚信，这一次全部队就是只提一个副军职军事干部，也必是自己，不可能是别人！

我就是不送礼！

他在内心里已不止一次地自语：主管作战的副部长，非我莫属！

他于是照常吃饭,照常睡觉,照常上班,照常下到101基地去查了一次核弹仓库,没有像有些预提对象那样,无心工作,只顾急迫地四处找人。

时间就在他平静的等待中走到了周末。周五早晨刚一上班,值班的封参谋就悄声告诉他:下午就要开会研究你们的事!德武像往常一样,只是淡淡一笑,说了句:今天是大暑了吧?

封参谋被他问得一愣,忙转身去看日历,之后点头答:是,局长。

孔德武从小受种庄稼的父母影响,习惯按农历节气记事办事,对一年中的每个节气都能记在心上,何况今天的气温与昨天相比,的确有微幅升高。

他那天走进作战室后,照例先拿起电话,分别和担任战备值班的各陆基、海基和空基作战单位的值班员简短地通了话,了解了当天的情况,这才往皮转椅上一坐,点着了当天的第一支烟。自从担任作战局长后,他每天上班后都是这样做的,他不喜欢去听值班参谋的汇报,总想直接了解第一手的情况,只有这样,他才觉得心中有底,才敢保证一旦有事,值班部队能在预警信号发出后,用最快的速度完成发射,给来犯之敌以重重回击。

已度过几十年军旅生涯的孔德武时刻都在记着,自己所在的部队是一支战略威慑力量,一旦有事,必是敌方的首次打击对象。他的职位和任务因此变得十分特殊,他只要稍有疏忽和闪失,几代人辛苦建立起来的这支部队就可能毁于敌人的首次打击从而失去作用,我们的国家和民族就会被置于危险境地,那他,就会变成共和国的罪人。每想到“罪人”这两个字,他都会无端地打个寒噤。

他这天所以提前半小时到作战室,是因为要等一个重要的电话。

一支烟还没吸完,桌上那部红色直通电话就响了,他在铃响的第一瞬间已经拿起了听筒,因为时间在这支部队常是以秒为单位来计算的,所以几乎所有的军事指挥员都养成了动如疾风的处事方式,就连接听电话的动作都比其他部队的干部快。电话里的声音很响:报告孔局长,凌晨两点后连续三次进行的试验,获得的数据和原来的一致,还是4分36秒。

好,我马上报告何司令。他随即拿起了另一部红色电话,他还没有来得及开口,听筒里就传出了何司令那熟悉的声音:小孔,预警时间延长了多少? 显然,司令员也在等着这个消息。

报告何司令,经昨天白天和夜间的反复试验,3A3装备启用后,预警时间比原来延长了4分36秒。德武的声音里露着得意。一般人对这不到5分钟的时间可能不会在意,每个人每天都有那么多的时间可供挥霍,可在这支部队里,所有的指挥员都知道预警时间延长4分36秒意味着什么,那意味着当敌人来袭的导弹发射后,我们多了4分36秒的准备时间,在这个时间里,我们反击的陆基核弹可能已经升空,载有核弹的飞机已经起飞,核潜艇也已完成了发射,从而躲开了敌人的首次打击,为赢得整个战争打下了基础。何司令的话音里也露出了少有的欢喜:好,让试验分队的干部战士们好好休息。

何司令没有对下午研究干部的会说半句话,也没有对他作任何暗示,德武的心略微有些紧张:总不会出什么意外吧? 不会的,能有什么意外? 自己这些年的工作成绩和工作能力在那里放着,何司令清清楚楚,其他首长也看得明明白白。他自己劝了一阵自己,心情又开始好起来。他让值班的封参谋对预警时间延长的事做了记录之后,便去忙别的工作,每天,作战局都有大量的事情要他去处理。

德武的好心情一直保持到中午下班,他下班到家一见女儿孔醒就高兴地说:今天是大暑,你该把你冬春的衣服拿出来晾晒晾晒,以免暑天发霉。正忙着什么的女儿显然心情不佳,听了父亲的话立马嘟着嘴说:晾衣服就晾衣服,提大暑干啥?谁知道大暑是干什么的?德武笑了,说:你们这一代呀,光知道吃麦当劳和上网聊天,别的都不想去弄懂了。吃麦当劳怎么了?总比你的蒸红薯好吃。孔醒挖苦的话音未落,她妈妈樊怡就在厨房里含讽带刺地接了口:醒儿呀,你跟你爸争什么哪,他是一个穿着军装的农民,你让他过他的大暑,咱过咱的七月不就得了?!德武苦笑了一下,自从娶了在京城出生的樊怡之后,只要他一说到农历二十四节气,她就要斥责他是一个农民;女儿长大以后,也常常学她妈妈的样子,说他又不种庄稼,按节气记事做事太土。他知道和这娘俩争论问题是占不了上风的,就闭了嘴不再说话,原来的好心情在这娘俩的打击下不觉间减了不少。

家里安的那部地方电话这当儿响了,那是妻子和女儿的专用电话,他一向不接,不想女儿跑过去拿起话筒后却朝他叫:爸,找你的。他一怔,接过话筒后才听出是一个陌生的男子:是孔德武先生吗?不知道你官当大了,还认不认我这个战友?对方的声音里带着点笑意。

德武努力去辨识话筒里的声音,可是除了能隐约辨出对方是山东人外,再也想不起这个声音和自己有什么关系。你是——

99旅3营9连1排长向孔局长报到!

潘金满!对方的话音刚落,德武的脑子里就刷地蹦出了这个名字,与此同时,一个面孔清秀的山东小伙的身影浮现在他的眼前,三十年前在99旅当副连长时的日子也朝他翻滚着涌来。那时多么年轻,那是多么美好的时光呀。

谢谢孔大局长还能记起我这个三十年前的部下,还记得我这个不争气的小排长。对方的声音里分明透着感动。我通过电话向老领导敬礼了。

孔德武高兴地笑起来:你还是那个调皮捣蛋的老样子!你如今做什么工作?啥时候到的北京?住在什么地方?

除了你问的这些,我还有很多事情要向老领导汇报,考虑到现在是吃午饭的时候,咱是不是换个时间再说?假如你今晚没有别的安排的话,我想在和平饭店请你们全家吃饭,你把咱嫂子和宝贝侄女带上,咱们边吃边聊,行吗?

你怎么知道我有个女儿?德武有些奇怪。

猜的,刚才接电话的那个女孩,一口普通话,声音甜美,应该是咱侄女吧?

对,对。只是你到北京是客人,晚饭这个东一定要由我来做。话刚说到这儿,他忽然想起了下午那个研究晋升军职干部的重要会议,如果真的有自己,晚上怕是会有别的安排,于是急忙改口:我今晚有事,明晚请你吃饭!

好,好。咱们一言为定!……

4

孔德武那天的午休没有睡成。先是一股兴奋像狗一样在他的心里到处乱撞,什么时候挂少将肩章?啥时候把这好消息告诉娘?要不要叮嘱樊怡不能太张扬?后来,又有一缕担忧像风中的丝线一样,开始在他的胸中摇摆晃动,下午的会上对自己的提升会不会有反对意见？别的竞争者会不会出奇制胜？上边的提升政策会不会有新的变化？……

他被那股兴奋和那缕担忧弄得睡意全无。他下午是打着哈欠走进办公室的，刚在办公桌前坐下，封参谋就进来笑着说：我们几个在京美大酒店定了云台厅。定云台厅干啥？馋酒了？他明知故问，脸露笑容。大家晚上一定要喝几杯庆贺酒。封参谋也笑着。你们就去瞎闹吧。他没有制止，只是扭身打开了电脑，开始去修改下个月就要举行的一次实兵演练的预案。

约莫五点的时候，他坐不住了，那个会议开到这个时候差不多就该结束，情况会是怎样的？他先是在自己的办公室里踱了一阵步，随后走进了值班室。封参谋正在标着一份作战地图，见他进来，忙直起身子问：有结果了吧？我怎么知道？他笑着反问。机灵的封参谋立时拿起话筒：我和干部部的任免处长是老乡，我来打听打听。边说边拨着电话。他没有怂恿，也没有制止，只是转身又走了出来。尽管封参谋是他最欣赏最信任的参谋，但毕竟是部属，他不想让一个下级看出他急不可待地要知道提升消息的样子，那有失一个领导的尊严。

他回到办公室坐下，静静地等着封参谋打探的消息，他估计封参谋很快就会高兴地蹦进屋来说：成了！但直到过了四十分钟，眼看就要下班了，封参谋还没进来。他有些奇怪，是会议还没结束？是任免处长没有透露消息？他的自尊不允许他再去找封参谋，于是拿起了电话，直接拨了干部部长的办公室，他和干部部长相熟，他知道干部部长是下午那个会议的参加者，对方若在办公室，就证明会议结束了。干部部长接了电话，听出是他的声音，立即笑着问：是孔局长，有什么指示？德武便一本正经地谈工作：实兵演习很快就要开始运作，我们想从下边部队借调几个军事干部到导演部来……工作谈完之后,他估计对方会顺便把那个好消息告诉他,可是没有,对方在答应了他的要求之后,说了些惯常的客气话,就再见一声把电话放了。这让他很是意外,他握着话筒有些发呆:这类会议的内容因带有喜事的性质,一向是保不住密的,往常都是会一开完,内容就已传开,今天这是怎么了?

就在他坐在那儿发呆的时候,桌上那部红机子突然响了。他拿起电话,立刻听到何司令的声音:马上来我办公室一趟。他应了一声,心一下轻松起来,站起身就往外走。原来何司令要亲自告诉我这个好消息。

他高兴地在何司令门前喊了声报告,然后走了进去。他进门后才注意到,何司令不像往日那样眼露笑容,而是面孔阴沉带着怒气,他的心一咯噔:找我来不是要谈那件事的?是部队出了什么事情?!

孔德武,5月21日晚上9时左右你在干什么?

德武一惊,大约是何司令问的内容和声音太不寻常,他平日深得何司令的赏识,何司令同他说话一向亲切而随意,从来没有用过这种冷冰冰的声音。

5月21日晚上我还在101基地查验核弹仓库的情况。他努力回忆着,不知何司令今天何以突然问起了这个。

我知道你在101基地,我问的是当晚9时左右你在干什么?何司令用手中的铅笔敲着桌子。

孔德武边回忆边答道:那天晚上,因检查仓库回到基地所在的天良市已经很晚,基地参谋长请我们在市里一家饭店吃饭,那饭店刚好是基地一个叫藏北的炊事员承包办的,那位饭店老板很热情,先是在我们吃饭时来敬酒,饭后又坚决要带我们到饭店新设的练歌房去参观一下——

你去了吗？何司令的眼睛直盯住德武。

我不好意思拒绝，就和工作组的同志进去了一会儿。

到歌厅后你们做了什么？

我知道军人不能进地方营业性歌厅，可我们只是去参观，只是因为没法驳那个老板的面子。我们分别进了几个包间。

包间里有什么人？

我进去的那个包间里有个陪唱歌的小姐。孔德武的脸一热，突然间意识到这件事已被人有目的地报给了何司令。

你们在包间里做了什么？

我还能做什么？他抬头直视着何司令，他被逼问得有些生气了。

唱歌了？

没有。他觉到了满腹委屈：司令干吗要问这么仔细？

小姐陪唱了没有？

我没唱歌，她怎么陪唱？德武有点明白问题所在了。

小姐做了什么动作？

德武的脸一下子红了，那组一直被他压在脑海深处的动作被他忆起，他不由自主低下了头，不敢再去看何司令的眼睛，一种无地自容的感觉出现在他脸上：她坐到了我的腿上，还亲了我一下，但我保证是她主动和突然坐上来的，也就一两秒钟，我随即就让她坐到了沙发上，而且我很快就起身走出了歌厅——

砰！何司令就是在这时摔碎了他的水杯，然后大步走进了里间。那一刻，室内静极了。德武呆站在那儿一动没动：何司令如此盛怒的情景他还是第一次见到。片刻之后，何司令又走了出来，把几张照片扔到了他的怀里：拿回去看看！照片拍得多清楚，可以留作纪念了。可你知道你让小姐坐在腿上的代价是什么吗？

那几张照片上，一位漂亮的小姐就坐在他的腿上，而且手还揽在他的肩膀上，面露陶醉之情；其中还有一张照的是小姐亲吻他的情景。

德武先是被那些放大的十分清晰的照片弄蒙了，过了一刻才想起辩解：我确实没有主动要她坐在腿上，更没要她亲吻——

你因此失去了一个重要的机会！

德武一时没有说话，似乎是没听明白司令指的是什么事情。

何司令深长地叹了口气：这批晋升军职的干部名单，就是在今天下午定的，本应该有你却没有你，你知道是为了什么？就是因为这个。举报者就在今天下午把照片快递到了纪检部。你自己把自己的前途给毁了。你已经五十四岁了，这是你最后一次晋升军职的机会，可你竟为了一个歌厅里的女人，把它扔了！你不为我们部队的战备考虑，也该为你自己想想呀！

德武惊呆在了那儿，半晌无语，许久之后才叫道：我是清白的，我和那个歌厅小姐没有做过任何其他事情，我前后在包间里也就十来分钟，饭店老板还站在旁边，我敢保证——

何司令冷笑着说：还用做其他事情吗？你让她坐在腿上让她亲你不就够可以了？如果我不以军人和司令的身份而以一个男人的身份同你说话，我不会责怪你，哪个男人不喜欢女人？哪个中年男人不喜欢姑娘？你能把一个姑娘吸引到你的腿上，那证明你还有男人的魅力；可我是这支部队的司令，我要带领千军万马随时准备去打仗，这就要求我必须执行严格的军纪。我为你感到惋惜！

你可以去找101基地的参谋长调查,他会证明我的清白!

我下午在会上就给他打了电话,他说当时他被人领到了另一个包间里参观,和你不在一个房间里,确实不知道你当时的情况,他能证明的只是你进去的时间很短,很短的时间里你就做了这么多,让小姐又坐腿上又亲吻的?!

德武暗暗叫苦,的确,当时那个包间里只有自己和臧北。但他提高了声音说:不!这不公——

何司令瞪大了眼睛问:什么不公?难道允许你违纪去营业性歌厅允许小姐坐到你腿上才算公道?如果是别人诬陷你,我绝不会饶恕他。可现在你让我怎么去为你辩解?照片拍得清清楚楚的,姑娘的手还放在你的肩膀上,我还能说什么?啥叫一失足成千古恨?这就是!明白吗?

德武的声音这才又低下去,说:那天确实是那个老板执意要让去歌厅参观的。

何司令的声音高起来,叫道:那你的脑子呢?你是一个大校,一个局长,一个正师职干部,还用别人提醒你军纪如铁吗?我现在不明白的是,告发你的人怎么会掌握这么准的时机,恰恰在晋升你的前夕……

孔德武记不起自己是怎么下班走回家的,他只记得自己头疼欲裂,一进卧室就扑倒在了床上。他的胸中被后悔、委屈、愤怒、伤心、屈辱、痛苦几股情绪轮番冲撞,他手握拳头在床上狠狠捶着。自从十八岁当兵以来,他从未受过如此沉重的伤害。他因为自己是一个地道农民的儿子,没有任何仗恃和依靠,所以做事一直谨慎认真,从没违犯过一次军纪。没想到五十多岁了反而丢了这么大的人。他仔细回忆那天在天良市那家饭店的情况,自己是机关派下去的查验核弹仓库的工作组长,人们轮番来劝自己喝酒,劝酒的人都说了很多奉承的话,自己一定是被那些酒和话弄得有些飘飘然了,所以当那个臧北提出让去歌厅看看的时候,就没有坚决地拒绝。在包间里当那位小姐突然坐到他的腿上时,他是吃了一惊,是有些不高兴,可也并没太当回事。他记得他扶她在沙发上坐下后,就出来了,前后也就几分钟的时间,没想到这几分钟会惹出这么大的祸。孔德武,你怎会这样昏头呀,你为何没有拒绝去歌厅?他悔得用拳重重地去砸自己的腿……

可是谁把这件事捅上来的?没记得那晚有人拍照片啊,一定是这次也想晋升军职的人干的,想让我为他腾一个位置,嗬,好狠的动作呀!早听说如今为了争提升位置,人们使尽了手段,可真的没想到会对我来了这一手?真真是伤天害理啊!我一定要弄清楚是谁干的!

倏地,他想起来何司令刚才说照片是今天午后快递到纪检部的,这么说,是纪检部在下午那个重要的会议开始前抢着把照片交到了首长们手上,这才导致会议做出了新的决定,使自己被淘汰出局,让自己的命运发生了改变。纪检部要呈这种东西到首长那儿,没有部长荆长铭的批准是不可能的,这么说,应该是荆长铭坏了自己的事情!

荆长铭,你为何不在核实之后再向上呈报?你为何如此着急?你这不是生生要断我的晋升之路吗?只要你稍做核实,就可以明白事情的真相;只要你错过今天下午再上交这些别有用心的照片,我的任命就可能通过,你为何要这样做?哦,对了,你是嫉妒,你和我同年入伍,又是同岁,还来自同一个部队,你没有升,就也不想让我升,怕我升了你脸上无光?怕我升了显出你的无能?真没想到你如此卑鄙,亏你还想当我的儿女亲家!呸!

不行,这欺人太甚!我不能让你就这样得手,我虽然不能改变这个结局,可我一定要让你明白,我知道你是个什么东西!

德武想到这里从床上一跃而起,急步出门向荆长铭家走去。

5

是荆尚他妈来开的门。一见是德武就急忙亲热地向屋里让:呦,是孔局长,快进屋坐。尚他爸——她朝客厅里喊。

纪检部长荆长铭那会儿正坐在客厅的沙发上发呆。老战友孔德武因那几张照片失去提升机会的事令他心里十分沉重。今天下午刚一上班,他和两位副部长才在会议室里坐定准备研究一个案子,收发室送来了一份寄到纪检部写明领导同志收的特快专递邮件,韩副部长坐得离门口近一些,就接过邮件拆开了,谁也没想到从信封里掏出的是几张放大的彩色照片,照片上,一个年轻姑娘亲昵地坐在孔德武局长腿上,还有一张是那姑娘亲吻孔德武的情景,照片照得很是清晰。三个人一时都有些发愣,荆长铭的第一个反应是:这些照片是假的。以他对孔德武的了解,他知道孔德武绝不是这样开放的人。他于是大声喊来了一个负责技术鉴定的干事,让他立刻拿去技术室看看这些照片是否是合成的。仅仅十分钟之后,那位干事就进来报告:照片不是合成的,是一次性拍成的真照片。荆长铭有些傻眼,怎么办?两位副部长定了眼看他,他们都知道孔德武是他当年在 99 旅的战友,也都知道今天下午首长们要研究孔德武的晋升之事。要不要立刻报上去?如今研究干部有一个规定,先要看预提对象有没有违纪的情况,纪检部门若掌握有预提对象违纪的问题,一定要报给首长。刚好,党委秘书这时打来电话问,还有没有关于下午要研究提升的七名干部的违纪材料。这些照片报不报?一个平日曾受过他批评的副部长问,他听出那问话里有点看热闹的味道。他犹豫着没有开口。想说待以后查清了再报,又怕对方说照片是真的还要怎么查?我看还是报吧,至于怎么看待让首长们去决定。那副部长又说。

荆长铭至此只好挥了挥手说:报吧。

没想到这一报竟断了德武提升的路。德武呀,你怎会去干自毁前途的事?!

妻子的喊声打断了他的乱想,扭头一看,进来的正是孔德武,他不由得深长地叹了口气。起身指指沙发说:坐。

德武先是应付了几句荆长铭妻子的寒暄,然后直盯着荆长铭的眼睛,冷然说:荆部长,我想单独和你谈谈!

好吧,到书房去。荆长铭指了一下书房门,先走了进去。他知道德武要跟他谈什么,果然,德武刚一坐下,就语带讥讽地开口:你下午的事办得很漂亮!

你指什么?荆长铭装作没听明白。

指什么你还不明白?德武瞪住他:你做过的事还能立马就忘了?

荆长铭默然一刹,说:德武——

可德武没让他说下去,德武怒道:我们好歹还在一起干过几年,你也口口声声称我为战友,可我没想到在我人生最关键的时候,你会对我下手,就用几张未经核实的照片,成功地阻拦了我的提升。

德武,我很抱歉,现在有一个规定,在讨论干部提升的时候,纪检部门要把掌握的关于预提干部违纪的情况报给首长,这就是我把那几张照片交上去的原因,请你理解。荆长铭咽了口唾沫,艰难地开口,他本想责备他为何让姑娘坐在腿上,可到底也没说出口。

那几张照片就能够证明我孔德武违纪了?你为何不能查清再报?你一收到照片就如获至宝地交给领导,不就是想把我卡下来吗?

德武,说实话,看到那些照片的时候,我第一个反应是不相信,我知道你孔德武不是那种胡来的人,我让一个干事立马去鉴定照片是不是合成的;第二个反应是先不能让领导见到这些照片,因为我知道下午就要研究你的提升问题,一旦领导见到这些还没有查清来路的照片,影响了他们提你的决心就坏了。

这么说,我还要感谢你了?!

你听我继续说。那个负责鉴定的干事很快回来告诉我,照片是一次性拍成的,不属于通常所见的有意合成的诬陷性质的照片。这让我很意外,这就是说,确实有一个姑娘在某一个时刻坐到了你的腿上,不管出于什么原因,这都不是一件好事。也就在这时,上边让我们把有关举报今天下午要研究的七名干部的材料都送上。说实话,当时我是确实想压下那几张照片的,但我们部里有同志认为那些照片既然不是合成的,就值得送到领导手上,让他们去判断去做决定。恕我不告诉你他们的名字,我的职责让我无法反驳他们,而且这时我的私心也出现了:我怕别人说我有意包庇你,毕竟我们是一个部队走出来的战友。照片就是这样送上去的。没想到它们果然影响了你的提升,我傍晚下班时知道你没提的消息后,心里也很难受。

装得多像一个好战友!德武冷笑着站起来了身。

荆长铭的心区一阵刺疼,这讥讽像刀一样地直扎他的胸口。德武,我为何要害你?你在军事系统我在纪检部门,有什么利害关系让我去害你?不过他没有去辩解,他只是有些歉疚地抓住德武的手道:既然你说你是冤枉的,请告诉我真相,我替你去把事情弄清,然后向首长们报告,还你清白。

还我清白了还有啥用?空出的副部长位置上已经提了他人,年底前又没有新的位置空出,而我明年就过了提升的年龄,已经把我害死了!害死了!德武说罢甩开荆长铭的手,大步走出了荆家屋子。

孔大哥,在家里吃了饭再走吧。荆长铭的妻子不知德武何故生气,追到门口挽留。

我哪敢在纪检部长家吃饭?德武不冷不热地笑着走进了电梯。

长铭只有再叹一口气。

你怎么惹孔大哥生气了?长铭的妻子扭脸瞪住丈夫。

算我虑事不周。长铭不想多说,只摇了摇头。

我可要提醒你,咱儿子和孔醒正在谈婚论嫁,孔醒这孩子我很喜欢,有这样的媳妇是荆尚的福气也是你们老荆家的福气。如果因为你惹了孔大哥,把这桩婚事搅黄了,那我可决不会饶你!孔大哥的为人我知道,你这个搞纪检的要在他身上找毛病,那可是瞎了眼睛。我劝你少拿你的那些纪检原则跟孔大哥说事,你得给我灵活点。

你懂什么?!长铭瞪了一眼妻子。

我懂荆尚娶媳妇是你们荆家的头等大事!

这和那事连得上吗?长铭一脸愠色。

只有你这个傻瓜才认为连不上,你想想,要是孔大哥不想当荆尚的岳父,你能让孔醒当你的儿媳妇?

长铭默然,只能再次把头摇摇。

6

德武到家妻子樊怡和女儿孔醒都还没有回来,他闷头坐在沙发上。经过刚才在荆家的那一通发泄,心里憋着的那股气暂时消去,他现在开始冷静地想着那些照片的来历。

那些照片究竟是谁拍的？他记得很清,那天晚上无人拍照。这么说,一定是有人预先藏在那儿偷拍的。

谁会处心积虑地去拍这种照片？

只会是能获利者干的。

谁从这些照片中获了利？

获利最大者当然是顶替了自己位置的人。他于是立刻拿起电话直接打到何司令的秘书那儿,问是谁提了副部长。秘书犹豫了一刹说:是通信局长程万盛。

德武意外地哦了一声。程万盛？

得利者原来是他。

拍照者是他安排的人了？

他会对我来这一手？

他可是我最好的战友呀！

不可能！

他拿起电话,拨通了101基地参谋长的手机,参谋长一听他的声音,立刻满是歉意地说:孔局长,我得知有人诬告你,心里非常不安。没想到吃顿饭会给你带来如此大的麻烦,我一心想查清是谁干的,可没想到那家饭店因为附属的练歌房涉嫌搞淫秽活动,半个月前已被公安部门搜查。据说公安局有人在那儿卧底了很长时间,那个老板臧北闻讯已经跑了,遍查不知其踪,其他人员也都已散去。我真后悔当时没有紧跟在你的身后,那样我也好为你做个证明,我当时被臧北的下属引到了另一个房间……

德武沮丧地放下了电话。公安局在那儿有卧底,照片会不会是公安局悄悄拍的?

找人查一查?

就是查清了拍照者是谁,你对人家也没办法,没有谁规定不准在那地方拍照片,人家又没有弄假照片,只是举报了事实,尽管那不是一种"真正的事实"。

门上响起了开锁的声音,他知道是妻子樊怡回来了。他努力让自己平静下来,拍拍额头站起身,准备迎接妻子的询问,他知道妻子对他提升一事的关心程度,一点也不比他低。果然,妻子进门一看见他就问:怎么样,是好消息吧?

他一时不知该怎么回答,只是摇了下头。

樊怡先是一惊继是恼了:看看,让你唱高调!唱呀,高调多好听哪!怎么不唱了? 当初让你跑跑,去看望看望领导们,你就是不跑,怎么样?你的工作成绩起作用了?你的才能起作用了?这年头提升,不花钱能行吗?不听我的话,谁吃亏了?樊怡放下手袋,一屁股坐在了沙发上,长长地叹一口气:也罢,八成是你们家的祖坟没选对地方,冒不了那股出将军的青烟,我呢,也没修成当将军夫人的那个正果,没有那福气……

德武没有去听樊怡的抱怨,只是在心里担忧,万一她知道了自己没提的真正原因,会是一种怎样的反应?自己将面临一场怎样艰难的解释?但愿她永远不会知道。

哪一天碰见何司令的老婆,我一定得挖苦挖苦她,我们不送钱就不提升我们了? 你们就那样贪? 你们就不怕钱多了数不过来? 就不怕把自家装钱的保险箱撑坏? 就不怕老天爷惩罚你们? 不怕天打五雷轰? 这不是逼着我们也去贪吗? 逼着我们去当贪官吗？这还有没有天理王法了？

你可不能胡来！

怕啥？看把你吓的，我不在官，我谁也不怕，我一个退休返聘的妇科医生，他还能把我怎么样了？我就等着他一个当司令的来报复！把我罗织一个罪名关起来?! 让我戴高帽游街?! 我不怕！樊怡满脸怒色。

这与何司令没有关系，是有人捣鬼。

捣鬼？捣什么鬼？樊怡的眼瞪大了。

诬告。

诬告你什么？说你贪污？

还不就是那些乱七八糟的东西。德武不想也不敢说出详情，他知道妻子对他与女人打交道特别敏感，他怕面临一场辩解。

让他们来家里搜查好了，让他们看看咱的存折，看看咱家里这些破家具，看看我们都贪污了什么，我们敢对天发誓，真要贪污了国家的东西出门就让车撞死！日后生个外孙连屁眼也没有！他们敢发誓吗?!

这与何司令真没有关系，不知是哪个别有用心的人干的。

这还不容易找？谁挤了你的位置就是谁！

不大可能吧，是万盛占了我本来要提升的位置，他会对我动手？

程万盛？樊怡有些意外地怔了一刹，不过跟着喃喃说道：这也不是没有可能，上次我听陈部长的老婆说，有个师里姓王姓张两个副师长平时好得像亲兄弟，可后来为争师长的位子，姓王的告姓张的买两套经济适用房，姓张的告姓王的用公款装修自己的住房，结果两家闹得鸡飞狗跳不可开交。

别信那些乱七八糟的传言。

你不信我信,我越想越断定你这事是被程万盛搅黄的,你还记得他当初说你是预提对象的话吧?他要不惦记这提升的事,他打听这干啥?说不定他那时就已经操了歪心。你别把你们那点战友情看得多贵重,一遇利益矛盾,马上就烟消云散,没听人家说,商界的人是因为金钱成为朋友的,政界的人是因为官位成为朋友的。

好了,越说越离谱了。

离谱?你等着,我一定要在程万盛面前把这口恶气出了!这个王八蛋,平时叫你哥哥,关键时对你掏家伙,这算什么狗人?!我饶不过他,他可以当他的将军,但我要让他知道:我看不起他!我唾弃他!我视他为粪土!……

事情还没弄清楚,你不能乱来。

啥叫乱来?他把你欺负成这样,你还想当个缩头鳖,任他把你当傻瓜?……

女儿回来得很晚,德武以为女儿知道他没提升也会埋怨的,没想到孔醒说:没提就没提呗,不提升爸爸在家的时间还会多些,正好可以多陪陪妈妈,再说了,人当多大的官才是个头?当了副军还有正军,当了正军还有大区副,当了大区副还有大区正,要一直这样争取下去累不累呀?!人活得那样累干啥?再说了,提成副军不就是住房面积扩大了几十平米,配的车好一点嘛,这两样我日后工作有钱了都可以给你们买来……一席话说得樊怡消了气,也让德武心上轻松不少。女儿到底是将要大学毕业的人,懂事了……

7

德武刚没滋没味地把晚饭吃完,家里那部军线电话响了,一看号码,是程万盛办公室的,他先想不接,后来又把话筒贴上了耳朵,他想想听听程万盛怎么说。

是孔大哥吧,我是万盛,我刚刚知道情况。

德武哦了一声,没有开口,等着他往下说。

真没想到会出这事,太意外了。

你也感到意外?德武的话音里满是讥讽。

是呀,原来不是说好提你的吗?怎么会出这种变故?

祝贺你呀,程副部长。德武故意拖着长腔。

我下午在通信总站调研,下班前忽然接到干部部的电话,让我马上回机关,说是何司令要找我谈话,我以为是有关军事演习的急事,直到何司令开口,我才知道你提升的事出了意外。

有些人不一定就感到意外呀。德武挖苦道。

何司令对我说:刚刚开会决定,提升你担任负责作战的副部长,待报请上级批准任命后,你就要上任了,你可以现在就开始熟悉作战工作……我当时惊愣在那儿,一时忘了表态。说实话,我根本没想到自己今天会被提为负责作战的副部长。在这之前,你说我没想过提升副军是假的,但我总觉得那件事离我还很远,你孔局长都还没有提升哩,怎会轮得上我?你各方面都比我强,只有在你提了之后,再空出其他的位置,我才有可能去想这个问题。可没想到事情突然发生了变化。

好了,我家里有事,咱们以后再聊吧。德武不想再听对方言不由衷的啰唆,啪地将电话扣了。真是得了便宜还卖乖!

是程万盛吧,你没骂他几句!樊怡边收拾碗筷边斜睨着丈夫。

算了,他自己会良心不安的。

他会良心不安?你高估他了!这年头人的良心都被狗吃

112

了,只怕他高兴还来不及哩。

德武没再说话,仰靠在沙发上闭了眼睛。

坐在办公室的程万盛当然从德武的言语和扣电话的举动中明白对方在生气,可他也不好再多说什么,只能摇摇头,默然半晌,放下话筒起身往家走。

爸,是不是遇到了啥喜事?瞧你眼角的笑纹。女儿程莨今天回了娘家,一边开门一边问着。

万盛笑起来:你猜猜。

我奶奶给你打电话说她的腿疼病好了?程莨猜着。

万盛笑着摇头:你奶奶病好是前天的喜事,我要你猜今天的。

你爸还能遇着啥喜事?妻子温玉这时接过了话头,边去接丈夫的外衣边说:你还不知道你老爸的脾气,啥时候都要笑,摔一跤起来还要笑。

嗨,你这个老太婆还真是小看了我,我凭什么就不能遇见喜事?万盛坐到沙发上笑道。

文静的莨莨抿嘴一乐,每当看见爸爸妈妈在那儿逗嘴时,她就很开心。

那你不会自己说,你究竟有啥喜了?!妻子嗔怪地瞪着他。

我可能要当将军了。

吹吧,你!妻子温玉撇着嘴,反正这年月吹牛不收税,你就使劲吹。俺们娘俩听你的大话也够多了,你刚跟我结婚时,说保证一年内给我买一台蜜蜂牌缝纫机,结果七年后才给我买到;孩子出生时,你说晚点一定带我们母女出国一趟,结果到现在也没出过国境;几年前就说要给我们娘俩买辆小轿车,可现在车在哪里?轮胎都没有见。

我过去有说大话的时候,可这一回——

爸。莨莨柔柔地叫,这提升的事,没有看到命令你可不能乱说,有些好事你要说破可能就不会来了。女儿笑着提醒他。

好,好,那就算我说大话,咱们开饭。万盛只好笑着挥手。

直到晚饭后有人登门来贺喜,母女俩才知道这一回万盛的话是真的。莨莨在高兴的同时,没有忘了问父亲:我德武伯伯也提升了吧?他任的什么职?

程万盛叹了口气:唉,很遗憾,你德武伯伯没能提升。

那为什么?你过去不是说提了他才有可能提你吗?

程万胜不好细说原因,只道:阴差阳错,孩子,很多事都会出意外。

那孔伯伯心里肯定很难受,你不能只顾自己高兴,该去安慰安慰孔伯伯。

说的是。程万盛默望女儿一眼,点点头。女儿是真的长大了,懂事了。温玉这时接口道:找个时间请孔大哥吃顿饭,宽慰宽慰他。

万盛又把头点点,其实他早就想到了这个法子,可这个时候请德武出来吃饭,他肯定没心情,只能等等再说了。唉,让德武倒霉的那些照片,一般是要经过长铭才能报到首长那儿的,长铭该把把关呀,我不信德武会真的花起来。想到这儿,他起身去书房给长铭拨了个电话。对方拿起电话,大约是看了来电显示,还没待他开口,先就说:祝贺你,程副部长!

万盛笑了一声:别给我打官腔说官话,告诉我,德武是怎么回事?

有人告他。

我知道是几张照片的事,是从你们那儿报上去的?

是。

可调查清楚了？

一言难尽。

万盛见对方不愿多说，也就不好再问下去，不过放下电话，心里又想，一个纪检部长要拦住几张照片暂不上交，大概不是很难吧？能拦而不拦，是出于什么考虑？他不由记起当年德武和长铭在99旅工作时常有口角发生的情况，莫不是两人之间还有心结？抑或是长铭对德武的提升生了嫉妒之心，毕竟，他们过去一直职务相同，现在让一人成了将军而另一人原地不动，那另一人心里可能不会平衡，嫉妒不是最容易在相同职务上和相同年龄里产生？唉。万盛长叹一声，抱住了头⋯⋯

8

第二天上班时，德武能感觉到机关里的人看见他，目光稍稍有些异样。他估计事情已经传开了，这种带点颜色的事情，在机关里一向传得很快，传吧，传吧，我姓孔的没做见不得人的事情，只是让陪唱歌的小姐在腿上坐了一刹，能算什么大事?! 封参谋见了他，满怀同情地悄声问：要不要我查查是哪个孙子干的事情？咱们也让他不安生！德武摇了摇头说：快准备实兵演习要用的文件吧，我已经想开了。

说是想开，这样大的事情哪能是一下子就想开的？他只要让手上的工作一停下来，就感觉有一股尖锐的痛感在心里旋：这么说，我和将军这个称呼是永远无缘了?! 我大半生的清名就这样被毁了?! ⋯⋯

中午下班，他走到自家楼前，忽然看见荆长铭的儿子荆尚站在那儿，显然是在等孔醒。他心里顿时有股不痛快涌上来，便一扭头,装作没看见他,要进电梯,不想那荆尚倒懂礼貌,急忙跑过来亲亲热热地叫了一声:孔伯伯,你下班了。德武只好停步应了一声:是荆尚啊,有事?

我在这儿等孔醒下来,我们来了个同学,中午在一起吃饭。

德武"哦"了一声,把头一点就进了电梯。进了家门,果然看见女儿在换鞋子,于是就忍不住问:是去和荆尚一起吃饭?

对呀。孔醒抬头高兴地答,脸上掠过一丝红云。

以后少和他们荆家人来往!他话中不由得带了怒气。

怎么了?孔醒脸孔涨红,不明白爸爸今天为何不高兴。平日她和荆尚来往,爸爸虽没怎么热情支持,但也没有反对过。

我怀疑他们荆家的人品!话一出口,德武又有些后悔,不该把父辈们的事扯到孩子们身上。

人品?樊怡这时闻声从厨房里出来,诧异地问。你这话是指啥子?我看荆尚那孩子不错嘛,荆家人品怎么了?

德武自然不想再说,只朝孔醒挥手说:去和他一起吃饭吧。

嗨,爸,牵涉人品的事可是大事,这你可得说清楚,不然我还有心去吃饭?孔醒踢掉高跟鞋,穿上拖鞋,走到父亲身边的沙发上坐下了。

就是,有啥事你和孩子说清楚。樊怡也催着。孔醒交男朋友的事可是大事。

其实也和荆尚没有关系,是我对他爸爸有看法,你快下去和他一起吃饭吧。德武反又催着女儿。

你看你这人,说话吞吞吐吐,还像个作战局长吗?樊怡急了,连个农民也不如!

他爸怎么了? 孔醒也追问着。

德武只好说道:他爸气量狭窄,嫉妒心重,这次我没提升成,估计是程万盛动的手,但也有荆尚他爸在捣乱,两个人在阻止我提升的事上互相协助,程万盛是怕提我不提他,跟我抢这个位置;荆长铭是怕我提了他面子上不好看,在一旁推波助澜。不过这和荆尚没有关系,我刚才只是因为生气才说了那些话,去吧去吧,这不应该影响你俩的来往。

孔醒的脸立时罩上了阴云。樊怡已气得嘴唇哆嗦:真是知人知面不知心,平日荆长铭总是老战友长老战友短的,和咱贴心贴肺的样子,原来是这样做人,这可真让我们长见识! 你看你交的都是些什么狗屁战友,关键时候不仅不帮你,还都对你使绊子扔砖头,连个邻居怕都不如!

好了,别说了,算我识人不准交友不慎。

爸,这些事让我对你们这一代的敬意减去很多,也让我对人的物质属性有了新的认识,我原来以为军队里"战友"这个词挺神圣的,现在我可以给它下个定义了:所谓战友,不过是没遇到利益冲突的军人之间的称呼而已。

好了,荆尚还在等你下去哩。德武无奈地朝女儿挥手。

孔醒,有什么老就有什么小,家风和人品是可以相传的,你跟荆尚交往,可要给我小心点! 樊怡交代着。

孔醒一句话没说,就换上鞋下楼了。

樊怡这时转向德武叹道:罢,罢,罢,我们也算是认识一种人了,恶有恶报,谁只要作恶,总有一天是要遭报应的,我们惩罚不了他,老天爷可是在看着。她正说着,那个地方线的电话响了,樊怡走过去拿起电话,一刹,把话筒朝德武递去:一个姓潘的先生找你。德武这才记起晚上要请潘金满吃饭的事情,以他现在的心情,他是什么饭局都不想参加的,可昨天已经答应了这个年轻时的战友,不好再变,就拿过电话和对方再次确认了时间。

德武傍晚下班时,孔醒双眼发红地坐在客厅里。他和妻子对视了一眼,他估计女儿是因为自己说的那些话而和荆尚发生了别扭,心里一时有些自责,不该让孩子们为父辈的事再生不快。于是有些小心地说:醒儿,今晚有个爸爸的战友来京,我和你妈想请他吃顿饭,你愿去吗,要是不愿去你就在家里,也可以把荆尚叫来聊聊天,不要让大人们的事影响你俩的关系。我们是我们,你们是你们,两代人的事不能也不应该掺和。

走,我和你们一起去吃饭,我可没兴趣和姓荆的聊天。孔醒说着就先出了门。

德武带着妻子和女儿刚走进和平饭店的大堂,正要用目光去寻找潘金满,冷不防对方已经一下子扑过来抱住了他:老连长——喊声里竟带了点哽咽。德武忙拍着对方的后背,鼻子一时也有些发酸,三十年啊,人生有几个三十年?三十年后再相见,当年的小伙子,如今都已是五旬之人了,心里能不起沧桑之感吗?

在饭桌前坐下之后,德武才仔细地打量起金满来,胖了,脸变圆了,皱纹多了,头发稀了,好像也矮了些,三十年前的那个小伙不见了,坐在自己面前的是一个穿着西服,保养得不错的中年男人,尽管他身上还有三十年前那个潘排长的影子,但在大街上,德武是怎么也不敢叫他潘金满了。

老连长,你比我想象的要年轻,也更有气度更威风了,到底是当了大官有历练了。嫂子也比我想象中的更漂亮更有气质,都说这京城特别滋养女性,能使她们变得雍容高贵,看来这话没说错。还有侄女,多靓丽呀,一看就属于腹有诗书气自华那类女孩,比一些影视女演员都要抓人眼球。金满边说边亲自为三个人添着红酒。

心情原本不好的孔家三口都被金满说笑了。樊怡和孔醒母女过去参加过德武安排的这类聚会,以为今天又是两个进城的中年农民共忆乡村往事,所以进来后两个人都紧绷着脸,到这会儿才意识到对方是个有趣的人,眼里颊上都有了笑意。德武指点着金满道:你小子只有这一点还没变,油腔滑调。

要是连这一点也变了,你还能认出金满吗?潘金满也呵呵笑了。怎么样,我先向老连长做个汇报,把我这些年的经历和我的家庭成员,以及我本人此次来京的原因,包括我开过刀取了胆囊的事,都来个交代?!

开刀是怎么回事?德武关切地问。

我还是从头说起吧。三十年前的那个秋天,组织上让我转业回到家乡泰安,我被安排在泰城物资公司,你弟妹在泰城百货商店当售货员,第三年我们就有了孩子,也是个女儿,我们的日子就这样过起来。你知道我是个没大志向的人,我希望日子就这样风平浪静地过下去,未料到一桩灾难会突然找上了我,我的女儿在从幼儿园回家的路上,被一个骑自行车的人撞倒,脊椎被撞断,全身瘫痪。我从此开始四处为女儿看病,我们两口子的那点工资怎够如此折腾?没办法,只有四处借债,结果,女儿的病没有看好,债台却已经高筑。也是穷则思变,我为了还债,从这时开始学着做生意。因为我在物资公司工作,知道物资的流动环节可以赚钱,就开始进钢材卖钢材以赚取差价。这样干了几年,还真赚了钱,之后,我又在登泰山的路边,开了一家饭店,起名为东岳大饭店。饭店的生意也不错,待我又赚了些钱后,我就到济南又开了一家泉城大酒店。几年下来,我不仅还清了债,给女儿顺利做了手术,还赚了一大笔钱,这时,我们就又生了个儿子。也是巧,有一次一个在澳大利亚侨居的男子到泉城大酒店吃饭,和我聊天时,劝我到澳大利亚投资开饭店,他说那儿的华人很多,但卖中餐的饭店很少,这是一个商机,你手上既是有资本,就应该抓住。我一听,觉得有道理,就去了澳大利亚,在悉尼、墨尔本和布里斯班考察了一段日子,之后就在墨尔本租了一栋小楼开了一家中国饭店。来吃饭的华人的确很多,饭店的生意火得没法说,我很快在墨尔本站住了脚。又过了几年,我就把一家人都迁到了墨尔本,又办了一家留学中介公司,我这次回国,就是为想到澳洲留学的一百多名学生代办有关入学手续的。没想到飞到北京的第二天,忽然胆囊结石急性发作,只好住进三〇一医院手术,我就是在那里打听到你的电话的。

嗬,这么说,如今你已是身在海外的成功华人企业家了。德武有些意外。

可以这么说吧。金满自豪地笑了。

你还可以介绍中国学生到澳大利亚留学?樊怡来了兴趣。

当然了,我手下就有一家留学中介公司,怎么,你有亲戚想去澳洲留学?不会是宝贝侄女吧?金满把笑脸转向了孔醒:这样漂亮的姑娘可不能出国,万一让澳大利亚总理的儿子看到了,一定要娶走可怎么办?!

孔家三口又被逗笑了。德武分明感到,一直窝在心里的那股痛楚变轻了。

我今年就要本科毕业,但留学的事还没想过。孔醒脸红红地说。

应该想呀,为什么不去想?年轻人应该到国外去读个研

120

究生，开开眼界，学成之后再回来为国效力。你现在就可以想想，如果真愿去澳洲留学，我就来给你办，叔叔别的忙帮不上你，这个忙可以帮，保准把一切手续办得顺顺溜溜，想到哪个学校都成，澳洲的好大学可是很多。

这个——孔醒把眼睛转向了爸爸妈妈，让我老爸老妈来拿主意吧。

你只说你愿不愿去吧，只要你愿意，事情就好办，你爸妈就你一个宝贝女儿，还能不照你的心思办?!

她已经谈了男朋友，出国的事就算了。德武急忙接口。

谈男朋友了可以和男朋友一起出国，这我能办成。

什么男朋友？孔醒瞪了爸爸一眼：已经没了。我倒是真愿出去看看，我长这样大，除了北京，也就到过河南我爸的老家，是一个井底之蛙。再说，我学的是国际贸易专业，出去可能更有利于今后的发展。

有你这话就行，接下来就是叔叔的事了，叔叔不是吹牛，叔叔保证让你到墨尔本大学国际贸易专业读研究生，怎么样？墨尔本大学那可是世界上百所名校之一，在那样的学校里若是得了硕士、博士学位，肯定会有一个好工作在等着你；一旦有了好工作，澳币或美钞就会源源不断地流到你的钱包里，那时候，你妈妈的主要任务，就是帮你数钱和开支票了。

一家人都笑了起来。

墨尔本那个地方究竟怎么样？孔醒的兴趣显然被撩了起来。

墨尔本是澳大利亚的第二大城市，风景可是异常美丽，墨尔本河的河水清澈见底，库费兹罗花园树碧草绿花团锦簇，圣派翠克大教堂高耸入云，艺术中心内的艺术珍品让人目不暇接，皇宫娱乐城里的娱乐项目使人眼花缭乱。而且由墨尔本驱车两个多小时,就可以到菲利浦岛观赏神仙企鹅归巢的壮观奇景;驱车三个来小时就可以沿大洋路到海岸尽赏十二门徒、六合谷和伦敦桥等岸边奇观。

是吗?孔醒满脸新奇。

澳大利亚的交通也非常方便,你要想坐火车去悉尼歌剧院看场歌剧,想开车去看大堡礁,想飞到黄金海岸到南太平洋里去冲浪,随时可以。

潘叔叔说得我的心都动了。

德武不想让话题就停在这儿,微笑道:女孩子家,还是在国内读书好,想爸妈了,可以随时回家。

老连长,你这观点我可是不赞同,把孩子拴在身边,她能成大才?你当初要是不离开你们河南南阳,能在这北京当个局长?再说了,如今地球都变成了一个村子,来来往往十分方便,女儿啥时想你了,坐上飞机飞十个小时不就回来了?

到墨尔本留学一年大约需要多少钱?樊怡这时开口问。

大约合人民币二十来万吧,不过钱的事你不用操心,我不是给你们说过吗,我就住在墨尔本,家离墨尔本大学也就一千来米,孔醒真要去了,不用租房子,我家的房子多,让她在我家吃住就行了,这不就把食宿费给省了?剩下的就是学费,我知道老连长和嫂子的工资都不是很高,老连长肯定又是清廉之人,家里积蓄不多,这个我也可以帮助一部分,我每年的收入都不错,钱多了不用不就是个数字放在那儿?再说了,我看准侄女是个才女,将来必有一番造就,我现在给她投点资,等我老了需要帮助了,侄女那时若在哪个国际贸易公司当高管,还能不帮我?到那时她拿出支票簿,随便签一张,就够我吃喝几年了。

德武被说笑了:她还能有支票簿?

怎么不会有？你小看你女儿了吧？

孔醒也高兴起来，望着爸爸说：怎么样，老爸？你表个态吧。

樊怡这时先开口道：你潘叔叔挣钱也不容易，怎好去花你潘叔叔的钱？

这就外气了吧？金满脸上露出了不高兴。嫂子拿我当外人了嘛！老连长当年在我头疼脑热有病时，亲手端着病号饭喂我；在我父亲去世后，悄悄给我家寄了三十块钱；在我受了委屈时，跟我谈心安慰我。这些恩情我还都没报答哩。如今有了一个我回报的机会，为啥不给我？不就是一点钱嘛，钱是啥？是纸，是印刷些图案的纸，它能和我们的战友情相比吗？

德武这时笑了，说：谢谢金满的好心，醒儿留学的事是一件大事，让我和你嫂子再合计合计。来，喝酒，今儿个咱俩可要放开喝，为我们三十年后的重逢，也为你的成功，干杯！

还为老连长当了局长，更为你和嫂子有孔醒这样值得骄傲的女儿，干！金满端杯一饮而尽……

孔家三口人那晚回到家后，谈论的唯一一个话题就是：孔醒究竟去不去澳大利亚留学。德武说：依我看，孔醒能到部队来工作最好，一个女孩子，在部队大院上班，一是安全，二是方便。再说，部队也需要大学本科生，干部部门每年都要从大学里选一批应届毕业生到部队，以改变军官队伍的成分，提高部队的整体文化水准。还有一条，就是咱家的熟人朋友多在部队，人脉关系在这里，一旦有什么事，也有人给予关照。

孔醒显然被潘叔叔鼓动得动了心，坚持着要出国，说：部队我不去，我学的专业在部队根本用不上，再说，我也不能总在你的翅膀下生活。出去读几年研究生有啥不好？第一个好处是可开眼界，让我见识见识异域风光和异族文化；第二个好处是可锻炼我的英语对话本领,有了语言环境,我的英语口语水平肯定会大大提高;第三个好处是可深钻专业,说不定日后还真可能在国际有名的贸易公司谋个职位,挣一份高工资,把你们也接出去享福。

樊怡分明也动了心,看着丈夫说:反正你也当不了将军了,反正咱对荆尚当女婿也不是很满意,咱就按女儿的心意办,全心扶持女儿吧。这又是一个送上门的机会,没见到潘金满之前,我根本不敢动这个念头,凭咱俩那点工资,买完经济适用房已经很紧张了,哪还敢去想别的? 可既然金满那样热情,答应给咱提供那么多方便,而且这在他来说也不是啥大事,咱为啥就不能接受一次帮助? 再说,咱醒儿学的这个专业,也的确需要出国,这说不定是她改变命运的一次重大机会。

德武先没有表态,进卧室后才叹一口气对妻子说:咱就这一个女儿,你就舍得让她到万里之外? 万一她出去之后真在澳大利亚找了个外国男子结婚,定居到了那儿,那咱岂不是白给人家外国人养了个女儿?! 樊怡一听这话火了,手指着德武的额头叫:你这是标准的农民式思维,狭隘之极,别说醒儿不一定会找外国人结婚,就是找了,那她也仍然是你的女儿,怎么会说白替外国人养了女儿? 如果外国人做了你的女婿,你应该感到骄傲!

我的女儿要跟了外国人我还骄傲? 德武瞪着妻子。

为啥不该骄傲? 那证明咱们的女儿优秀,有魅力,把外国人都吸引住了。樊怡说得眉飞色舞。

拉倒吧,孔醒要是个男孩,娶回来个外国媳妇,那我可能会骄傲骄傲——

典型的农民,典型的歧视女性,典型的大男子主义,典型的男尊女卑——

好,好,算我说得不对。德武急忙认错。可你想过没有,咱现在接受金满的资助,日后拿啥来回报人家?来而不往非礼也,这道理你总懂吧?

醒儿只要研究生毕了业,还能找不到工作?真要被国际上大的贸易公司聘用,那年薪肯定不会低了,还能还不上欠金满的那点钱?就算她在外国找不到工作,回国内的大公司上班,那也可能比你这个正师职干部拿的工资多,怎会还不上钱?樊怡撇着嘴。

我这个人一向不喜欢欠人家人情,人情债也是债。我和金满三十年没见面,一见面就要人家的资助,我的自尊心确实受不了。德武叹了口气。

又是你的自尊心,要不是你怕自尊心受伤,早去找首长们疏通关系,将军都已经当上了。扔开你的自尊心吧,这事又不是咱先提出的,是他自己主动提出,与你的自尊心有何关系?再说了,为了女儿,就是你的自尊心受点伤害有啥了不起?哪个重要?是女儿的前途重要还是你的自尊心重要?

两口子一直为这件事争执讨论着,直到客厅里的那架自鸣钟当地响了一声,德武一看手表已到了十二点,忙说:快睡觉吧,明天我还有个关于实兵演习的会议!……

9

此后半月时间,德武就一直在忙实兵演习的事。忙碌中的他暂时忘了有关提升的那些不快,他在心里叹道:就让这件事过去吧,永远别再想起,安心干到退休算了。可他想忘记的这件事,实际上并没有过去。就在演习结束的当天晚上,部长把他叫到了办公室里,用满怀同情的声音说:德武,有一件事我想告诉你,可我希望你能承受住。

德武被这个开场白弄得一愣,努力一笑说:讲吧,我一个五十多岁的人,还能有什么事承受不住?我什么事情没经过?人生的三根主要支柱名、权、利,我都已见过摸过知道了模样,算是过来人了,啥事都能想通了。

是这样的,前不久几个首长都收到了一封署名"101基地几个干部"的来信,要求对你违犯军纪进地方营业性歌厅的事进行处理,说此事不处理,就是军纪面前不平等,是只许机关干部放火,不许部队官兵点灯。首长们实在不愿再拿这件事让你难受,可又不好不处理,只好忍痛决定,免了你的职,但你仍在部里工作,协助新到职的程万盛副部长处理作战方面的事情。

尽管德武预先表态说什么事都能想通能承受住,可免职这件事太出他的意外,他先是震惊地看了部长一刹,随即极端愤懑地一下子站起来叫道:可以,既是这样对我,我要求提前退休,我不会再管任何事情,再见! 说罢,转身就走,把部长一个人留在了那儿。我辛辛苦苦地为部队工作,就为了一个陪唱歌的姑娘主动坐到我腿上几分钟,就值当对我如此下手?先是不提副军,接着又是免职,还让人活不活了? 他怒不可遏地走出部里的办公楼,他想直接去找何司令,质问他何以对自己如此过分,他已快步走到了何司令家楼前,又颓然停下脚,明明是自己先做错了,在部队造成了坏影响,去找何司令怎么说? 治军要严,难道还要何司令给自己再讲一遍这道理? 罢罢,就提前退休,再不受这窝囊气! 何况还要协助程万盛工作,让我的脸往哪里放?

好好,就退休! 咱不生气!

当晚回家,德武跟樊怡没说别的,只说了自己想提前退休的事,樊怡听罢,也是一惊,但她以为德武是为没提升副军职生气,担心他心情长期不好,对身体健康不利,便理解地说:由你自己决定吧,实在不想干,就退下来,早退早安生,反正你就是干,也只能干一年多,正师职不是五十五岁就要全退下来?再说,你不是在写一本书吗?真退下来就有写书的时间了。妻子这话更坚定了德武的决心,当下就坐在书桌前写起了提前退休的申请书。待孔醒在外边参加完同学的聚会回来,德武已把提前退休的申请写好了。她看见爸爸的退休申请书,先是很意外,不过随后又笑着说:如果我去澳大利亚读研究生,老爸又退休了,正好可以送我一趟,免得我一人独行去墨尔本……

　　有了妻子和女儿的理解,德武第二天便把申请书递给了部长。部长原以为德武要提前退休是说气话,现在见他来真的,便再三劝他慎重考虑,说部里的工作很需要他,但德武冷笑一声,在心里道:现在想起我还有用了,处分我时你们怎么那样狠?他没再去听部长讲道理,只说:比我强的人有的是,我因身体原因不想干了,请尊重我的选择!看着部长为难的样子,心里一直憋气的德武突然生出了一丝快意。

　　何司令是第二天上午找他谈话的。何司令看见他说的第一句话是:小孔,你在跟我赌气?!德武此时已无了顾虑,不带感情地说:我哪敢?一个犯了错误的人还敢跟领导赌气?!何司令叹了一口气,说:我承认对你处理得重了,但为了在部队消除影响,这也是没有办法的事,我要带兵,希望你能理解。

　　我理解司令治军要严,可请司令也理解我这个下级身体不好需要休息的苦衷!何司令没再说话,只是默然地以手支颈长久坐在那儿,从窗户进来的风趁机将何司令的白发掀上掀下弄得一团纷乱。看到何司令为难的样子,有一刹,德武的心已经软了,已想开口说收回那份退休申请,可一想免职后自己在机关里的处境,想到要接受程万盛的领导,就又硬下心来静等何司令开口。何司令随后点点头低声说:好吧,既然你去意已决,考虑到你没职务后在机关里也很难开展工作,我知道官场里的那份世态炎凉,到时候你心里会很难受,罢,罢,就同意你提前退休。只是希望你能退而不全休,继续做点研究工作,尤其是关于作战方面,你要有什么想法和建议,可以随时找我谈谈,写书面意见也行。你那样有才气,要是把一些好想法留在肚子里,可是不该,失去你这个好助手,我真的很遗憾。

德武的鼻子一酸,差点掉下泪来。何司令的这几句话,让他的气恼消了大半。他有些激动地说:请司令放心,我退休后不会闲度时光,我很早就想写一本关于《现代战争的预警》的书,退下来有时间了,我会尽快把这本书写出来,它也许会对部队官兵们有些用处……

那天临分别时,何司令握住他的手说:德武,我们既是上下级关系,也是朋友,别忘了我这个老头子,记住来看看我,我可能不久也要退休了。德武紧忙握紧司令的手道:司令多保重,我一定去看你。

你心里要有气,就骂我这个老头子,是我为了维护军纪才——

不,不,我明白是我违犯军纪在先……

程万盛是那天傍晚下班前来到德武办公室的,当时德武正在收拾档案柜里的东西,看见他进来,没有停下收拾,只是礼貌地招呼了一句:呦,程副部长来了,快请坐,有什么指示?

程万盛走到他身边不好意思地笑着:你这样称呼我让我难受,还是叫我万盛好些。

128

德武一本正经但语带讥讽地说:那可不行,按照条令要求,你是我的领导,我应该称职务,严格地说,你进来我还该打敬礼呢!

程万盛没理会德武话里的讥讽之音,仍然笑着:你想羞死我呀? 别人不知道内情我还不知道嘛,这个位置本来是你的,只是因为阴差阳错,才弄到了我的头上,在咱俩之间,你永远都是大哥,是领导。

你可别给我戴高帽,我这人一戴高帽就会醉,一旦醉倒认错了人可怎么办? 说吧,程副部长对我有什么指示?

你为何要提出退休?

因为我累了,想休息。

你该知道,一退休机关里的很多福利都没法享受了。万一这期间再提升工资,在职和不在职,怕也会有区别。

我不稀罕,我还不至于饿死。

可部队的工作也确实需要你,我刚上来,对作战指挥还不熟,我需要你的指点,你是这方面的权威,你不能扔下我不管!

程副部长别装可怜,我这个人心软,你再装我可就要流眼泪了,我身上又没带手绢。

我不是装,我是真需要你的帮助。万盛苦笑着。

谁不知道你精明过人,作战这一套,你很快就会胜任有余,我在这反会使你碍手碍脚,我早走对你对我都好,免得你到时候想撵我走又开不了口。

你能不能收回退休申请? 是我个人求你。

谢谢程副部长看得起,这件事我已经决定了。

真的不能改了?

当然!

那好吧。程万盛叹了一口气,点上一根烟,默然吸着。

德武也不再说话,只管低头收拾自己的东西。室内一时充满着压抑之气。

你该想办法查一查。程万盛忽然开口说。

查什么?德武扭头看他一眼。

查查是谁诬告了你,我不相信那些照片是真的。

德武差点要笑出声来了,真是欲盖弥彰,又想当婊子又想立牌坊,自己做了事还要装得跟没事人一样。一句挖苦的话差点就要冲口而出了,可想了想,又压下了,何必呢,给他留下个脸面,让他再充一回好人吧。

我听说这年头在照片上造假的可是很多。万盛又说。

查它做啥?德武一语双关地说:谁干的谁心里明白就行了,只要他自己心里不愧就行……

10

提前退休的手续办得很快,两天就办完了。接下来就是交接工作和搬走办公室里属于自己的东西。当所有的事情都做完之后,德武长舒一口气坐在了家里,好,从今往后,所有的时间都属于了自己,再不用担心上班迟到,再不用担心误了接听一号台的电话,再不用担心延迟了预警信号的发布,再不用担心导弹发射密码口令的泄露,再不用担心战备值班部队出意外的事情,再不用担心成为贻误战机的罪人,真是无官一身轻呀!可这种轻松感仅仅持续了一天,就不觉间让一种空虚感将其置换,他只觉得心里空得慌,空得他只想在家里不停地踱步抽烟。原说看资料为写《现代战争的预警》第八章做准备的,可一翻开资料,视力就缩回了眼眶,根本看不见资料本上的字,脑子里又全是过去办公的那些事情。

这天上午,正在他因空虚而烦闷至极的时候,门被敲响了,他拉开门一看,原来是荆长铭。他的脸一黑,冷声问:怎么,你还不罢手?难道我提前退休还不能让事情了结?你们还让不让人活了?

你想哪里去了?荆长铭苦笑笑,我今天不是来谈公事的。

不谈公事我们就更无话可谈了。

德武,总不至于连门也不让我进吧?荆长铭倒是没生气。

德武只好闪开身让他进了门。荆长铭在沙发上坐定之后,先叹了口气,说:德武,实话说,事情发展到这一步,真是我没想到的。你也知道,很多事情不是我这个纪检部长所能决定的。我现在能给你说的是,既然你说你是冤枉的,我就要想法把这件事给你查清楚。

现在查清了还有何用?人已经退休了!德武满眼讥讽地看着对方,在心里猜测着他的真实来意。

怎么叫没用?是非真相一定要弄明白,冤枉你了就要还你清白。该哪一级道歉就哪一级道歉。

政治生命已经完结了,听个道歉还有意义?

德武,我不管你怎么想,反正我说话算话,会把事情替你弄清楚!

谢谢你的好心,还有别的事吗?没有我可要写书了,以后,我要靠挣稿费过日子,没时间陪部长大人扯闲篇了。德武毫不客气地下了逐客令。

我今天来还有另外一件事。荆长铭倒没对德武的不客气生气,只是有些难为情地开口道。

说吧。德武估计他是要说荆尚和孔醒的事,心想,这才应是他今天的真正来意,刚才那些话都是假意应酬。

我上次给你说过,我家小尚喜欢你的宝贝女儿,两个人已经来往了好长时间,这期间也有别人来给小尚介绍对象,都被小尚拒绝了,他说他这辈子只爱孔醒一个人,非孔醒不娶。按小尚的想法,是想待孔醒毕业之后,就正式办桌订婚酒席,把他们两个的关系确定下来。孔醒原来对这安排也很同意,没想到最近孔醒突然变了态度,给小尚说她不愿再和小尚处朋友了,小尚未料到会有这变故,一下子受不了,情绪非常低落,也无心上班,这几天又病了,整日躺在床上,不吃不喝的。这孩子痴情得很,说这辈子除了孔醒不会再喜欢别人,任怎么解劝也不行,弄得我和他妈也没了主意,只好来找你,看能不能给孔醒解说解说,把他俩之间的误会消除了。

德武这些天能感觉出因为自己的事,孔醒和荆尚之间发生了不快,但他没想到两个人的关系已到了要断的程度,他不希望女儿的爱情生活因为自己受影响,他这两天正想和女儿谈谈,希望她能理智处理。不过此刻看着荆长铭焦急的样子,他心里又不由得生了一阵快意:原来你也有难受的时候,让你难受难受也没有啥坏处!于是就故意装作一本正经的样子说:荆部长,你也知道,如今是爱情自主自由的时代,咱当父母的,并无权干涉孩子们的爱情婚姻问题,决定权在他们自己手里,孔醒愿和小尚相处相爱,我和她妈支持,她要是不愿和小尚来往,我们也不能强迫。你说对不对?

那是那是。荆长铭说着站起身,我就希望你能再和孔醒谈谈,看她和小尚间究竟在哪里误会了,然后转告我们,我们好让小尚去给孔醒解释清楚。

德武一边看着荆长铭出门,一边在心里冷笑着:真是个伪君子,明明知道原因,却偏要让我来弄清误会在哪里。他正在那儿生着暗气,手机忽然响了,拿起一看,是潘金满。金满呵呵笑着说:老领导,打扰你办公了,我是想问问侄女孔醒留学的事你们定下了没有？德武也笑着说：没有打扰我办公，我已经退休了，以后我们可以随时通话。金满又笑了，道：老领导是在诓我吧，你还不满五十五岁，怎么就退休了？德武自然没说退休的原因，只说自己的身体处于亚健康状态，想早点休息休息，顺便做点自己想做的事情，写本书。金满说，好呀，这就叫想开了，官场上，像你这样能想开的敢于急流勇退的人还真不多；既是这样，你就更该下决心让孔醒侄女去澳大利亚留学，你也可以和嫂子顺便出国去散散心，澳大利亚在大洋洲，在南半球，风景和咱们这儿完全不同，值得看的地方实在太多，你原来工作时没有这个可能，现在不是有了？这番话说得德武动了心：就是，孔醒若是去留学，自己反正也退休了，正可以借送孔醒，与樊怡一起出国去旅游一趟。这些年，因工作忙也因为自己的工作性质特殊，出国的次数还真是有限哩……

这天晚上吃饭时，德武就主动提起了想让孔醒去留学的事，这让樊怡有些意外，过去，他可是反对女儿出国的。怎么，想通了？

想通了，女儿出国留学，咱俩也可以跟着出去看看外国的景致，开开眼界。

孔醒一见爸爸改了态度，高兴得双眉飞了起来，说：老爸英明，这是我们家最重大最正确最英明的决策，不仅可以让我出去见见世面，你们两个也可借送我出去到南半球走一圈，真是一举多得……

这件事就这样定了下来，剩下的就是两桩事，一桩是孔醒抓紧处理毕业离校的事情；一桩是给金满说明，请他开始办理有关手续。德武说，还有一件事，就是孔醒要主动把留学的事给荆尚说一下。孔醒一听这话，瞪了眼叫：我凭什么要给他说？他是他，我是我，我没有向他报告行踪的义务，他也没有知道我去向的权利!

义务倒是没有义务,可你们毕竟在处朋友,出国这么大的事,你应该先让他知道,再说荆尚这孩子还是不错的。德武知道女儿是因为自己的事才和荆尚闹了别扭的,所以劝得很耐心。他的话还没说完,孔醒的手机响了,孔醒边打开手机边道:说曹操曹操到。跟着对了话筒说:荆尚同志,本姑娘正式通知你,我要去澳大利亚留学了……说着说着声音低了,拿着手机边讲边向自己的卧室走去……德武看得出,女儿对荆尚还是有感情的,对方几句话说过,她的声音就明显发颤了,嗨,这丫头……

金满听说孔醒定下去澳洲留学后,非常高兴,专门来了孔家一趟,除了给孔醒带来不少在澳大利亚读书的参考资料,还表态说:剩下的事全交给我了,你们就等启程的消息吧。德武感激地对金满道:我和你嫂子虽然工资不高,但手上还有点积蓄,孔醒这头一年的学费,还是由我们来交吧,以后没有了,再向你借。金满听罢眼瞪起了,叫:咱们不是说好的吗?你要再说外气话我可就要生气了,一切费用由我来出,此事再不用多说!德武见他如此真诚,心想,再要坚持反会伤感情,反正以后还有很多回报的机会,就点头应允了。

这之后,德武便开始和妻子一起忙着准备女儿出去的事,给女儿买箱子,买学习用品,买生活用物,一样一样地去办,这样每天都有事情要忙,他的情绪也就渐渐安定了下来。

这天他给女儿买了一大包东西刚出商场,忽听有人喊他:孔伯伯。他扭头一看,是荆尚。就问:有事,小尚?

我想跟你说几句话。荆尚脸红着说。

德武估计他是要说和孔醒的事,就指指一个没人的墙角,走过去点点头道:好呀,说吧。

我从小醒的嘴里听出，我爸爸最近做了一件对不起你的事，但她没有细说，我回家问我爸爸，他也不说。

好了，大人的事，你们就不要掺和了。

我和我妈都认为，我爸爸不是个办事灵活的人，如果他有什么地方惹你不高兴，你多担待原谅他，他不会是故意的。

没有什么，都已经过去了。

伯伯，我还有个希望想给你说说，不知你愿不愿听？荆尚满脸的不好意思。

说吧，叔叔愿听。

你能不让小醒出国留学吗？

哦？为什么？

我担心她出国后会受苦，毕竟那是一个她未接触过的新环境，她的英语也还没有达到可以和外国人随便对话的程度，她又不是自立能力很强的那种姑娘，再说，她在外国受苦了，因我是军人，不能出国去帮她，心里会特别难受。

这几句话让德武听了很感动，看来，这孩子是真爱孔醒的。这一刹，他有些怀疑自己决定的正确性了，把荆尚和孔醒生生分开，万一两人从此分手，以后孔醒再也遇不到这样爱她的人可怎么办？当父亲的不就是盼着女儿幸福吗？

荆尚，你为何不亲自把这话给小醒说说？

说了，她不听。我对她的影响力还没有大到可以使她改变决定的程度。

谢谢你这样为孔醒着想，我听了也很感动，这样吧，我把你的担心再给小醒讲讲，让她再想想，去不去留学，归根结底是要她自己来拿主意的，我和她妈，只能尊重她的决定。

我明白。谢谢伯伯，我还有事去办，再见了。

这天晚上吃饭的时候，德武把荆尚的那些话在饭桌上说了一遍,然后注意地看着女儿的反应,孔醒听了半晌没作声,只是闷头吃饭,但眼圈分明有些红。德武看明白了,女儿和荆尚爱的程度,不像他原来想象的那样浅,而是已经很深很深了。他看了一眼妻子,说:醒儿,你如果内心里不愿去留学,还可以改变决定,没有谁一定要让你出去,一定要把你和荆尚分开,你在国内也同样可以考研究生深造。

可我讨厌他的爸爸那样对你,我这次出去,让荆尚也尝尝难受的滋味。

这可不必,爸爸的事已经过去,你不能这样使赌气来处理自己的人生大事,你要这样做,爸爸心里也会难受,我看你还是再考虑一下你的决定,反复想想。

当然也不全是为了他爸的事,我不能因为爱他,连出国留学开眼界学本领的机会也放弃,他要真爱我,为何不可以等等?我俩都还年轻,我借这个机会考验考验他也好……

11

退休后的德武还是每天五点半起床,五点四十五准时走进操场开始慢跑。人年纪一大,连跑步的速度也得向下降了,德武年轻时部队搞全副武装五公里越野,总是跑在最前头。可如今他只要一跑快,就觉得胸口那儿有些憋,喘息声也大得厉害。他一边跑着一边在心里感叹,小时候,每增加一岁,力气就会增大不少,是正比例关系;现在可好,年龄每增大一岁,力气就会减少许多,又成反比例关系了……

他跑了两圈之后,营区的起床号响了。十分钟后,各直属分队的干部战士就排队跑步进了操场。今天是会操时间,随着值班员一声嘹亮的口令:立正——! 原本热闹的操场霎时一片肃静,只剩下风撕扯军人们衣角的声音。德武在这口令声中不由得停了步子,下意识地做出了立正的姿势。长久的军旅生涯,使他对部队的口令声有了习惯性的反应。他望着各单位那严整的队形和干部战士们肃立的军姿,顿时有一种威武和激昂之感冲上心头,原本积存在胸口的那些不快,霎时消去了不少。他倏然意识到,他对部队生活和他所在部队的那份热爱之情,是啥时候也消失不了的。

会完操之后,一些分队又带开队伍开始训练,他向警卫一连的队列走去,他本是想走近了看看他们的训练动作,没想到连长会突然一声口令,令全连立正,然后跑步过来向他报告:报告老局长,警卫一连正在进行队列操练,以纠正刚才会操时发现的痼癖动作,请指示!他急忙举手还礼,在还礼的瞬间,他感到眼中升起了一股水雾:干部战士们并没有拿你当外人!……

你该消消心中的气了!

潘金满看来没有吹牛,也就二十来天时间,他便把孔醒留学的手续全办了下来。他那天把签好的护照和澳大利亚墨尔本大学应允入校的有关资料拿来后,笑对德武说:老领导,剩下要办的就是你和嫂子的出国手续了,你这边一办好,我立马就订机票启程。德武说:好,我办好了便立刻通知你。

樊怡的出国手续很好办,她一个普通地方医院的医生,已办了退休手续,又是送女儿出国留学,所有的关口包括澳大利亚的驻华使馆签证处,都一路绿灯,没有几天就办完了。可德武的手续一开始就卡了壳,因为他任过作战局长,掌握过国家的核心机密,所以军队保卫部门坚决不同意他出国。他情急之下去找了何司令,很冲动地说:我又不是出国定居,不过是去送女儿留学,半月二十天就会回来,卡我没有道理!何司令先是给政治部打电话问了情况,然后含了笑答:我理解你的心情,也很希望你能成行,可很遗憾我不能改变军队的这个规定,这个规定也不是针对你一个人的,是着眼于国家安全而立,不是对你个人不信任,希望你能理解,你是一个老兵,应该知道这是没有办法变通的事情……

我发誓我不会泄露国家和军队的任何秘密,我只是去送送女儿。

我当然相信你的誓言,相信你不会做任何对国家安全不利的事情,可我的确无权更改这个规定。

德武的心情又一下坏到了极点,他根本没想到自己退休了还会遇到这种束缚。军令如山,没有军队的同意,他是连护照也拿不到的。樊怡和孔醒母女知道了这变故后,一时都有些发呆,母女俩平时出远门都少,对没有德武同行的出国之旅,便觉心中无底。倒是孔醒先镇静下来,安慰着母亲说:妈,没有啥大不了的,我们是跟金满叔一起走,那边他都已经安排好了,又是坐飞机,有啥可担心的? 樊怡想想也是,就宽慰德武说:你去不了也罢,人家好多留学生在澳大利亚举目无亲,不是也去了? 澳大利亚是英联邦国家,实行的是欧美制度,社会治安应该不错,我不信俺娘俩还会被人抢了去?!

德武被这话逗笑了,舒一口气说:也好,这倒是个锻炼醒儿的机会,没有我在场,醒儿就可以出面单独处理事情,她不是不想在我的翅膀下生活吗,这正可以让她练练自己的翅膀。

金满得知德武不能出国的消息后,显然也非常意外,在电话上连声惊问:怎么能这样? 怎么会这样? 那份焦急几乎和德武一样。他随后还专门跑来孔家一趟,再三说这是一个难得的全家一起旅游的机会,劝他再找人做做工作。德武叹气说:我连司令都找过了,他都不能解决的问题,再找别人何益?

金满后来只得满脸沮丧地走了。

第三天,金满打来电话,说周日飞墨尔本的机票已经订好,并和德武约好了在机场相见的地点时间。一旦行期确定,德武又对女儿远行在心里生出一股不舍来。对这个独生女儿,德武平日虽不像妻子那样时时关心事事过问,但女儿其实一直都站在他的心尖尖上,女儿脚步的每一移动,都会在他的心中带来反应。一想到这次女儿远去万里,双休日里再不能听到她欢快的笑声和撒娇的抱怨,他的心里就觉着发疼。启程前那几天,每天德武都要亲自去菜市场买菜,亲自下厨房给女儿做几个她爱吃的菜。女儿笑着惊呼:老爸变勤快了! 妻子樊怡则带笑挖苦:太阳从西边出来了!

12

那天傍晚,德武正在帮着女儿收拾行李箱子,门被敲响,荆尚来了。德武让他坐,他不坐,说是来请孔醒去他家吃饭的。德武就把孔醒从她的房间里喊了出来。孔醒一听荆尚的来意,立刻把柳眉一竖,说:不去! 荆尚苦着脸说:我妈忙了几乎一天给你做好吃的,弄了总有十几个菜,俩老人都在等你,你不去,可怎么办?

你们自家吃呀,尤其是让你爸吃得饱饱的,好浑身是劲地去抓紧纪律检查工作,以便卡住一些人的提升呀!

荆尚的脸就立时通红通红了。

德武一看这样,忙瞪住女儿:怎么这样说话? 有没有礼貌? 跟着又软声劝道:去吧,荆尚他们一家人的心意,不去不好。樊怡闻声由厨房里出来,不置可否地站在那儿,孔醒便冷了脸说:不去。德武见事情僵在这儿,只好对荆尚说:要不这样,你就在这儿吃饭,反正醒儿她妈也做了不少菜,我也正想和你在一起喝几杯,你和醒儿也可以在这儿边吃边聊,怎么样?

荆尚忙点头说:好。之后就往家打电话,说就在这儿吃,可能把他妈急得不轻,电话里能听见他妈一连声的追问,但荆尚没有多说,只是啪一下扣了话筒。

四口人坐上饭桌,端起葡萄酒杯后,荆尚先开口说:伯伯,阿姨,让我反宾为主先敬你们二老吧,感谢你们把醒醒培养成心地善良身体健康才华横溢的姑娘!说着就当的一声把酒杯碰了过去。

真是一个会当面说好话的家伙!孔醒这时再也绷不住冷脸,笑了。她这一笑,樊怡的脸色也和缓下来,晚饭的气氛才算轻松起来。

这第二杯酒,我要敬即将出国深造的醒醒,希望你记住,虽然澳大利亚的天空很蓝阳光灿烂,可咱中国的人多热闹月亮也圆!说着又把杯同孔醒的杯碰了一响。

没看出你还挺会说话嘛!孔醒嗔怪地瞪荆尚一眼。

第三杯酒我要再敬樊姨一次,你此次送醒醒去澳洲,任务其实很艰巨,听说墨尔本市有些街区的社会治安状况不是很好,你得把醒醒安顿好了再回来!

樊怡一听这话,紧张起来,碰完杯就急忙问:你听谁说的?

我从网上知道的,你忘了我是网络工程师?

孔醒这时竖起眉道:荆尚,你是不是想吓唬我?

吓你干啥?我只是告诉你点网上的信息,好让你提高警惕性。

我不怕,碰到坏人,我就和他打!孔醒挥了一下拳头。

你那拳头,樊怡对女儿撇了一下嘴:连我都打不疼哩!

140

那你说怎么办？孔醒不好意思地看着妈妈。

其实也没必要紧张，我看只要做到两点就行了，第一，白天出门少去偏僻的地方；第二，晚上无伴一般不出门。荆尚又宽慰着。

这话有道理。德武这时接口，一开始人生地不熟，小点心是对的。

网上还有什么关于澳大利亚的信息？孔醒这时变谦虚些了。

你指哪方面的？网上的信息可是多得很。

安全方面的。

安全方面嘛，有一种猜测倒是值得留意，有反恐专家认为，原本活跃在欧美的一些恐怖分子正在向澳大利亚渗透转移，他们认为那个地方地广人稀，是个藏身的好地方。

真的？樊怡很意外。

只是猜测。

如今国际上恐怖活动还很厉害？孔醒问。

当然，我昨晚看了一个帖子，帖上说，这个世界需要彻底改造才能适宜人生存，而彻底改造世界的最好手段是施放核炸弹，最好是当量最大的那种，而且要一次放很多才行！我估计这帖子就出自恐怖分子之手。

还有这论调？可能这话题触及了德武的专业，一直坐那儿默看静听的他这时接了口。

是的，那个帖子上还说，只有核弹才能一次性地瘫痪一些政府的反抗，才能除掉于地球有害的毒瘤，才能让一些手握权柄的人感觉到疼。

这是什么话？真是些疯子！幸亏这些人手上没有掌握核武器。德武叹了口气。

是呀,这些人的内心世界真不好理解。荆尚也皱紧了眉,我估计他们的心理有问题。

来,喝酒,别净讨论些上不着天下不着地大而无当的问题。孔醒这当儿举杯朝荆尚的杯子一碰:我要走了,有一句话赠给你,多和陌生女人说说话。

什么意思?荆尚没听明白。

德武这时忙杯子碰过去说:她逗你哩,来,喝酒!

好好,喝酒!……

13

程万盛拿起电话话筒犹豫再三。他知道孔醒要出国留学的消息后,就想到了要为孔醒饯行的事,可他担心会被德武拒绝。自从德武没提而自己被意外提升之后,他就感受到了德武的不快和对自己的不满,可他又没法解释,也没法去安慰对方。这个时候他说什么话都会被对方曲解。听说孔醒定的是周日的机票,他硬着头皮还是把电话打了,刚好是德武接的电话,他赶忙说出自己的想法,唯恐德武放下电话:听说侄女孔醒要出国留学了,这是件大喜事,明天晚上,还是在金麒麟酒家,还是荆长铭咱们三家人,在一起吃顿饭,庆贺庆贺,也算为孔醒饯行。德武本想一口回绝的,可想起前不久程万盛要为自己举行退休欢送宴会时自己已拒绝了他一次,这次要再一口回绝,情理上难说过去,等于不给程万盛一点脸面,就含混地应道:我跟孔醒说说,她走前还有好多事要办,不知明晚有无时间。

就说程叔叔和荆叔叔要为她送行,餐厅定在888,请她务必参加。程万盛说罢就放下了电话。

142

还好，这一次德武没有干脆拒绝。万盛嘘了一口气。

吃饭的时间定下了？妻子问。

万盛点点头：你明天再给樊怡打个电话，提醒一下。

好吧。这些日子德武大哥心里不痛快，他要说几句难听的话你可不要在意，明明是该他提升，结果提了你，这放在谁身上都不会很快想通。当教师的温玉叮嘱着。

那是。万盛叹口气。我心里何尝不为德武大哥叫屈，工作干得那样好，才华又那样出众，结果硬是没提起来，要是我我也想不通，只是他不能怪我，我确实没有抢他的位置的心。

听说有人举报了他和一个女人在一起，真的吗？

你听谁说的？这事可不能瞎传！万盛瞪了妻子一眼。不论别人说什么，你都不能跟着起哄乱说。

这我知道，德武大哥那人，你说他工作上出了纰漏我信，说他和别的女人乱来我可是一点不信，他那人有股定力。他身上的那股定力比你还大，这一点我看得出来。

嗨，你这样认为？啥叫定力？万盛有些不高兴地反问。

就是自控力，控制自己的能力。

这方面我怎么就不如德武大哥了？

你办事好激动，人一激动有时就难控制自己，而德武大哥处世比较冷静理智。同样遇到了女人勾引，我相信德武大哥能控制住自己，你怕就不能。

你要这样说，你就去找个爱勾引人的女人来，我想试试。万盛又笑了。

你还要去试试？温玉恼了。

你不是说我不行吗？不试怎么知道？

我告诉你，你现在提成将军了，容易成为年轻女人关注的对象，这一点你可要注意些，有些女人的话说得再好听，向你

143

笑得再娇媚,你都不能激动和冲动。

要是激动了怎么办?万盛笑嘻嘻的,存心逗妻子。激动个一次两次没啥不得了吧?我又不会跟你离婚。

你如果敢跟别的女人胡来,敢背叛俺,俺就死给你看!就从这个窗口跳下去。妻子说着推开了身边的一扇窗户。

说什么哪?玩笑都开不起了?!万盛不敢笑了。

我这也是给你打个预防针,我几个女伴都提醒我,丈夫的官职升一级,妻子被背叛的危险性就提高一档。

胡说什么呀!你还不相信我了?

这年头,被丈夫蒙骗的女人太多太多了,我不能不提高警惕。

好了好了,说正事,你今天去给孔醒侄女买点礼物,她这一出国,说不定几年才能回来。

这事还用你交代?莨莨我们娘俩前天都买好了。

这还不错。你告诉莨莨,让她跟女婿说一声,明晚一定赶回来参加这个饯行宴会。

这事还用你交代?

14

德武跟女儿说了程万盛请吃饭的事后,孔醒决绝地摇头道:我可不想去和这种当面叫哥哥背后掏刀子的人来往,参加这种言不由衷虚情假意的聚会是浪费我的时间,我不去!看孔醒这个坚决劲儿,德武就想打电话回掉这个邀请,樊怡看见后上前按住话筒说:不必回掉,醒儿不去咱俩去,我还想看看程万盛和荆长铭这两个人的表演哩,看看他们这次会装出什么样的嘴脸,再开开眼界!

算了吧。德武还想拨电话。

樊怡把话筒夺过来说:看看你那些狗屁战友的演技有什么不好?老子们不提升,老子们就当当观众,娘的脚!

怎么骂开粗话了?德武瞪妻子一眼。

他们做出那些事就该挨骂,咋?还想让我给他们说好听的?来文雅的?

那也不能骂人。德武说。

你没听电视上咋说的?该出手时就出手,我也是该出口时就出口!

第二天晚上,德武就只好跟在樊怡身后去赴这个饭局了。见了那两家人的面,德武先开口说明:孔醒因为学历证明的事,还在忙着,到这会儿还没回家,没法来参加这个聚会,我和她妈就代表她了。

小醒现在在哪儿?让荆尚去帮她的忙。荆长铭的妻子急忙说。

不用不用。德武摆着手,她骑着一辆自行车到处跑,连我们也不知她这会儿在啥地方。

我打她手机。荆尚不由分说就拨打起手机来。还好,孔醒的手机关着,避免了更进一步的麻烦。

孔醒来不了,程万盛指着德武和樊怡说:那今晚你们可要替孔醒多喝几杯。荆长铭也少有地笑着:对,对,德武今晚可要放开喝。

入座的时候,德武按往日三家人聚会的坐法,习惯性地坐到了上首中心的位置,樊怡这时就别有用心地叫道:孔德武,你别没大没小的,你现在是退休的师职干部,你坐的位置该现职的程将军坐。一句话说得孔德武和程万盛脸都红了,程万盛急忙摆手道:瞧嫂子说的,只要是咱们三家聚会,那位置永远是孔大哥的。荆长铭也忙按住要起身的德武说：快坐快坐，咱们三家人在一起，还论什么职务？

凉菜上齐后，程万盛举杯说：在咱们三家里，孔醒是第一个出国留学深造的人，我们都为她高兴，来，大家干杯为她庆贺！众人喝了第一杯酒刚坐下，樊怡就语带讥刺地又开了口：俺们孔醒她不出国不行呀，她不像程莨和荆尚，都有个在职的好爸爸可以依靠，她老爸退休了，无职无权了，只有自己去闯世界！

这话的味道程、荆两家人都听出来了，程莨和荆尚不由得互相看了一眼。程万盛显然怕樊怡这话让德武伤心，这时就急忙为德武打圆场：德武大哥在我们三个人中，是干得最好的，他要求退休，大家都舍不得他退。

他一退，整他的人就可以放心了，要不，有些人还会挖空心思地来整他！樊怡决心抓住今天的机会把心里憋的气放出来，所以不放过任何一个话头。德武自然也看出了妻子想干什么，可他不想阻拦，妻子的那些话也让他觉得心里痛快。

来，来，喝酒！荆长铭这时急忙端起杯，显然想把话岔开。

整德武大伯的人，早晚不会有好下场。荆尚没理解其父的心意，边与众人碰杯边接口道。

那不见得，这年头，整人的人不是照样提升了？不是照样当了领导当了将军，不是照样人模狗样地在那儿威风？

听樊阿姨的口气，好像已经知道了整孔伯伯的人是谁。程莨这时开了口。这姑娘性格温顺平时话说不多，她一开口，众人就都把目光扭向了她。

是谁谁知道！人和人的智力都差不了多少，甭想把别人当傻瓜，一个人干了整人的事，还在人前装得没事人一样，骗得了谁？樊怡正想把话说得更露骨些。

146

喝酒喝酒,来,大家都再干一杯!荆长铭显然担心樊怡话中的火药味给今晚的聚会带来危险,再次端起了酒杯说。

众人于是碰杯喝酒,但往日聚会的那种轻松气氛并没有回来,大家的脸上只是有了点强笑,那笑容稀薄得随时都可能掉到地上。

程万盛自然听明白了樊怡的话外之音,可他只能假装糊涂,说什么?不论说什么都会影响今晚聚会的气氛,这聚会又是他召集的。他只能努力含笑听着。

荆长铭当然听明白樊怡是怀疑万盛整了德武,他也不好多说什么。万盛会整德武?不大可能吧?不过那些照片来的也真是恰到时候,极像是内部人所为。

孔伯伯,樊阿姨,来,我敬你们一杯!荆尚这当儿起身举起了杯。荆尚只从樊怡的话里听出了气愤,没听出那气愤的指向,所以就又加了一句:人为什么一见利益就互不相让了呢?真是趋利动物吗?

小尚你少说几句!荆长铭为儿子乱插话生气,狠狠瞪他一眼,在心里叫苦:你个傻小子偏要来添油加醋!

樊阿姨可能不知道我的爱好,我学的虽是外语,可业余喜欢的却是侦破专业。程莨这时又开口说道,我实习时,专门通过同学的关系到公安部外事局实习过,在那儿我拜了一个高级警官当师傅,学了点侦破本领,我现在要去当个侦探差不多够格,你给我说说你掌握的别人整孔伯伯的线索,我想办法把这个案子给破了,把那个坏蛋抓出来示众!

哼,抓住他还不容易?!樊怡撇了撇嘴,抓住他只怕你先就慌了!

樊怡,你少说几句!德武见妻子的话越说越明,而程万盛和荆长铭脸上的尴尬越来越多,急忙出面制止。

凭什么不让我说？我的嘴你管不着！樊怡朝丈夫瞪着眼，一副豁出去了的表情。

樊阿姨说我先就慌了是什么意思？程莨今晚竟显得有些咄咄逼人。

是因为这个人你认识！

谁也没想到平时性格温顺的程莨这时会啪的一声把手上的筷子拍在桌上，猛地站起来叫道：樊阿姨，那你何不干脆说出这个人就是我爸程万盛？！你今天晚上的话全都含讥带讽含沙射影指桑骂槐，你以为我听不出来？你只差说出程万盛这个名字了！你不能这样侮辱我的爸爸！

程莨，你住口！程万盛这时朝女儿低而严厉地叫道。你敢跟你樊姨如此放肆，还懂不懂小辈在长辈面前的规矩了？！

你受得了这气我受不了！程莨这时站起身要走。

回来。万盛的妻子温玉急忙拉住女儿。

程莨，站住！程万盛这时也呼地起身吼道：照我们程家的规矩，顶撞老辈人要下跪道歉，给你樊阿姨跪下！

你是不是心里真有鬼？程莨执拗地看定父亲：你今天当着大家的面说清楚，你究竟为了这个将军的职位害没害孔伯伯？！

你？程万盛被女儿顶得脸红筋胀。

原本糊涂的荆尚这时惊得目瞪口呆。

你要是真害过孔伯伯，我就跟你一刀两断，决不做你的女儿！我恶心为了官位背叛朋友的人，不管这个人是谁！

程莨！温玉这时也生气地呵斥女儿，含着泪说：你没大没小，反了天了，快给你樊姨跪下！

程莨这时满脸是泪地朝樊怡跪下了双膝。

莨儿……没想到事情发展到这个地步的德武，先是愣在那儿,随后急忙向程莨伸手搀去……

15

桌上的菜没动几筷,可这场晚宴已不能再进行下去。

在德武扶起程莨的同时,大家都站起了身子。

尽管在握别时都还保持着客气,但谁都能感觉到,这是三家的最后一次聚会了。

回到家里,德武忍不住埋怨妻子:你的话说得太过了。

什么叫太过?人家把你的官职都整掉了,把你都整得退休了,他们过不过?你就是因为平时软了吧唧的,人家才欺负你,这年头,我算看明白了,马善被人骑,人善被人欺,该反击时不反击,人家只会说你是窝囊废,在心里笑你是傻瓜,以后逮住机会还会欺负你。你心疼人家,人家心疼过你了?!

德武没再说下去。他心里对妻子的话也有些认同,既然他们整你时一点都不手软,你凭啥还要顾及他们的脸面?让他们难堪一点也没啥不得了的。

罢,不想这件事了。樊怡和孔醒出发在即,我应该让她们快快乐乐地过完出国前这段不长的时间。

那几天,是孔家这些年来过得最开心的日子。三口人都没有了上班、上学的压力,只是忙着吃饭、睡觉、闲聊、购物,真是其乐融融。原想到这气氛会一直持续到母女俩离开家,没想到就在要启程的头天晚上突然出了意外。那是晚饭就要开始的时辰,家属院的传达室来电话说让去取一个特快专递邮件,德武正在厨房里炒最后一个菜,孔醒正在整理一件行李,樊怡就下楼去拿了。待她回来时,德武正在向饭桌上端菜端饭,他没有发现妻子脸色的异样,只是高兴地叫着:醒儿,还有你妈,快洗手,开饭了——他的话音未落,忽听妻子樊怡怒叫了一声:孔德武!

这叫声太响太尖太意外,惊得德武手中的菜盘差一点落地,吓得孔醒慌忙从自己房中跑出来问:怎么了,妈?

孔德武,想不到你表面上道貌岸然,背地里原来是个流氓、浑蛋!樊怡没理会女儿的询问,而是怒不可遏地继续朝丈夫吼道。

这,这是怎么回事?德武被这突然的变故弄蒙了,你为什么发脾气?为什么?

看看你做的好事!樊怡边叫边把一个特快信封和几张放大的照片扔到了他的身上。德武没能接住那两件东西,只见它们飘落到了地板上,德武低头只看了一眼,头皮便倏然一麻,脸也一下子红了,照片原来就是何司令当初扔到他身上的那些:一个姑娘娇笑着坐在他的腿上,姑娘在吻他。这东西是……从哪里来的?慌乱中的德武无力地问了一句,他一直担心的事情到底还是发生了。他第一次看见这些照片时,就担心脾性刚烈的妻子看到它,他那时就知道无法向妻子解释清楚这件事。没想到恰恰在这个时候让她看到了,这是谁如此狠毒,用这个法子来毁坏我的家庭?

你先说照片上的那个狗男人是不是你!樊怡跺了一下脚。

孔醒这当儿上前捡起了照片,先是震惊地看了一刹,随后也两眼喷火地看定爸爸,等着他的回答。

樊怡,你听我说,德武尴尬至极地咽口唾沫:这些照片我不知是谁拍的,但我可以告诉你,这个拍照片的人别有用心,我没做对不起你的任何事情,你放心——

你还让我放心?樊怡手指着丈夫嘴唇哆嗦:我就是对你

太放心了，才让你胆大包天，跟年轻女人弄到了一起！我整天在报纸上看见当官的包养情妇的消息，没想到这事也出到了我的家里。孔德武，你摸摸你的胸脯问问你的良心，你这样做对得起我吗？当初，你一个穷参谋向我求婚，俺爸俺妈嫌你农村出身家里清贫，又是名声不好的河南人，坚决反对我跟你成家，我冒着和爸妈断绝关系的压力，执意跟你结了婚。结婚时你没钱，只给我买了一条裤子当结婚礼物。你来我家看我爸妈，手中的钱只够买五盒大前门香烟，是我把工资给了你，才买了些能拿得出手的礼物。你当时是怎么说的？你说你要一辈子爱我一辈子对我好，这就是你说的好？让别的女人坐到你的腿上算是对我好了？让别的女人亲你算是对我好了？！

樊怡，你听我说——德武红着脸想要解释。

我听你说的还少吗？你整天跟我说，以后一定让你享福，跟你结婚这么多年，我享啥福了？结婚的当年，你爹就得了大病，来北京一住院就是几个月，我一个新媳妇，又刚流过产，连明彻夜地为他忙，又是擦身又是喂饭，累得我都摔倒在病床前。后来有了醒儿，你整天下部队忙工作，是我一个人一把屎一把尿地把她拉扯大。那回醒儿发高烧，你在福建回不来，我一个人在雨夜里抱着她去医院，滑倒在大街上疼得我好久起不来。再后来你那些七大姑八大姨还有侄儿外甥的来北京看病、考学、找工作，哪个不是我跑前跑后照应的？我受苦受累这么多年，你就拿这个来报答我？跟别的女人去快活？

樊怡，我没有——

你没有什么？你以为我当场没抓住你们你就可以狡辩了？你认为我会相信你吗？伪君子！坏蛋！赖狗！小人！你把女人都抱到腿上了还不敢承认。幸亏还有主持正义的人，敢于揭露你的嘴脸，敢把这些照片寄给我，要不，我还会蒙在鼓里,还会受你的骗,还以为你是一个堂堂正正的男人,一个正正派派的丈夫,天哪,我当初真是瞎了眼,昏了头,迷了心,会选了你这个流氓做丈夫,我悔死了呀……

唉……德武无奈地叹了口气。他明白自己的所有解释樊怡都不可能相信,他现在心里也涌满了恨,先是恨天良市的那个饭店老板藏北,他不该拉着自己去练歌房;后来他又恨自己,自己那会儿怎么就鬼迷了心窍,没坚决反对进练歌房呢?自己做事一向果断,为何那天晚上却当断不断?只担心驳了对方的面子,伤了和气?是不是觉着藏北这人不错,该给人家一个回报?是不是因为基地里的人在酒席上说了许多赞美自己的话?说自己记忆超群,是军中的活地图;说自己神机妙算,是核打击部队的诸葛亮;说自己落笔生花,是机关里的大秀才……自己听得有些心花怒放,才想让大家都高兴高兴?

幸亏上级领导有眼,没提了你这个坏蛋、浑蛋,要是让你这样的人当了将军,手上有了权力,手下管了更多的年轻女人,那还得了?还不要三妻四妾三宫六院七十二妃八百宫女?

好了!一听这话,德武生了气。

孔德武,我现在有点明白你让醒儿出国留学的真正用心了,你是怕俺们娘俩影响你和其他女人交往快活,故意借这个法子把俺们赶得远远的,行,俺们成全你!俺们不回来了,你好好和你的那些情人、妃子、烂货快活吧!

樊怡,你胡说什么?德武的声音高起来,他被这话弄得有些恼了,她怎么能这样理解他送女儿出国的用心?!

妈,你先平静一下。孔醒这当儿上前扶住母亲,拉她去了自己的卧室。

天哪,我的命怎会这样苦呀?老天爷啊,我这辈子做了啥坏事,让你这样来惩罚我呀?!你为何让我摊上这样一个狗男人,你不公呀,你睁睁眼吧,你该打个响雷炸了姓孔的! 我不想活了……樊怡在女儿的卧室里还在哭着。

不知过了多久,孔醒才算把母亲劝得不哭了。这期间,德武一直呆坐在饭桌前,饭桌上摆着的那些一动没动的饭菜,早没了热气,一场欢欢喜喜的分别家宴,就这样被冲得没了踪影。德武虽然面色平静地坐在那儿,胸腔里却有一股恨意在迅速膨胀,不用猜,这是程万盛干的,那天的晚宴樊怡让他丢了脸,他就用这个办法来报复,你可真狠哪! 小人,我过去为什么就没看出他是个真正的小人,竟把他当成好战友。程万盛,你已经阻止了我职务的提升,你已经迫使我提前退了休,你已经弄乱了我的家庭,你狠毒如此就不怕报应呀?! 罢罢罢,算我眼瞎,竟和你称朋呼友了一场!

爸,我想跟你谈谈。孔醒这时从卧室里出来,坐在德武的对面,一脸的肃穆。

德武抬起头,他知道女儿想要跟他谈什么,他满脸难堪,他怎么也没有想到,在和女儿分别的前夜,谈的会是这样令他难受的话题。

爸,有些话可能不该出自我这个女儿之口,但我想还是说出来的好,我觉得你应该珍惜这个家庭,珍惜母亲对你的感情,这些年来,母亲为我们孔家,付出的太多太多——

醒儿,你不要说了,我怎会不珍惜这个家庭? 爸爸以自己的人格向你保证,爸爸没有做对不起你妈的任何事情,这张照片虽然是真的,但其背后还有真相。他于是向女儿叙述了那晚在天良市九天饭店进歌厅的前前后后,叙述了因这些照片自己没能晋升并提前退休的过程。但他没说他认为这都是程万盛干的。孔醒听后沉默了一阵,说:看来这件事不简单,起码你的背后有小人在算计你和我们的家庭,这样吧,妈妈那里,我去做说明,她可能不会马上原谅你,但我想她会慢慢明白的。你也不必太难受,我相信你!

听到女儿的最后一句话,他感动得差点掉泪。女儿到底是长大了,懂事了。醒儿,出国后,爸爸不在你身边,一切事全靠你自己,凡事要三思而行。

你不必操心我,我和妈妈走后,你最好想办法把这件事全弄清楚!

好!他点点头……

16

那天早上去机场送她们娘俩倒是一切顺利,在预定时间到了机场,在约定的候机楼二号进港口见到了潘金满。金满在把机票递给樊怡时,发现了她双眼红着,于是笑着叫道:看看,嫂子,还是你和老连长的夫妻感情好,就送女儿去一趟澳大利亚,不会离开多少天,你就哭成这样,眼睛都哭肿了,我可真是羡慕老连长。我那个老婆,要是有你一半就好了,每次我离家外出,从没见她流过一个眼泪豆。这话说得樊怡笑了:去,谁会为他流眼泪,我是眼中进沙子揉的。德武趁气氛变得轻松的当儿,急忙说:金满,我可是把你嫂子和孔醒托付给你了,她们娘俩都没出过国,你嫂子不懂英语,孔醒的英语也还达不到可以和外国人流利对话的程度,一切靠你多操心了。放心吧,老领导,我知道她们娘俩都是你的宝贝,我决不会让她们受一点委屈,倘若有半点差池,你拿我是问!

令德武难受的是女儿和荆尚两个人的分别之状。德武没想到荆尚和他爸爸荆长铭那天早上也会到机场为女儿送行。荆家父子就站在进港口停车处,看见他们一行,忙迎了过来。

荆长铭帮着德武、樊怡两口子搬运行李,荆尚则把孔醒拉到了一边说话。樊怡大约也没想到荆长铭会亲自来送,勉力笑着向他表示谢意。三个大人把行李在小车上摆好,寒暄话说过,扭身去看两个孩子时,只见荆尚和孔醒已紧紧地拥抱在了一起。广播响了,播音员开始催着这班飞机的乘客抓紧办行李托运和安检手续,荆尚和孔醒分开身子时,德武看见孔醒和荆尚两个人脸上都有泪水。那泪水让德武的心再次一颤,一丝不安又在胸中弥漫开来:把两个孩子生生分开对吗?我让孔醒去澳洲留学的决定对吗?我是不是在做一件错事?!

可登机在即,事情只能向前发展了。

开始进行李托运区,分别的时候到了。孔醒扑到父亲怀里,叮嘱他记住多给自已打电话。父女俩说罢分别的话,金满笑对德武说:怎么,你不去和嫂子吻别?樊怡嘴角一撇笑道:谁让他吻!德武趁这个机会,上前一下子搂住了妻子,用嘴唇在她的额头上点了一下。樊怡这时在他耳边说了一句:昨天给你买的两盒痔疮膏,在左边床头柜里放着。听到这句话,德武知道,妻子是已经原谅他了……

德武那天在机场一直待到那架航班起飞的时刻,直到看见有一架飞机腾空而起飞向远天之后才离开机场。母女俩临别时的表现让他稍感心安。

他决定按女儿的交代,恢复原已停下的调查,查清那张照片的拍摄者和邮寄者,找出程万盛参与其间的证据,然后向程万盛摊开,叫他无地自容。

第二天早上,他没给任何人说,更没给 101 基地的熟人打电话,就悄悄坐上火车去了天良市。他想先独自找到那家九天饭店,然后由其工作人员那里仔细打听那个老板臧北的下落,他估计只要找到老板臧北,就会弄清拍照片的是谁。那晚只有那个臧北陪他进了那个包间,只有找到他,才能找到连接程万盛的线索。

傍晚的时候,他满怀信心地在天良市火车站下了车,然后打车径直去了那家饭店所在的街道。到了饭店门前他才看清,这栋三层的楼房已改成了超市,所有的包间都已打掉,通透的三层空间里摆满了货架,正在营业的超市里挤满了顾客。他有些发呆,怀疑自己记错了位置,便再三向超市的工作人员打听这栋楼房过去的用途,得到的答复都是开过"九天饭店"。他在那栋面目全非的楼房里愣了许久,才想起向人们打听当初九天饭店的那个老板臧北,哪还有人记得?最后找到超市的一个副经理,那副经理说:那老板臧北不该在开餐厅的同时再办个练歌厅,而且找了不少陪唱的小姐,搞淫乱活动,结果引起了公安局的注意,派了人到歌厅卧底,发现了歌厅确有涉黄的问题,要罚款要抓人,结果把他吓得屁滚尿流地跑了,到如今还不知在啥地方……

德武听罢这话心里再次有些打鼓:那些照片会不会是警方的卧底拍的?他们把自己当成了一个有意涉足色情场所的官员?可仔细想想又不大像,警方拍的照片不会这么偷偷摸摸地寄,更不会把照片寄到被照者的家里,存心破坏当事者的家庭关系。

得找到那晚领他们一行人来九天饭店吃饭的那个参谋,他也许知道点臧北的消息。德武把电话打到101基地司令部,顺利找到了那个参谋,德武告诉对方自己是因私来天良市的,不想见别人,只想和他聊聊天。那参谋说:老首长,我马上去看你。

两人是在基地机关附近的一个茶艺馆见面的。那参谋显然已知道德武的近况,见面就连声道歉:孔局长,没想到上次到九天饭店吃顿饭，会给你带来如此大的麻烦，这件事我有责任。德武摆摆手，直率地说：我想见见九天饭店的那个臧老板，你能帮我联系上吗？

那参谋急忙摇头：我也不知道他在何处，告你的事一出，我们基地的余参谋长就让我找这个老板，可他早跑走了，至今没有任何消息。

德武叹一口气。

我们基地余参谋长估计，诬告你的事与这个臧北一定有关系，可没想到他早把饭店暗中转包他人，悄悄跑了。后来参谋长又让我找那个被拍照的歌女，想她也许知道些情况，可她也没了踪影，没有一个人清楚她的行踪。

德武一时无语。线索断了，下一步还找谁？

孔局长，要不你先到基地机关里歇歇，咱们再仔细商量？

德武摇头，他可不想让更多的人知道他来到了天良市。何况基地余参谋长也已调离了这里。

那就罢了？其实，你即使查到了拍照人，找到了程万盛参与此事的证据又能如何？照片又不是假的，对方的责任只是偷拍和乱寄，可你敢到法院起诉他偷拍和乱寄？那势必会弄得满城风雨。

德武泄了气。罢，罢，有冤咽到肚里，再不纠缠这个问题，反正这照片已让领导和家里的人都看到了，其破坏力已发散净尽，程万盛以后愿怎么扩散就怎么扩散吧，姓程的，我孔德武承认你的手段厉害，我输给了你，你安心当你的副部长吧……

孔醒的平安电话是第三天打来的。孔醒电话里的声音充满兴奋和新奇：……爸，我和妈妈已经在墨尔本安顿下来，潘叔叔安排我和妈妈住在他家隔壁一栋两层小楼里，房子很漂亮,潘叔叔说这楼房是他去年给他儿子买的,眼下他儿子在悉尼读书,房子在空着,正好让我们住,还给我们配了一个负责做饭和打扫卫生的保姆;我们住的这个区算是富人区,每家的院子差不多都有六百平米,前后有花园,环境非常好;墨尔本大学离这儿不太远,我和妈妈已经去看过一次;这个城市不大但很美,这儿的天湛蓝湛蓝,空气中有一股花香,树林好多,河水清澈,到处都是绿地;爸,你晚点一定争取来一趟,看看南半球的土地;还有,金满叔说,最好让我妈在这儿多陪陪我,我也想让妈妈在这儿多待一段日子,一是我在这里人生地不熟,需要一段时间适应;二是我也想让妈多到澳大利亚的一些地方走走看看,她难得出来一回,好好散散心;妈妈既是已经办了退休手续,早一天回晚一天回也没啥大不了的……

德武当然高兴,也当然同意让妻子在那儿多待一些日子,当即就在电话上说:告诉你妈,就说我批准了,她在那儿愿住多久都行。樊怡显然就坐在女儿的身边,电话里随即传来她挖苦的声音:我凭啥让他批准? 我又不是他的下级。德武笑了,大声说:你是我的上级! 是咱家的书记。他估计妻子也听见了这一句……

当晚,德武又同金满通了话,再次感谢他对自己妻子女儿的照应。金满说:那都是我应该做的,咱俩谁和谁,再不要跟我说谢字……

这两个电话一打过,德武的心情好了起来,便安心在家里读了几天书,准备写中断已久的《现代战争的预警》第八章。第八章他计划写战争开始后的预警,也就是敌方导弹发射后的预警,这时预警的目的是争取到宝贵的十几分钟时间,使我方反击的导弹能够发射出去,使我方的战机得以升空以避开敌方的第一波攻击,使我方的首脑机关和有生力量迅速进入掩体……

这天傍晚,他关了电脑正准备去做晚饭,门忽然被敲响,开了门一看,原来是荆尚提了一大兜各样青菜站在门前。德武有些惊异:小尚,你这是——

我怕你一个人吃饭图简单,下班时就顺便给你买了些菜送来。荆尚有些不好意思地笑着说。

嗨,你这孩子。德武心里一热,急忙让他进来。以后可不许这样做了,你上班要忙工作,不必操心我,我身体好好的,能照顾自己。

孔醒一走,我照顾你是应该的,伯伯不必客气。荆尚边说边往外掏着菜。德武这才看清,除了青菜之外,荆尚还买了不少熟食,有烧鸡、火腿、炸带鱼、酱牛肉、卤豆皮和大包子等。

这够我吃几天了。德武笑着:这样吧,既是有这些熟食,我去热一下,你今晚就也在这儿吃吧,咱们可以喝点啤酒,聊聊天。德武是真有些喜欢这个懂事的孩子了。

那……行吧。荆尚显然没有和他在一起吃饭的思想准备,犹豫了一下答应了。

德武去厨房把几样熟食一切一热,不一会儿就端出了几个盘子。这当儿,荆尚已麻利地擦了饭桌,从冰箱里拿出了两瓶啤酒打开,然后举杯说:伯伯,祝你健康快乐。

好,好。德武笑看着荆尚,在心里道:这孩子的眉眼长出了他爸他妈的优点,心眼也挺好,看来孔醒的选择并没有错。

孔醒在电话中给我说,她现在最担心你吃饭凑合,把身体搞坏。我打算给你找个钟点女工来,让她定时给你做好三餐饭。

不用,不用。德武急忙摆着手,我当初在连队当兵时经常到炊事班帮厨,炒菜的手艺还有一点,我不会亏待自己的嘴和肚子。

伯伯别客气,我已经去助尔家政公司挑了一个小时工,跟她说好明天午饭前来,做好饭了就走,钱也已经付过了。

好孩子,赶紧去退掉。德武心里好感动,可他没有用小时工的习惯和思想准备,找一个人专门伺候自己吃饭,花这钱冤枉!于是便匆匆找了一条谢绝的理由:我一两天就要回河南老家住些日子,确实不需要。

真的要回河南老家?

是呀,你赶紧去退了这个小时工吧……

匆忙中找出的谢绝小时工的理由,一下子提醒了德武,何不趁这机会,回河南老家一趟,看看两年没见的老母亲?过去在位时整天忙工作,回去的机会很少,母亲每次来京,自己因为忙,陪她的时间也不多,现在一人在家,正好可以回去看望看望她老人家。

还犹豫什么? 出发吧!

德武当天上街给母亲和弟弟、妹妹两家买了些礼物,第二天傍晚就坐上了回故乡的火车。不用向任何人请假的感觉真好,看来"无官自由身"这话说得有水平。

自难忘

1

到家已是次日的半下午了。母亲正在院门前的那块菜地里摘辣椒,腰弯得很深,几乎全白了的头发飘落到了辣椒秧上,让德武看了心中一颤,他喊了一声:娘。预先并不知德武要回来的老人猛一听见他的喊声,手抖了一下,手中的小筐子落了地,里边的辣椒撒到了辣椒垄里。这之后她直起身,像惯常那样笑着:武子回来了?他几步上前拎起母亲的菜筐,捡拾着辣椒,扶着母亲从辣椒垄里走出来。

醒儿和她妈吃得惯外国的饭?因为母亲已在电话上知道了樊怡和孔醒出国的事,所以先问这个。

吃得惯,给她们娘俩做饭的也是华人。

华人？母亲没听懂这个词。

就是中国人。

在那儿的中国人还挺多？

多,在澳大利亚的中国人有好几十万哩。这辣椒德文他们不会摘,还要让你来干这活？不怕你累着？

我闲着还不是难受？这又不是重活。醒儿和她妈去外国走路能行？不会迷了路？

德武笑了,说:她们都识些英文,路标完全能看懂,迷不了路,再说,醒儿先补习英文,要不了多久就能和当地人自如对话了,你放心吧,不用操心她们。

听你弟弟德文说你退下来了？

是的,我想歇歇。他不想说更多的,让娘再为他担心,只答了这一句。

娘指指他的头发说:看看,头发都白了这么多,也该歇歇了。你这一不干事,娘的一颗心就放下了,原先因为总怕你管的那些炮会响了,伤着人,我这心就老是在悬着。

德武知道娘说的炮是指的核弹,娘不知从哪里听说他所在的部队是放核弹的,他又管了不少核弹,而且知道核弹一旦响了会伤很多人,就总是担心这件事,只怕他管不好在他手上响了,惹出祸来。德武笑着说:你放心,那炮是不会随便响的。娘,你的身子近来咋样？腰还疼不疼了？

天阴了就疼,不过没啥不得了的,哪个人老了不得点病？你别操心我,你看起来可是有点瘦了,吃饭不多吧？人上了年纪,一定要多吃饭,饭吃多了身子才能壮。

有钱难买老来瘦。他顺口说。

你老啥？娘白了他一眼。

他笑了。看来,自己在娘眼里,还是那个小武子。

你爹五十来岁时还扛得动麻袋,还能一顿吃俩蒸馍,脊背上的肉还是一疙瘩一疙瘩的。

德武听了这话,眼不由得望了一下村外的家族墓地,父亲已躺在那里多年了,正是因为父亲身体看起来很结实,他和弟弟、妹妹才大意了,才没预先给他做个检查,以致让他因心脏病走了。我这次回来,就是想在老家吃胖一些。他知道娘一向以为人胖了才健康,就这样安慰她。

我让德文明天就去给你割肉吃,让你妹妹德玲回来给你熬老母鸡汤喝。

好,吃肉,喝鸡汤。他扶着娘进了院门。院子里的一切都很熟悉,葡萄架,石榴树,鸡笼,羊圈,捶布石,与以往不同的是,弟弟树立了一根接收电视信号的天线。正在从葡萄架上收葡萄的弟弟德文和侄儿侄女都迎了过来,在灶屋做晚饭的弟媳扎煞着一双沾了白面的双手也跑了出来。一时间,德武被热烈的问候和浓浓的亲情包围了……

睡觉前,弟弟给娘端来了洗脚水,娘脱袜子时,德武走过去蹲在娘面前,说:娘,我来帮你洗脚。娘听后慌张地躲闪着说:我能洗,你快歇着。德武不由分说捧着娘的脚放进了温水里。我平日离你远,没能伺候你,今天就让我帮你洗洗脚吧。

老人不好意思地笑了,看着大儿子给自己搓脚。德武捧着娘那双筋骨裸露老皮层叠的脚,心里一酸。娘这一生过得不容易,经历过战争、灾荒、饥饿、“文革”,一直在农田里忙碌,在为我们兄妹三个操劳,以后该让她享享福了……

德武那晚是在快乐和安恬中入梦的,回到老家,睡在母亲卧房的隔壁,他睡得少有的快和沉,不过午夜过后,他又被一个噩梦惊醒,醒来后,那梦境的片断还模糊记得:他见到了父亲,他高兴地上前想与父亲说话,可父亲却突然面露恐惧地抬手朝他身后一指,他扭头一看,只见一个从没见过的可怕动物张开血盆大口已扑到了他的身边,他呀地一声惊叫,吓醒了。

大概是父亲嫌我回来得少了,用这个法子来表示他的不满吧。他仰躺在床上,许久没有再睡着……

2

第二天一大早,知道信儿的妹妹就由五里外的婆家回来了。妹妹回来时拎了两只老母鸡和一篮子鸡蛋。兄妹俩打完招呼,娘就给妹妹下了任务:你做几顿好饭给你大哥吃,让他也能快点胖起来。妹妹一边笑着答应一边向厨房里走。

接下来两天,他一直陪着母亲坐在院里,院里放着一大堆德文由地里掰回来的苞谷棒子,娘俩一边剥着苞谷棒上的包衣,一边拉着家常,从樊怡的健康到孔醒的学业,从地里的收成到德文的辛苦,从妹妹婆家的家境到妹夫的脾气,从侄儿侄女的学习成绩到德文媳妇的孝顺,从鸡蛋的价钱到村里刘家豆腐坊的设立,从邻居的嫁女到亲戚们娶媳,话题一个接着一个。多少年来,德武还是第一次这样悠闲地和母亲坐着说话,他觉得心里十分舒畅。

这天早上起来,德武见娘把一些吃食和香裱装在一只小篮里,一副要出门的样子,就问:娘,你这是要干啥?娘说:我要去青坳观烧香还愿,我在那观里许过愿,让祖师爷保佑你当兵平平安安,你如今平安退休回到了家,我该去感谢祖师爷的。

德武听娘这样说,无言一笑。他知道娘很早就信了祖师爷,家里就有祖师爷的塑像。待早饭后娘要动身时,德武提了装有香裱的篮子说:娘,到道观里有几里路呢,我陪你一起去吧。娘当然高兴,由儿子提了香裱陪着去道观,在她还是第一回哩。娘俩于是边聊着闲话边走上了去道观的路。

青坳观位于伏牛山锥子峰和菱角峰之间的山坳里。离孔德武家所在的村子六孔庄四华里。坳内有一四季长流的碧水溪,溪两旁长满松柏和翠竹,可谓山清水秀。青坳观就坐落在溪的北岸,为坐北朝南倚山面水的三重殿院建筑。前殿为三官殿,殿内供奉着天官、地官和水官的塑像;中殿为老君殿,殿内供奉着老子像。后殿为祖师殿,殿内供奉着祖师爷的塑像。三殿院左右两侧均有寮房供道长和道士们居住和储物、待客用。

因为娘是道观的常客,每年给观里送的香火钱最多,加上德文是村长,青坳观的道长高长川就认识了娘,而且也知道德武在北京城里当军官,所以那天待他们娘俩进了道观,高道长就过来施礼,和德武很亲热地相见寒暄。

德武还是第一次和一个道长见面说话,颇感兴趣。就借娘去焚香叩拜时,问了有关道观历史的不少问题。高道长一一作答,之后,还亲自领着德武看了三个大殿。在看中殿墙壁上那些壁画时,德武瞪大了眼睛,原来,那三面墙上的壁画,画的是道士们在炼丹过程中发现火药的经历,以及火药发明后被用在武器上,造出早期火箭的事。

德武有些吃惊了:难道说火箭最早的发明地,竟在我的家乡?

看,这一幅,画的是本观的前辈道长正在炼丹的场面,这是炼丹的八卦炉,这是装原料的葫芦,原料主要有硫黄、雄黄、雌黄、硝石,这一堆应是木炭。炼丹是当初本教的法术之一,目的是炼出长生不老的仙药。本观在北宋时是全国有名的道观,离京城汴梁又不远,所以皇帝便把炼不老仙丹的任务交予

165

本观……高道长仔细讲解道。当然，今天看来，世上没有长生不老药，人也不可能长生不死。不过用你们俗世中今日的解释，这炼丹其实是一种化学反应实验。

说得好。德武不由得又看了高道长一眼，这道长还真有点见识。

再看这一幅，炼丹炉突然爆炸，将道长炸伤倒地，这是火药产生时的情景。前人对炭、硫、硝三种物质性能的辨识和把握，很早就开始了。东晋炼丹家葛洪在他所著的《抱朴子·仙药》篇中就记载，以硝石、玄胴肠、松脂三物炼雄黄，当硝石量少时，能得到砒霜；当硝石量大时，猛火加热，能发生爆炸。《本观大事记略》中载明，先辈道长炼丹时将硫黄与雄黄、硝石与炭放在一起加热，结果发生爆炸，烈烟腾起，将道长的手、腿及面部全都烧伤。先辈道长由此断言：硝、硫、炭按一定比例和在一起可成吓人之火药。

德武一笑，没想到炼丹的道长倒得出了科学结论。

看这一幅。这是民间放烟火时的情景，有燃放者，有观看者，观者中有男有女，有老有幼。火药问世后，人们很快就用火药造出了烟火。自北宋时代起，逢了佳节喜庆之日，在中原大地上，到处都有烟火如花悦目。据《本观大事记略》载，那时每到春节前，观内总要造出一些烟花，分发给四周的道众和村人，以供节日喜庆之用。

这是火药的和平使用。德武点头。

对。再看这一幅。这个中年男子跪在先辈道长前，是在求教造火药的配方，先辈道长以为他是要造烟火玩乐，就传授给了他。

后来呢？德武的兴趣越发浓了。

你接下来再看这一幅。这个中年男人在获得了火药造法之后,并没有去造供喜庆之用的烟火,而是造出了一个飞火,就是在箭杆上绑一个火药围,点着引信,用弓发射出去。

这是一种兵器。德武道。

对,的确是兵器。先辈道长知道他造出这东西后,十分生气,认为这东西可能杀生,因此派人把他叫来加以训斥。这幅画就是道长在训斥他的情景。

他造出兵器是一种进步。德武说。

那是你们世俗之人的说法,按我们的看法,那是邪门歪术,那是可能剥夺他人生命的武器。

德武不好再争辩,便闭了口。

看下边这幅,还是那个中年男子,并没被先辈道长的训斥吓住,相反,他又用火药造出了火球、火蒺藜和火箭献给了朝廷。

火箭?德武正要问下去,不想娘这时烧完香走了过来。娘对道长施礼说:谢谢道长给我儿子德武指点迷津,我们要告辞回家了。德武这时急忙开口说:高道长,我因要写一本《现代战争的预警》的书,其中也涉及传统战争的打法和兵器,很想多听听你关于火药和火箭发明过程的说明,不知以后还可以来拜访你吗?

那当然可以,我随时欢迎,只是我一个世外之人,对你写世上致用之书恐怕帮不上多少忙。

肯定能帮上的。德武说罢,急忙学着母亲的样子,给高道长施礼……

那天往回走时,德武很高兴,没想到无意中,竟找到了早期火药和早期火箭的发明处,这对于自己那本书的写作,太有好处了,真是踏破铁鞋无觅处,得来全不费工夫。母亲见他高兴,就说:你要是愿意和高道长说话,你就找个后晌来,后晌里道观中的事情八成不多。德武就点头说好。

当天吃晚饭时,德武的手机响了,他一看号码没有显示,就估计是女儿打来的,果然,手机一接通,孔醒就高兴地叫:老爸,你现在在哪里?在老家?问我奶奶和叔叔、婶婶、堂弟、堂妹好,问我姑姑、姑夫和表弟好。我已经开始在学校补习英语,妈妈也在我的指导下自学英语,我们两个人过得很快乐。

快乐就好。德武笑了。告诉你妈,让她注意身体。分明站在女儿身边的樊怡这时又开了口:我不用他叮嘱,我的身体好得很⋯⋯

女儿的电话让他本就很好的心情越加地好起来。他拿出手提电脑,开始续写起《现代战争的预警》的第九章来。干吧,就在家乡写,家乡说不定能给自己新的灵感。

第九章写获取和发出预警信息的新平台——预警机。预警机是现代战争中新出现的一个指挥平台,它载有高性能的雷达和高级计算机,能迅速远距离地收集和处理敌方的各种信息,作出判断,并快速向我方导弹、飞行和舰艇部队发出预警和反击指令。因为预警机升空后可高速机动,且有防导弹袭击功能,它不像地面固定指挥部那样容易遭到敌方的破坏,所以它已成为现代战争指挥者最宠爱的指挥平台⋯⋯

大约因为心情好,这一章的写作进度挺快,这天傍晚,娘走到正埋头写作的德武身边问:武子,你那天说还想去青坳观,要是去的话,你明天后晌就去,顺便把我捐给道观的几丈青布捎去,道士们要用这布做衣衫的。行,行。德武急忙点头。他乐意替娘跑一趟腿,再说,现代战争中大量出现的超视距武器,其老根原来就在青坳观,他也想再去看看。

翌日后晌,他骑上了弟弟的自行车,驮上娘捐的青布,又去了一趟青坳观。到了观里,向道长送上青布,听了道长的谢词后,他便和高道长又聊了起来。高道长不仅对道观的历史熟悉,而且知道很多关于早期发现火药和火箭的传说,就在高道长的寮房里,两个人又聊到了天黑。直到一个小道士来叫道长去吃饭,德武才想起该告辞了。高道长这时挽留道:既是天已经黑了,山路又不好骑自行车,你若不嫌弃本观僻陋,就请在观内吃顿俺们道家的便饭,再留住一宿,观内原就有客寮的。

德武一听这话,当然高兴,住在这儿正好可以继续就早期造火药和火箭的事,向道长请教,就说:那太谢谢了,只是这样叨扰你,真过意不去。高道长笑道:快别客气,你这京城里的官人能来俺这僻远道观做客,是俺们的荣幸,你不嫌俺这小小道观里的客寮简陋,饭食粗淡,已让我非常感动,快请客寮净手,然后咱们吃饭。德武便用手机先给弟弟打了个电话,说了在道观留宿的事,之后就和高道长一起吃了此生第一顿道家的晚餐:一碗苞谷糁稀粥,一个蒸红薯,一头盐浸过的大蒜。很抱歉,这饭食太简单了,你可能吃不惯。高道长笑着说。德武急忙答:吃得惯,吃得惯,这种吃法最宜于纠正我的血稠病……

饭后,德武和道长又聊了一阵,才回到位于三殿后的客寮里歇息。夜晚的道观里真是静谧无比,除了巡观道士轻微的脚步声外,就是山风在树梢溜过的响动。睡眠质量一向不大好的德武,这晚又一次睡得很快很沉。

3

此后一些天,德武便每日打开他的笔记本电脑,在老家的住屋里开始起笔写他的《现代战争的预警》一书,写累了,就出去在村子四周的田野里走走,和母亲、和弟弟、和妹妹或和村里人聊聊天,偶尔,他也骑上自行车,去青坳观和老道长说说话。妹妹和弟媳做的饭食也合他的口味,他的饭量明显增加了。日子过得很舒心也很规律,多少年没有过这样安恬的日子了。此时想想在京城里和程万盛、荆长铭为晋升闹的那些别扭,顿觉无聊极了,生活有很多种方式,干吗死盯住一种?在短暂的人生过程中,究竟是心境快乐舒畅重要还是职务提升重要?他突然间明白,现在过的日子才是他最愿意过的日子。

这期间唯一让他不安的,是他的梦境。在他夜间的梦境里,常有父亲出现,而父亲一旦出现,就总要提醒似的指指他的身后,他若回头一看,必会看见一个凶恶的怪物向他扑来。他每每要从那噩梦中惊醒。对这类梦,他没向母亲、弟弟和妹妹讲,他怕再惹得他们想起父亲伤心。

他于是在白天去了父亲坟上几次,有两次去,他还在村头的小卖部里买了鞭炮和火纸,他在坟头放了鞭炮燃了火纸之后,在心里说,爹,我过去因为忙工作,很少回来看你,很对不起,你安心在那边歇息,我会照看好娘的……

有天晚饭后,女儿孔醒忽然打响了他的手机,他知道这时在澳大利亚应该是夜晚,忙问女儿有什么事情,孔醒说:爸,潘叔叔家出了件大事,他最小的妹妹晚饭后割腕自杀,血流了一地,幸亏有保姆发现,忙请医生来抢救,刚刚抢救过来。我和妈妈才过去看了,她好可怜。德武吃了一惊,急问原因,孔醒又说:听说她是得了抑郁症,已经有一段时间了,我们初来时见过她,她好像不愿与人交往,一副拒人于千里之外的样子。德武说:你把电话给你妈,我问问她这时打电话表示慰问合不合适。樊怡这次倒没推辞,接过电话就说:你打吧,这是金满家出的大祸事,我们娘俩又已经去看过了,你作为他的好朋友,理该表示慰问。德武忙说:好,我这就打。

德武便给金满拨通了电话,说了一番同情和慰问的话,末了问:需不需要我帮忙在这边买什么药?金满显然很伤心,半晌才说:小妹得这抑郁症其实已经有一段日子了,过去也已自杀过两次,看过多次医生,吃过多种西药,均不见好。你刚才这一问,我忽然想,是不是让她回国一趟,看看中医,吃吃中药怎么样。德武听金满这样说,急忙表态道:那好呀,若是定下回来,我负责在北京联系中医院的医生。德武想,这可是回报金满的时候,人家把自己的妻子女儿安排得那样好,咱一定要在这件事上帮帮忙。金满说:待我和家人再商量商量,真定下来回国,再给你电话……

金满的电话是第三天来的。金满在电话上说,全家人都同意让小妹回国,换个环境试试,顺便也换一种治疗思路,叫中医给她看看,让她吃点中药。回国的机票已经定了,北京的宾馆房间也已经定好,让德武帮忙找一个好中医就行。德武忙答应:好,我立马回京安排。

放下电话,德武就给娘说了要马上动身回京的缘由,老人是明白人,当下就说:这是救人性命的大事,你赶紧走,好好帮帮人家,何况人家又有恩于咱。当晚,德武就坐上了返京的火车。还在火车上,德武就又接到了女儿打来的长途电话,孔醒在电话中说,潘叔叔特意让我告诉你,抑郁病人最怕别人歧视和冷眼看待,加上他妹妹又特别敏感和多疑,因此,最好不要把她是抑郁病人的事告诉任何人。

连荆尚也不告诉?德武忽然想和女儿开个玩笑。

当然,这种事让他知道干啥?

好,好,你放心,也让你潘叔叔放心,这事我会保密的……

一回到北京,他就赶到三〇一医院,找中医科的主任询问京城里哪个中医看女性抑郁症最好。那位主任思索了一阵后告诉他,中国中医研究院下属的西苑医院里,有个姓郝的医生擅长治这种病。德武马不停蹄地又赶到西苑医院,找到了那位满头白发的郝医生。郝医生听德武说了一遍病人的情况后,答应道:我可以治治试试,但这种病很顽固,你要有个长期治疗的心理准备。

金满和他叫金盈的小妹妹到京那天下着细雨,德武亲自去首都机场接的他们。那位金盈小妹有三十岁的样子,长得非常漂亮,体形也很入眼耐看,可就是给人一种冰冷的感觉,眼神空洞而漠然,面孔如铁一样紧绷着,不见一丝女性的柔和。金满向她介绍德武时,她似听非听,眼珠都不动一下,更别说握手了。上了车向市内走时,德武试探着和她说话:金盈,你几年没来北京了?

来北京干啥?来看这些一百年后都会变成一把白骨的北京人?她冷厉地开口反问。

德武被这话弄得打了个冷战,顿觉一股寒气升上了后背。金满急忙向他抱歉地一笑。

北京这些年变化很快,你回来看看会很受鼓舞的。德武努力想使谈话进行下去。

你是指这些高楼大厦?它们都会变成废墟的!她又冷冷回了一句。

德武一时不知再说什么好,就沉默了。金满无奈地"咳"了一声。车就在这静默中向前飞驰着。

小盈,德武大哥本来在河南老家看望母亲,为了接咱们,专门由老家赶了回来。金满开口道,显然想改变车里的气氛。

我不知你们把精力花到我身上有什么意义,我在哪里还不是一样？在这里就会让我觉着人值得活下去了?! 活得再久不也是个死？不也是要变成一把土？为了死而活着你们觉得有意义？为了变成一把土而挣扎你们觉得有趣？金盈不但没有表示谢意，相反还目光如冰一样地直瞪住德武。德武不自在地一笑，在心里叹道，看来这姑娘病得真是不轻。但愿那个姓郝的中医能治好她的病。

　　当晚，德武想让他们尝点北京风味的东西，就在全聚德饭店请他们兄妹吃烤鸭，不想金盈只草草吃几口就放下了筷子，说，我饱了，你们吃吧，人吃东西，不过是为了延缓死期而已，我不想延缓，吃这些东西还有什么意思？说罢，起身就向门外走。德武和金满哪还有心继续吃下去？外边大街上车水马龙，可不能让她一个人乱走。两人匆匆追出来，和她一起回了宾馆。

　　第二天金满就催德武领他们兄妹去了西苑医院郝医生处。郝医生问了症状，看了舌苔、眼睑，把了脉，又和金盈聊了一阵，然后支开金盈，跟金满和德武说：依我看，这姑娘的病猛看上去挺重，其实还不属最重的类型，只要抓紧吃药并进行心理调理，应该是能康复的。跟着又问：她是不是遇到过特别重大的打击？金满答：我小妹在找对象的事情上特别不顺，在国内时已经失恋过两次，到澳大利亚后，在墨尔本又爱上了一个华裔小伙，她投入了全部感情，也在经济上给了那男的很多帮助，两个人已经到了谈婚论嫁的地步，没想到去年年底，她忽然发现男友在悄悄和一个英裔的澳大利亚女孩来往，她愤怒地把他们堵到床上一次，和男友大吵一顿，之后就决然地和他分手了。她就是从那之后，开始病的。

　　郝医生点头：这就是病因了，鉴于这样，我建议你们在让她吃我的中药的同时，寻一个非常安静的地方让她休养，找一个能和她对话的人陪陪她,不断地抚慰她,平复她心上的创伤;慢慢地开导她,舒解她心头的疙瘩。这样,就可能重燃她生活的热情。

我在澳大利亚为她找过心理医生,可是没用,她对心理医生有种本能的排斥,不是和医生进行激烈的辩论,就是干脆把医生轰跑。金满无奈地摊着手。

郝医生说,用不着去找专门的心理医生,她可能也不愿和一个陌生人说心里话,就找一个她愿意对话的亲友就行……

当天晚上,在金盈喝了药睡下之后,金满就和德武商量找一个适宜金盈休养的安静之处。德武想了想,说:那只有去郊区,郊区里有些新盖的度假村,比较安静,如今在城里已很难找到安静之处了,到处都是人来车往,喧闹无比。金满点头:就按你说的办。说罢,两人就通过114查号台,找起了京郊的度假村,最后选定了位于顺义的春芳园。

第二天吃过早饭,德武就找了一辆轿车,把他们兄妹送到了春芳园。这春芳园位于温榆河左岸,占地总有几顷,园内有亭台楼阁,有假山、池塘、草坪、花圃,每个房间都有温泉水供应,四周是大片的树林和农田,站在窗口,能隐约听到农家的鸡鸣犬吠,的确是一个风景不错、容易让人心情放松的休养之处。金满要了三个房间,让金盈住中间,自己和德武住两边。他对德武说:我山东老家里已没有可以来照顾金盈的亲友,只好麻烦你来和我一起陪她了。德武一笑,说:这还不是应该的?

金满和德武商量,他负责去市里取药并督促妹妹吃药,由德武来和金盈聊天,给她讲些人生道理,逐渐改变她的心境。德武尽管心里没底,可想到这是在帮金满,还是痛快地答应了。未料刚住了一天,计划还未实施,那金盈的情绪就变得越发糟糕,早晨起床后既不洗漱也不去餐厅吃饭,只一个人坐在窗前发呆,德武和金满进去劝她,她竟说:你们把我弄到这个地方,是不是嫌我死得慢?想让我快点死?德武和金满都一下子愣住,德武停了一刹,小心地问:你第一次来这里,何以会有这种想法?金盈眼里都是气恼,恶声道:我恨这个地方!边说边用手一指窗外那些刚由餐厅回来的度假客,恼怒地叫:瞧瞧他们,都是成双成对的,又都勾肩搭背假装亲密,看着都让人恶心,保不准其中的一个前天刚和另外的情人睡过。遍天下都是这种你骗我我骗你的东西!德武和金满相互对视了一眼,一时不知该说什么好。过了一阵德武才意识到,凡到度假村来的人,极少有单身者,都是成双成对,要么是夫妻,要么是情人,这种出双入对的情况就特别容易勾起金盈的回忆,刺激她早先的伤口。原先没考虑到这一点。金满显然也明白了事情的缘由,对德武叹口气道:看来还得换个地方,能不能找一个男女不做亲密举动的去处,使她少受些刺激。德武笑了:那就只有去寺庙道观了,中国人在寺庙道观里一向规规矩矩,而且去那种地方的年轻男女也少,大约不会使她联想起自己的过去。

对,你和这京郊寺庙道观里的人有联系吗?金满问得有些迫不及待。

德武摇头。他没退休时,整天想的都是战备和战争,是导弹和核武器,关心的是轰炸机、潜艇、固定发射井和移动核武发射装备,根本没有与寺庙道观打交道的心思。

京郊以外的地方呢?

一句话提醒了德武,让他猛地想起了家乡的那个青坳观,对,那倒是一个适宜金盈静静休养的地方,住在那观内的寮房里,差不多可以与世隔绝了。只是金盈愿意千里迢迢地跑到

175

那个地方吗？还有,青坳观的高道长愿意让她住在道观里吗?他把自己的想法和金满说了,金满想了一阵,点头道:我觉得可行,这样吧,我去问金盈的想法,你去问那个道长的想法,然后咱们再决定。

德武于是就给弟弟打了电话,让他去道观里问问。弟弟当天下午就回话说,高道长讲了,只要是救人的事,道观责无旁贷,欢迎那位病人去观内寮房住下,而且住多长时间都行。有了这个回话,德武才来问金盈的想法,金满说:给金盈介绍了青坳观的情况后,她表示愿意去住住试试。德武拍一下掌,说:好,既是这样,咱们就准备走。

4

三个人抵达青坳观是在一个细雨淅沥的黄昏,远山近树都被雨丝和暮色弄得迷迷蒙蒙,空气显得异常湿润而清新,那金盈从德文借来的吉普车上下来,看了一下四周,只说了一个字:嗬!

高道长和一个小道士这时迎出道观大门,德武向道长介绍了金满金盈兄妹,道长抱拳说:你们不嫌敝观简陋,能来客居,是我们的荣幸,寮房都已收拾好了,快请快请。

让他们客居的寮房在三殿后,就在德武上次住过的那一排,一律是青砖灰瓦的平房。收拾好的是三间,金满仍安排妹妹住在中间,他和德武住在两边。吃过简单的观内晚餐之后,金满让德武领着去了中殿高道长的住处,德武以为金满是想向高道长表示谢意,未想到他进屋后会从随身的挎包里一下子掏出了一捆百元人民币说:为了感谢高道长的盛情,这十万元敬请收下。那高道长很是意外,急忙摆手说:这可不行,道观留你们住下,是出于救助世上有难者之目的,是敝教教义所要求,并非为了赚钱,敝观的客房还从未收过留宿者一分钱,快请收起来。德武也说:金满,这不是一个讲金钱交换的地方,收起来吧。金满说:道长既是这样说,那我就把这笔钱作为香火钱赠给贵观。高道长默然片刻,说,好吧,既是你坚持这样做,我就代表全观道人向你致谢了,祝你妹妹能在道观里休养得好,会早日康复,重返家庭……

第二天早饭后,金盈喝罢了由北京带来的汤药,德武便带着金满金盈兄妹在道观内游览,看到几个大殿里供奉的神像,看到院内那些树冠遮天主干粗大的古树,看到道士们精心收拾的花圃、荷池,看到道士们在各处所做的奇特符号,金盈显出了些兴趣,一向冷漠的脸上露了点若有似无的笑容。德武注意地观察着金盈的反应,见她心情有些变好,便急忙问:你感觉这个地方怎么样?

这是个可以从容告别尘世的地方。

德武的心一抖,有些愕然:她怎会想到这里?

这儿景色优美空气清新又安静无比,由这儿升天是一种福分。

金满这时开口说:小妹,你怎么总是胡思乱想,为何不想点快活的事情?

这世上有让人快活的事情吗?人生下来就要先挨一下打;跟着就是为吃奶为喝水为拉啊撒的事哭鼻子;接着是生病,发烧泻肚长疮;跟着是上学被逼着得好成绩,得不到就受老师的训斥和父母的打骂;接着是来月经肚子疼;后来就是和同龄的人比吃比穿比戴让人心烦,然后是找工作挣钱人与人之间相互竞争,恨不得你吃我我吃你的;再后来是那些狗男人围着你让你心乱如麻。哪一件事是让人快活的?还有,我遇到过快活的事情吗？金盈两眼灼灼地盯住她哥哥。

金满被顶得有些张口结舌。

你当然遇到过快活的事情，只是你都忘记了。德武觉得自己应该开口了。你学会走路时，你是笑着扑到母亲怀里的；你过年穿上新衣服时，你是笑着跑出门的；你学会写字时，你是笑着在纸上写下自己名字的。

金盈注意地看了他一眼，没再说话。

虽然生活给你的快活不多，但它确实给过了。其实，不仅仅是你，每个人一生中享有的快活都不多，这是因为快活这种东西在世上原本就很稀有，不可能让一个人都拿了去，造物主要给大家平均分配。

你享有多少快活？金盈盯住了德武问。

我享有的快活也很少。我几岁时就遇到了大饥荒，肚子整天吃不饱；后来上学时又遇到"文化大革命"，学校里这一派打那一派，打得我整日心惊肉跳；再后来我下学去水利工地干活，挖一天土能累得我只想趴下睡觉。不过对那些快活的事情，我也记得很清，比如，我娘在我过生日时给我煮了个鸡蛋，我会快活地拿着熟鸡蛋跑出门去找个偏僻地方吃掉；比如，我第一次领到新军装后，快活地站在镜前左照右照；比如，我第一次指挥导弹发射成功，我快活地和战友们拥抱在一起。虽然我享有的这些快活，与我所经历的苦痛相比，分量很小，可我还是为此对造物主存有一份感激。这个世界上的人这样多，可他没有忘记我，让我享有了一份快活，我因此对他满怀谢意。

你说得有点意思。金盈点了点头，这是自相见以来她第一次对德武的话表示肯定。

德武朝金满看了一眼，金满朝他竖了一下大拇指。中午吃饭的时候,金满悄声对德武说:看来她对你没有反感,你可以多开导开导她。

德武现在只好把写书的事往后推,全心全意地帮着金满给他小妹治病。他们每过五天,在电话上给北京西苑医院的郝医生说说金盈的症状体征,由他更改药方并买好了中药用特快专递寄来,然后由金满在道观的厨房里用药罐煎好给金盈喝。德武的任务是陪着金盈散步、聊天和读书,除了她睡觉,不离她左右,随时防止她有自杀举动。高道长显然对道观里的人们有交代,道士们一般都很少到三殿后边的寮房里打扰他们,偶尔有道士到三殿后院里办事,虽然也将好奇的目光投向金盈,但多是友好和礼貌的,主动搭话问这问那的几乎没有。

这的确是一个疗养的好地方,但愿金盈的病能在这儿养好。

这期间,女儿孔醒几次由澳大利亚打来电话,询问金盈阿姨治病的情况,德武告诉她,这种病不可能马上见效,要治好恐怕还得一段时间。孔醒说,金满叔的夫人姚阿姨希望我妈在这儿多住一些时间,姚阿姨说她要到外地打理生意,让我妈在这儿多照顾我一段日子。德武连声答应:当然可以,住多长时间都行……

5

为了使金盈的生活规律化,德武和金满商定了一个时间表,啥时候散步,啥时候吃药,啥时候读书,可没想到金盈根本不理会他们的时间表,她不想散步时,能在寮房里一坐一整天。逢了这时,金满就让德武进到金盈的寮房里陪她说话,怕她一个人越待心境越坏。这天,到了散步时间她又不愿出来,德武进去时就看见她正在一张纸上画一个男人的头像,画完,又拿剪子把那个头像剪成一片一片。德武猜测,她这是在发泄心中对一个男人的愤懑。便决定直接触及她心中的结,开口说:如果我没猜错,这个男人曾经有负于你。

金盈抬头斜睨了他一眼,但没有说话。

你一开始很爱他,为他付出了很多,可后来发现了他有负于你,所以你特别生气。德武继续说下去。

你怎么知道?金盈瞪起眼睛。

这种故事世界上每天都在发生,你不是第一个经历者,也不是最后一个经历者。其实,有相遇,就有离别;缘分到了,在一起;缘分尽了,就分开,这没有啥大不了的事,人间此类故事多得数不胜数。

他是一个浑蛋!金盈握起了拳头。

那你为何要爱上一个浑蛋?

我?

浑蛋应该受到谴责,可爱上一个浑蛋的人,也应该受到谴责!

你这样认为?金盈惊奇了。

当然,为什么不把对方看清楚就付出你的感情?主动权原本操在你手里,如果你不爱上他,他就是再浑蛋也伤害不了你,是你把伤害自己的权利给予对方的,错误其实在你身上。

嗬。她的语气缓和下来。

其实一个人所受的所有伤害,最初的源头都在自己身上,只抱怨别人没有意义。

你这人说话有点意思,请坐吧。她朝他指了指椅子。

德武边向椅子上坐边想,今天得抓紧机会解解她心头因爱情受挫折而留下的死结，看来这个结不解开，她的病不可能好。

我如今最怕清晨和黄昏。她似是对他说又像是自言自语。

为什么？德武希望她多说。

每天清晨，看到初升的太阳，我都会想起我的几个女同学，她们如今都做了妈妈，都有一个幸福的家，她们的生活像太阳一样，在向高处走，只有我还是一个人无滋无味地活着，有什么意思？每到黄昏，看着落日，我都会猜想着那个浑蛋男人，在和哪个姑娘一起吃饭，他在享受美味佳肴一味快活，而我却像这落日，一天比一天老，你说我活着还有啥意思？

德武差一点笑起来，真是个多愁善感的姑娘。你的那些大学女同学，全结婚了？

还有一个没结婚。她得了白血病，长住医院里。

那你为何不跟她比一比？

跟她比？

你若跟那个得了白血病的姑娘比，你就会有一种幸运感，她每天都在受疾病的折磨，而你却不必去做放疗和化疗，遭受肉体和心灵上的苦痛。

这倒是。

比的对象不同，得出的感受也不同。人要想得到心理平衡不痛苦，就要会选择比的对象。你如果和普京、布莱尔比职务，你肯定越比越难受，他俩一个是四十多岁当总统，一个是四十多岁当首相，你能比得过？

她点了点头。

你和普京和布莱尔要比轻松悠闲，你可以随时去商场闲逛去茶社喝茶去睡懒觉，可他俩不能，他们每天的日程都排得满满的,他们的精神压力比你大得多。这样一比,你就会比较开心。

有点道理。

再来说你在黄昏的感觉。你为何不去结交新的男朋友,在黄昏时和新的男友一起散步吃饭,从而让原来的那个男人羡慕你呢?天下好男人多的是,比你原来的男友长得还帅气的男人多的是,比你原来的男友还要聪明有趣的男人也多的是,何必总把目光缠到他一个人的身上?

我忘不了他。

这世界上没有忘不了的事情,首先是在你的心里,要把这件事放下,不要让它再来弄乱你的心;再者,时间也会来帮助你,时间像一把石灰刷子,它会在你的记忆之痕上反复涂抹,直到把所有的痕迹都抹平。

但愿吧。你这个人还挺能说的,你原来是干啥的?金盈看定他:是当老师的?

你哥哥没给你说我的职业?我是一个军人。

我以为他给我找了个劝解的老师,没想到你是个军人。你这个军人具体干啥?军人们干的活是不是也不一样?

我干的是管理工作。

管理什么?

一种很厉害的武器。

武器?是枪还是大炮?

比枪和大炮还要有威力。

叫什么名字?

核武器。

哦,是美国人当年在日本投下的那种炸弹。

是的,你猜得对。不过我们今天的这种炸弹要比那时的先进得多。他认真地解释着,他觉得把她的思想吸引到这些问题上也许有助于她的放松。

你不管常规炸弹?

也管。德武有些意外:你还懂这种术语?

从书上看到的,不过我不知道常规炸弹是指什么?

就是弹体里装的是普通炸药 TNT,这种炸弹的威力有限。

核炸弹里装的什么东西?

是核材料,这种炸弹一旦爆炸,威力巨大。

你发射过核炸弹吗?

那种炸弹可是不能随便发射的,我们虽然每天都做着发射准备,但我们的心里却希望这种炸弹永远不发射。

那你们为何要造它?

是为了让世界上没有它。

我想起来了,我过去看到过一本书,叫《核战争》。金盈回忆着说。

是吗,谁写的?

名字记不起了,好像是加拿大的一个教授,我看的是香港出的译本。

书上说些什么?德武希望这个话题会让她觉得轻松。

我记得他描绘的核战争,是由我们中国军人的一次失误引起的。

嗬?他怎么说?

他说,有一天晚上,一个负责导弹预警的值班军人,因为太困太瞌睡,在按按钮时,本该按表示一切平安的按钮,结果错按成了预警按钮,表示敌国已对中国发动了核袭击,这个预警信息立刻传到了中国的核武指挥部,指挥部在接到这个预警信息后,因担心自己的核部队被敌人的第一波袭击打掉,立刻通知部队进行了反击,结果,一场核大战就爆发了。

这是胡说！德武笑了:核战争是人类的灾难,怎么能这么简单就爆发了? 首先,军队负责核武来袭预警值班的不是一个人,要发出预警信息需要值班人员几次确认后才能发;其次,预警信息传到指挥部后,指挥部人员要立刻上报直至军委主席;核反击命令不是任何人都可以下的,需要军委主席亲自下令;核导弹也不是随便发的,不说海基和空基导弹,单说陆基导弹,也需要几人共同按下密码才能发射出去。

真的? 这样麻烦?

这可不是麻烦,这是必须要经的程序,核战争打起来可不是玩的,几万几十万甚至几百万人的生命转眼间就没有了。

你这一说我想起来了,那本书上说,即使是地区间的核战争,也会带来严重后果,两个交战国之间的小规模核冲突,两国向彼此的大城市投放 50 颗与轰炸广岛时所用的原子弹威力相当的原子弹,会导致 300 万到 1700 万人立即死亡并使地球明显降温,从而造成庄稼减产和更严重的灾难。

这一点他说得对。你的记忆力很好。德武夸赞道。

可能他说的这些事太可怕,所以我就记住了。金盈的语调变得少有的温和。

与这个人的说法相比,"核冬天"的理论更可怕。

那是什么理论? 金盈果然来了兴趣。

那也是一些科学家对核大战爆发结果的一种预测。他们认为,大国间一旦爆发核战争,所产生的烟尘会遮住太阳,使地球骤然变得极为寒冷并使大量人口饿死,从而消灭地球上90%的人口,即几十亿人。

嗬,好可怕。

所以世界上所有的核大国,在使用核武器的问题上都十分慎重,不到万不得已,是不会使用它的,我们中国更明确宣布,不首先使用核武器,就是说,只要别人不对我们使用核武器,我们就不对他们使用。

我们中国算是核大国吗?

那当然。

有多少核弹头才算核大国。

这个倒没有划定统一的标准,但国际上没有人认为我们是核小国。

被称为核大国与导弹的多少有没有关系?

德武笑了:你这个问题问得挺专业,光有核弹头没有导弹是不能称为核大国的,而且只有短程导弹也不能称为核大国,必须有洲际弹道导弹才行。

多少射程的导弹才能算洲际弹道导弹?

5000 公里以上,能从一洲打到另一洲。导弹的射程越远越好。

那我们中国有多少远射程的导弹?

这个嘛,属于保密的东西,不能说。

怎么,还怕我这个不知能不能活到明天的人去泄你的密?我去阴间向阎王爷泄密倒有可能。金盈的脸色立刻阴沉下来。

好,好,你别生气,外电报道说我们已有 8000 公里射程的导弹。

外电报道?行了,不要说了,导弹射程多远与我有何相干?别弄得我好像要刺探你的秘密似的。金盈扭过身,拿起刚才画男人头像的那支笔,又画了起来。

德武苦笑了一下,在心里道:真是个病人,面孔说变就变……

6

前一天的对话虽然不欢而散,但德武挺高兴,他高兴是因为他弄清了她感兴趣的话题。看来谈谈核武器和核战争的事,会使她乐于对话,能使她精神上放松。德武奇怪她何以关注这些与女性生活相隔十万八千里的事情,但他不久就又想通了:不能拿抑郁病人和常人相比,也许她的思维已不同于常人。不管怎么说,她的情绪总算有了点变化。金满得知这情况后,也很高兴,说,她已经很长时间没有听人说话的兴趣,谁跟她说话她都漠然以对,似听非听。看来她是佩服你了。

就是从这天开始,她对德武的态度开始变化,德武提议吃药,她就顺从地吃药;德武提议散步,她就出门跟德武一起散步;德武把自己正在看的一本《论安详》的书给她看,她也就很认真地开始看了。

德武陪金盈散步,一开始是在道观三殿后院的花圃间散步,后来为了改变她的心境,就带她出道观沿碧水溪岸向山里走。碧水溪源出伏牛山深处,未受任何污染,溪水澄澈无比,水里的小游鱼都看得清清楚楚;溪两岸杂树丛生,青草铺地。眼下正是仲秋,天上有白云飘绕,林中有鸟鸣声声,地上有野菊盛开,人在这里散步,真是心旷神怡。金盈显然没想到这里会有如此好的地方,两眼惊异地四顾着,说:嗬,人都说澳大利亚的自然风光好,没想到这儿比澳大利亚一点也不差。德武见是一个劝解的契机,急忙接口:这么好的自然风光,若不来欣赏享受,只在屋里为一点过去了的小事发愁郁闷,岂不太亏待自己?

好吧,以后我们每天都来这里走走。金盈说道。

此后的每天上午和下午,德武都带金盈来溪边走上一个多小时。两人边走边漫无边际的闲聊,这种闲聊通常是从金盈的提问开始。有一天,金盈问:孔大哥,你觉得世上有幸福这个东西吗?

　　德武不知她问的目的,小心地答:我觉得有。我认为幸福是一种相对稳定的主观感受,它大概有这么几个方面的内容,一个是对生活总体的满意感,一个是在生活中所体验到的愉悦感,再就是由潜能实现所得的价值感。

　　我为何一直没有见到幸福?它为何一直对我避而不见?

　　德武更加小心地答:这其中的原因可能很复杂,有一个美国人叫塞理格曼,他认为影响人的幸福感的因素有三个,第一是先天的遗传因素,所占比重大约为百分之五十,就是说,如果父母的幸福感强,其子女的幸福感也强;第二是环境因素,所占比重为百分之二十五,就是说,钱多的要比钱少的幸福感强些,住房面积大的要比住房面积小的幸福感强些,已婚的要比未婚的幸福感强些,但这有个度,钱多到变成很大的数字躺在银行里,住房超过了二百平方米,婚姻已过了很多年头,幸福感就又会变少了;第三是心理人格因素,其比重也占百分之二十五,乐观的、宽容的、有信仰的、善交际的人就更易感到幸福。幸福与学历、与气候、与性别无关。

　　你认为我日后会和幸福相遇吗?

　　那当然。德武急忙肯定地答,你只要学会遗忘,学会自制,学会信任,幸福肯定会来见你。就是说,把不快和烦恼的事情遗忘掉,制止自己的坏心情蔓延,信任他人和社会,你就会不知不觉感受到幸福……

　　这一天的闲聊很成功,以至于当他们分头去山坡和溪畔采野菊花时,他分明地听到她在低声地哼着歌子。

这天傍晚回到道观后,他把他听到金盈哼歌的事高兴地告诉了金满,金满先是一惊,分明是愣了一刹,随后才说:好,好,这证明她的病的确已经转轻。

因为金盈的病情转轻,心情变好的德武这晚入睡很快且睡得很沉。在梦中,他见到了妻子樊怡和女儿孔醒,他告诉她们母女,由于他的全力相帮,金盈的病已经见好,这也算多少回报了金满的盛情,一家人正说得热闹,忽然一阵持续的惊恐的喊声传进他的耳朵,他努力辨别那喊声的出处,最后他才豁然被惊醒,才明白那喊声来自隔壁,来自金盈的房间,喊声是金满发出的。出了什么事?他心上一凛,抓起外衣便急忙拉门出去,他站在金盈门口时才大吃一惊,灯光下可见,那金盈脖子里挂着绳套,绳套吊在屋梁上,脚下是一个踢倒的方凳,金满正抱着她的双腿向上送着以使她脖子上的绳套失去作用。天呀!他倒吸了一口冷气,忙跑进去站在凳子上把金盈脖子上的绳套取下来,然后和金满一起把金盈抬放到了床上。谢天谢地,金盈没死,她脖子上只是被勒了个红印。她大睁了眼睛看着德武和金满,声音微弱地说:你们真是多管闲事!金满这时对德武说:我正在我的房间里看书,忽听这边有东西倒地的声音,便急忙过来推门,见门在插着,我就知道不好,一脚端开门后,就赶紧抱起了她的腿,幸亏我来得及时。几个道士还有高道长,这时也都被惊得跑了过来。德武见状,急忙向他们解释:是因为病人的病情有了点小变化,没出大事,请诸位去休息吧。高道长挥手让他的弟子们走开,自己进得屋来,站在金盈的病床前,默默地看着,后搭手摸着她的脉搏并看她的眼瞳,之后,又微声念了一段什么经文……

德武百思不得其解,金盈的心情明明好转了,却为何又出这么大的事情?第二天早上,他给北京西苑医院的郝医生去了电话,询问原因,郝医生说,据他把脉和观察,金盈的病不算太重,在经过了这段时间的治疗之后还出这种事情,也出乎他的意料,他说他考虑再把药方改一改。德武把自己的不解说给金满,金满叹口气说:她这病这些年一直是好好坏坏的,有时看着轻了,却又突然出现反复,你昨天是不是给她说了影响幸福的三大因素?她晚饭后就给我说,一定是我们潘家的遗传因素不好,所以她才没有幸福感,她说她为此感到绝望。德武心里暗暗叫苦,我的老天,她怎么能这样去理解?

晚饭刚刚吃罢,一个小道士来到后院,对德武说高道长想见他,他急忙起身向高道长的住处走去。进了高道长的房间,高道长挥手让身边的道徒们出去,并关上门,然后才低了声说:孔先生,我想和你聊一件事情。

道长请讲。德武学道士们的礼法,双手抱拳俯首。他同时在心上猜测:是不是嫌金满金盈兄妹住的时间长了?

对于昨晚金盈姑娘寻短见一事,不知孔先生是怎么看的?道长慢吞吞地开口。

这件事发生在道观里,让高道长和观内的众位师父受了惊,确实不该,我和她哥哥都感到非常抱歉。

我不是指这个,道长捋了一下长须:孔先生大概不知道,我们道教中人大多懂一点医术,正所谓"古之修道者莫不兼修医术",因此古来就有医道通仙道的说法,民间也常说"十道九医",我们道教有尚医的传统。

这我知道,道长肯定是懂医的,道长是不是想为金盈姑娘开药治病?德武有些高兴起来。

她的病嘛,我怕是治不了,我今天见你,是想问你,对她昨晚寻死的事,你从中看没看出点什么?

德武一愣,在心里惊道:能看出什么?

没看出点什么异常吗？

异常？啥异常？没看出异常。德武摇头。他不知道长说的异常是什么意思，有些惊异地看着对方。

既是你没看出什么，那就罢了。道长轻微地叹了口气。

愿听道长指教。德武听明白道长的话是有所指的。

有些事外人是不能说破的，只有靠你自己的眼睛去看。高道长淡淡一笑。

看？看什么？德武心里狐疑着，可又不好再追问下去，只能点点头说：谢谢道长提醒，我以后会注意多去观察病人。再次感谢道长不嫌烦扰，让这样一个病人住在观内。

我们道家有一句劝人的话我想说给你，不知你愿不愿听。

当然当然，道长请讲。

每个人心中都有火种。

哦？德武望着道长，一时猜不透这话的意思，火种，什么火种？道长能不能给我说详细点，我不明白这话的含意——

我们道家的人讲究"悟"，我相信孔先生是会悟出这话的含意的。

谢谢谢谢。德武只得点头。悟？悟什么？德武确实没弄明白道长的话意。

请孔先生去歇息吧，你不必为住在这儿不安，你们愿住多长时间都行，我们都欢迎……

这晚回到客寮，德武想了许久，先想道长说的"异常"，后想道长的那句话："每个人心中都有火种"，但最终都没想出个结果，不知道长所指为何。唉，不想了，我和道长是两界中人，他在道境我在俗世，彼此要想完全沟通怕是不容易的吧。

7

金盈上吊这件事出后,金满对德武说,为防止她再出意外,咱俩辛苦点,到了晚上一轮半夜在她房间里看着她,她睡她的,咱坐在那儿,白天咱们再轮着补觉。德武自然表示同意,只问:她会不会感到不方便?金满叹口气说:现在是保她的命要紧,不能管她方不方便,你只管把自己当作她的亲哥哥来照看她,夜里无非她要起来小解,反正有尿盆,我在墙角拉了块塑料布,尿盆就放在那里,你把她看成病人你就不会不好意思,她要让你出去你也不能出门,不能由着她。我爸妈对我这个小妹妹最是挂心,两个老人临去世前都叮嘱我照顾好她,我不能失去她。德武拍拍他的肩头低声说:你放心,她也是我的亲妹妹。

自此后,每到夜晚,德武和金满就轮流到金盈的房间照看她,有时是金满值前半夜德武值后半夜,有时是德武值前半夜金满值后半夜。一开始金盈对他们夜晚坐在自己住房里不走有些意外和不高兴,说,你们不必这样守着,我不会再上吊了。后来见他们执意这样做,也就不再说什么,只管按自己的习惯,想发呆就坐在那里发呆,想说话就同他们说话,想看书就开灯看书,想睡觉就关灯睡觉,一任他们在另一盏小灯下坐着。

德武在值前半夜班时,常利用她没睡这段时间和她聊天。有了上次讨论幸福的教训,他如今和她聊天也更加谨慎,唯恐自己的话再给她的神经造成刺激。有天晚上,金盈刷完牙坐在床上,忽然开口问:孔大哥,你对死亡是怎么看的?德武闻言心一哆嗦,这可是一个极其敏感的话题,说不好就又会造成麻烦,于是就想扭转话题,含了笑说:在我们豫西南乡下,夜晚通常不谈这类事情,我这会儿倒想问你一个问题,你认为女性一生中最美好的时刻有哪些? 金盈闻言眉心一紧,一脸不高兴地说:我这会儿只想和你谈死亡问题,你愿谈就谈,不愿谈作罢! 德武见她生气了,只好开口道:好,好,那我就说说我对死亡的看法,我认为死是每个人都无法回避的人生结局,有一个哲学家说,人是"向死的存在";人人终必死亡,在这一点上,人是绝对平等的,上帝造人时唯在这一点上没留下任何空子可让有权有势者逃开,这实在是英明之举,不然,平等就永远是一句空话;也是因此,我们所有人都应该平静地面对这一人生问题。

既是如此,那你和我哥哥为何一定要阻拦我去死?

这是不同的两个问题。人人都会死并不能成为人可以随便死的理由。我个人认为,人应该在自然完成生命过程后死亡,而不能人为地缩短自己和他人的生命,自然死亡虽然也给人带来痛苦,但这种痛苦是一种相对可接受的痛苦,人为死亡带来的痛苦不仅特别巨大,而且难以让人接受。再说,每个人生命开始之后,都有相应的责任产生,一个人不尽责任就去死,是自私的,也是有罪的!

有罪? 她惊问道。

当然。每一个人从出生到成人,其家庭和所在的国家,都是付出了代价的,如果他对家庭和国家不做任何回报就了断自己的生命,说轻了是不负责任,说重了就是犯罪。

她看着他,久久没有再说什么……

后半夜值班相对轻松,这时她一般都已睡了,德武只需坐那儿静静地看书,不弄出响动就行,偶尔,她会说她想喝水,他只需把水往杯子里倒好递给她就行。后半夜值班的麻烦事是她要起来小解一到两次，逢了这时德武就有些不好意思，毕竟不是亲妹妹，毕竟她的病不是那种非常重的。金盈一开始也不自然，但德武谨遵金满的叮嘱，不敢出去，金盈也就慢慢习惯了，她总是穿了睡衣下床，走到墙角放尿盆的地方，拉上塑料布，就蹲下小解，解完再盖上盆盖，上床重新躺下。

　　有天后半夜，轮到德武值班，他先是坐在屋角的一盏小台灯下看书，后见金盈睡得很熟，就坐在那儿打盹。深夜的道观里很静，除了几只秋虫不知在什么地方低叫外，就只有金盈轻微的鼻息声。也许因为白天与金盈的对话太耗人精力，德武觉到了累，他打着打着盹就靠在椅子上睡了过去，不知过了多久，他忽然听到了金盈一声惊叫，他刚来得及睁开眼睛，就见浑身赤裸的金盈已扑到了他的怀里，他又惊又慌地问道：怎么了金盈？只见金盈在他的怀里嗦嗦抖动着说：我刚才出了一身大汗，把睡衣弄湿了，正换睡衣时，忽见一个青面獠牙的鬼到了我的床前说：走吧！

　　怎么会呢？你一定是眼看花了。快，去穿上衣服。德武边说边扶她向床边走，他希望她能尽快穿上衣服。她这样赤身抱着他让他感到十分难受，目光不知往哪里放才好，毕竟她是一个漂亮的姑娘，裸体的每个地方都诱人眼睛，看了不好看又有些忍不住，德武觉得浑身燥热难耐，万一金满这时进来看到，他真觉得不好解释。

　　我怕！她没有松开手，仍紧紧抱着他。

　　怕什么？我在这里，哪个鬼敢来？再说了，这世上哪有鬼？见她不挪步，他只好弯腰把她抱起来向床上放。可她仍然没有松手，依旧紧抱着他，他被拖曳得只好弯下身子。这个局面是他没想到的，他被弄得满身大汗却又有些亢奋激动。他有心喊金满过来，又怕这场面让大家都难堪。他无奈只能小声劝道:金盈,快放开,让人看到不好。

她在他怀里嗦嗦抖动着说:不,不,我害怕,害怕……鬼……

德武想用手拍拍她的后背,让她平静下来,刚拍了两下,又急忙把手拿开,因为拍她赤裸光滑的后背,很像是在抚摸,他不能让她有其他的错觉。他的手不知怎么放才好,他又紧张又难受。而金盈显然是吓坏了,头只往他的怀里拱,脸直朝他的胸脯上贴,没办法,他只好拍着她的肩头说些宽慰的话。不知过了多久,她才慢慢平静下来,先是不再哆嗦,随后就侧躺在床上睡着了。见她松开了自己,德武长吁一口气,他不敢睁眼细看她的裸体,急忙拉过毛巾被给她盖上了。

8

这天上午,德武正准备躺下补觉,一个小道士敲开了他的门说:我们道长请你去前边大殿一趟。德武急忙应道:好,马上到。他以为高道长找他是说有关金满兄妹在道观住宿的什么事,不想进了大殿一看,只见几十个道士已摆好了做什么仪式的架势,道长见他进来,迎到他面前说:孔先生,我们今天做的这道场里有消灾的内容,不知你愿不愿站在这儿,让我等顺便为你消消身上的灾?德武闻言一怔,有些不安地问:道长看出了我身上带灾?高道长微微一笑:人生世上,从来都是与幸运和灾难同时相伴,谁都不能说他身上不带灾。

那高道长看出我身上带了什么性质的灾?德武虽不信道教,但道长的话还是让他有点好奇起来。

那是天机,神没有给我看透的本领。不过我觉得你还是消一消才好,你愿不愿意?不愿,就请仍回客寮歇息。

愿,愿。德武急忙点头。

那就请在这里站好。道长先朝他指了一下站立的地方,尔后做了一个手势,道场就开始了。德武还是第一次在道观里看这情景,只觉得肃穆又新鲜,很有兴致地看着道长和道士们的举动……

道场做完时,德武急忙抱拳施礼表示谢意。不管你信不信,人家的好意该领受。道长这当儿走过来说:但愿今天我等能帮你消了身上的灾。不过说到底,一个人能不能避开灾,神的帮助只是一个方面,归根结底还要看他识灾的本领如何,若能够看见灾认出灾,自然知道闪避,倘是灾到眼前还看不出来,想躲开怕是难了。

怎样识灾呢? 德武急忙问。

这要凭对灾的敏感了。因灾常常藏在正常事物、事情、事件的背后,所以识它不是一件容易的事,不过以孔先生的阅历,只要对灾有警惕之心,识别和避开应该是没问题的。来,把这道符贴于你住的客寮的门后墙上,它也许会帮你避灾。

符? 德武很惊奇。

画符,是道教的重要法术之一。道与术的关系密不可分,可谓"道无术不行"。符是朱笔或墨笔所画的一种图形和线条,以屈曲笔画为主,点线合用,字画相兼,有治疾驱邪之用。我今天给你这符是用朱笔所画,只供驱邪。

德武看着那张画在黄纸上的符:

觉得它隐隐像个"逐"字。

孔先生若是不信这个,也可不贴,扔掉作罢。

贴,贴,怎么会不贴呢。谢谢高道长的美意。德武再一次地施过礼,便告辞出来了。

回到客寮贴了那符,德武一边左右审视着那符,一边在心上回想着刚才在大殿里的消灾场面,唉,真得谢谢道长的热心肠,主动提出为自己消灾,我身上会带有啥样的灾呢？生病？丢钱？官是已经丢了,名誉也已受到了伤害,两个好战友也分道走了,我的灾难还没有过去？上天造人也真是奇怪,不让人预先知道自己的遭遇,一定要在事情落到你头上之后才让你明白你遇到啥了,可到那时已经晚了。也许,上天也就是想用这个办法让人对它保持着一份敬畏。经过今天这个消灾仪式,加上又贴了这符,我身上带的灾会不会真的消了？但愿是真的消了,我平日又没做过什么伤天害理的事,即使真有灾,神是能看到的,会让灾难远离我的……

德武在这种七思八想中慢慢睡了过去,不知过了多久,他被一阵持续的触摸弄醒了,睁眼一看,是金盈坐在他的床前,正用手抚着他的身子。是你？

来看看你,正人君子！金盈带着笑说。

我在补觉。德武实在还想睡。

不看见你我就心里难受,我可能是已经爱上你了。金盈这时猛地抓住了德武的一只手。

德武一怔,急忙坐起身缩回手说:别瞎说,我是你哥哥。

什么哥哥？你和我毫无血缘关系,要是哥哥,就是情哥哥。

别开玩笑,你先去你的屋子休息,让我再睡一阵。德武很是无奈地央求,然后对着外边喊:金满,让金盈过去休息。

来了。金满在隔壁应着。

我可不是同你开玩笑,我在说真的,我爱上你了,你是我见过的真男人。

好了好了,再说就更离谱了,先去休息好吗?德武紧忙缩了缩自己的身子。

好吧,我听你的,从今以后,你说的话我都愿听。金盈边说边走了出去。

德武不安地坐在床上,一时心里乱纷纷的。他没想到事情会朝这个方面发展,这件事得给金满说说。

得尽快给金满说说!

9

中午吃过饭,趁金盈午睡的当儿,德武把金满叫到自己住的寮房里,低了声说:金满,总是咱们三个人在一起,恐怕要出事的。

出什么事?金满挺诧异。

德武迟疑了一下,还是开了口:今天上午我补觉时,小妹来摇醒我说:她爱上了我。

是吗?金满不仅没吃惊,反而有些惊喜地抓住德武的手:她是这样说的?

德武点点头,觉得金满的反应有些不可思议。

这就表明她有救了,她只要一爱上人就不可能再去自杀了。金满喃喃自语着。

噢,你是这样想的。可她说她爱上的是我,那怎么行?德武急忙提醒。

那有什么?爱上你有啥不好?总比她整天想着自杀好吧?我们在澳大利亚到一家心理诊所看病时,那个心理医生就告诉过我,她的病是由情殇引起,要能让她再爱上个人,用

197

移情法保准可以把她的病治好。我因此找了不少年轻小伙和她接触,可她竟一个也没有爱上,我曾经很绝望,以为她已经不能爱男人了,没想到在这儿,她会爱上了你,我太意外也太高兴了。谢谢你,谢谢你。

这是什么话?还谢我?谢什么谢?你让我怎么办?你不知道我是她哥哥呀?德武不快地瞪住金满。

现在还管那么多干什么?救人要紧呀!我不能失去这个妹妹,只要她能活着,我什么都不在乎。她爱上了你,你接受她的爱有啥了不起?

你这不是说胡话吗?我怎么可以接受她的爱?你不知道我有家庭有你嫂子吗?德武惊得把一双眼睛瞪到无限大了。

这和家庭和嫂子有啥关系?她又没说让你抛弃家庭抛弃嫂子,她只说她爱你呀。这件事算我求你,你可不能拒绝她呀,你拒绝她就算彻底把她推上了死路!你要把这看成是救命的事情才行!

我非常想帮你和金盈,可这实在不是我能做到的,我怎么接受她的爱呀?

你假装接受也行。

这种事能装吗?

这话可能不是我这个当哥的该说的,但要救她的命,眼下只有说了。金满双手抱着自己的头喃喃着:旧中国有一妻一妾的说法,现如今有情人的说法,不管怎么着,你不能见死不救!

哦?!德武惊在那儿。

想想吧,是金盈的命重要,还是你的生活观念重要!

德武无奈地叹口气,说:那我就先假装接受吧,然后咱们抓紧和心理医生联系,寻找其他替代办法……

这件事让德武心里很乱,金满是有恩于自己的,面对他的恳求他无法拒绝,而且事关金盈的病情发展甚至性命,可这件事让他有一种不伦的感觉,的确让他无法去做。下午他没有在客寮里补觉,而是心情烦乱地去道观外的山坡上散步。

　　散步回来进道观大门时,他看见又有一帮香客进了前院,在前殿门前的大香炉里点香。青坳观的香火真是越来越盛,下午也是香客不断。他的目光在那些香客身上散漫地扫过,忽地目光一定,嗨,那个人的背影好熟。他紧走几步来到大香炉前仔细一看,原来那人是常在北京他所住的那个家属院里推车卖报纸的中年男子老邱。原来是你呀,老邱。德武意外地叫了一声。那老邱闻唤扭身,猛一下没认出他,停了一刹才诧异地叫:哎,这不是北京的首长吗?你怎么在这里?

　　我嘛,来这有点小事。德武应道。你来这里是——

　　烧香。

　　怎会跑到了这个道观烧香?德武颇是好奇。

　　我在北京卖报纸,老家其实就在离这儿不远的襄阳县。近来俺老娘病重,我回家照看她,俺娘说这道观的香火最灵,我就跑来烧几炷香,求祖师爷保佑俺娘。

　　哦,是这样,那你快烧香吧。德武朝他点点头,就朝后院走了。在这偏僻的地方见到一张熟悉的面孔,让他的心情稍稍有些好转,也让他意识到,自己离开北京已经不少日子了。既然人们都说这道观里的香火灵验,以后每天也让金满来烧烧香,好让祖师爷保佑金盈的病能早日康复。

　　我怎么也信起这个来了?

　　这天晚上,该德武值前半夜班,他希望金盈能早点入睡,不再和他讨论那个危险的话题。可没想到,她换穿了睡衣坐在床上,说的第一句话就是:德武哥,我跟你说了我爱上了你,

199

可你还没有给我个正式答复呢。德武苦笑了一下,说:我不是跟你说了吗,我是你哥哥的战友,你只能把我当哥哥,我只能把你当妹妹,你我之间,只该有兄妹之爱和亲情。

金盈一听这话,脸色顿时一变,十分冷淡地说:你既然如此冷待我对你的一份真情,那就请你离开这个屋子,我不需要你的同情和照顾,你在这儿只会让我觉着痛苦。你走吧! 走吧! 德武见她恼了,怕促使她的病情加重,忙言不由衷地笑着道歉:对不起,对不起,别生气,你能爱上我让我很感动。

你怎么个感动法? 感动了就来拒绝我? 我看你是嫌我是个病人,厌烦我。走吧,你。我算看透了,这个世界上没有真东西,男人嘴里吐不出真话,好了,我再也不想和人打交道了,我累了! 她边说边拿出她的两条纱巾,将它们连接在一起,并挽了个套。

你这是干什么? 德武慌了,急忙走到床前去夺那两条纱巾。如果金盈因此病情加重寻死上吊,那可怎么对得起金满? 如何担待起这责任? 罢,罢,就假装着喜欢她逗她高兴吧。想到这儿,德武就把金盈一下子揽到怀里,说:金盈,我是真的喜欢你,只是碍于我和你哥的战友关系,我不能贸然表态。

你这次说的可是当真? 金盈在他怀里抬起头。

当然。

我哥那儿我去说,你不必担心,我只要你接受我的感情。

好吧,我接受。德武强抑着心里的那股不伦的感觉,把头点点。

那我可要提要求了。金盈把头向德武的胸前偎了偎。

德武心里一咯噔,不知她会提什么要求,但话说到此处,也只能点头。

我俩先喝一杯交杯酒。

200

行。德武应道。这好像没什么不得了的,机关里的男女干部有时聚餐,也玩这游戏。

金盈于是下床去窗台那儿倒了两杯葡萄酒,端过来递给了他一杯,而且主动把端杯的胳臂朝他弯过来。他也就大方地伸出臂去,和她喝了个交杯酒。

可以了吧?德武笑着,你快上床歇息去。

我下边要提第二个要求。

哦?还有?

烦了?

没有没有。德武急忙摇头。

我夜里总做噩梦,吓得不行,我希望你躺到这床上,让我靠着你的身子睡,这样我会减少恐惧,睡得踏实些。

好吧。德武犹豫了一刹,只有答应。

那你就躺下吧。金盈把枕头朝床边移移,两眼检验似的看着他。德武有些迟疑,但也不好再说别的,就和衣躺下了。金盈随即把头朝他的胸前一扎,拉上毛巾被,跟着也躺下了。德武的心怦怦跳起来,这是他第一次搂着樊怡之外的女人睡觉,心里有一股莫名的紧张和奇异的感觉。屋里的灯没有关,可他不敢去看怀中的金盈,怕和她的目光对视。还好,没有多久,金盈就睡着了,发出了一种平稳而轻微的鼻息声。他这才拿眼去看她,金盈的睡态很好,双眼微闭,两唇轻抿,面色柔和安静,不像她醒着那样给人一种冷然和尖刻的感觉。那一刻,德武心里忽然对金盈生出了一阵强烈的怜惜之情,如果金盈没病,是一个正常的女子,她完全应该享受正常的爱情,但愿她能早点好起来,能找到一个真爱她的人……

德武先上来强忍着自己的困意,不愿让自己就在金盈的床上睡熟,他暗暗盼着金满来敲门换班,可敲门声一直没响,他最终没能抗拒了越来越浓的睡意,不知不觉进入了有着大片油菜田的梦乡。这是什么地方?他站在油菜田里发怔。油菜正在开花,金黄色的油菜田无边无际直向天边蔓延,花海里蜂飞蝶绕,不知名的鸟儿飞上落下叫声清脆,远处好像有模糊的人影在晃动,金色的油菜花和浓郁的香气渐渐让他心旷神怡起来,他在油菜花丛中快活地走着,觉得自己的身体莫名地亢奋起来。猛地,前边的菜田里站起一个美丽的姑娘,他定睛一看,原来是自己的新娘樊怡,他惊问:你怎么在这儿?樊怡笑着反问:那你怎么也在这儿?他刚要回答,却见她扭头就跑,边跑边叫:这里有秘密!他急忙去追,只见那樊怡边跑边脱着衣裙,直脱成了一个裸体,他冲上前抱住她叫:这是田野,你疯了?樊怡不答,却猛地吻住了他的嘴,他被她吻得激动起来,冲动地把她压倒在了油菜花上,在一阵醉人的快乐过后,他倏地惊醒过来,大片的油菜田没有了,蜜蜂蝴蝶消失了,樊怡不见了,只有屋里静静的灯光和窗外若有似无的山风。他的脑子里有一瞬间的空白,随后他发现自己伏在全裸的金盈身上,且在自己的手边看见了一把剪子,他惊骇地翻过身子,发现自己的长裤、短裤和衬衣、背心都已被剪开扯去,他其实也已是裸体,而且已把那件事做过了。他吓呆在那儿,一时既没说话也没做任何动作。

你真棒!金盈这当儿伏在他的耳边轻声夸道。

德武的脸刷地红透,他不敢去看金盈,只能赧然地把脸埋在了枕头里。天呀,孔德武,你看看你都做了什么,你对得起樊怡吗?你对得起金满吗?你对得起你自己的良心吗?她可是一个病人啊!你怎么会睡得那样死?你的梦怎会那样离奇?难道是那葡萄酒的作用?你过去又不是没喝过葡萄酒,一杯酒能有那么大的力量,让你迷糊成这样?还有那剪子,哪里来的？

金盈，你是不是在那葡萄酒里放了什么？德武把脸埋在枕头上问，他仍然不敢抬起眼睛。

你猜得对，我这叫以其人之道还治其人之身，你和我哥为了不让我犯病，平日不是常强迫我吃这药吃那药吗，我今天也给你在酒里放了几片安眠药，你以为一个抑郁症患者就是一个傻子吗？就不知道怎样得到自己喜欢的男人了吗？我顺便也把你的另一个疑惑解除了，你心里不是在问这把剪子是哪里来的吗？告诉你，它是我预先准备的自杀工具，我所以没用它是因为我怕血，没想到昨天晚上用到了你身上。你不脱衣服，我替你剪去。

简直是——一种羞怒之感让德武想说句重话的，但话到嘴边他又咽了回去，万一惹她病情加重再寻死觅活的不是更糟糕？现在还说什么？赶紧把衣服穿好，万一让金满这时进来看见这个场景那你的脸还朝哪里放？麻烦你去隔壁我的房间，把我装衣服的箱子提来。

好的。那金盈麻利地起身穿衣出去，很快把德武的箱子提来。德武忍着在金盈面前换衣服的难堪，慌乱地将衣裳换好，而后又提着箱子狼狈地回到自己的房间。所幸他进自己的屋子有一阵，才听见金满在敲他妹妹的门。

德武坐在床上，一种无地自容的感觉让他用双手捂住了自己的脸。他不知金盈会怎么向她哥哥说昨晚的事，他努力侧耳去听，可什么也没听到。没有多久，他听见金满由他妹妹的房间出来，来敲他的门。他只有打起精神去开门。他估计金满不会给他好脸色看，可没想到门一拉开，金满竟高兴地连声说：谢谢谢谢，小妹已向我保证，她从今往后再也不会寻死了，她说她要好好生活，她说她又找到了爱的感觉，她今早的脸上都带着笑,这是极少有的,我感谢你让我看到了她康复的希望!

德武在短暂的一愣之后苦笑了一下,他什么也没说,还能说什么?

10

这天上午,按照原来的计划,德武要向高道长请教《道德经》中有些句子的释义,比如"知其荣,守其辱,为天下谷";再如,"天下神器,不可为也"等,世人的说法不一,他想听听道长的看法。可当他和高道长在老子的塑像前坐下之后,却注意到道长看他的目光里含着忧虑,是的,那是忧虑,在断定了这点之后,德武的心头一震,无声地在心中自问:他为何要这样看我? 这可是过去所没有过的,道长和自己过去常有目光交流,他的目光一向都是清澈而含了宽容的,今天这是怎么了? 他于是忍不住问:高道长,是有什么令你不安的事情吗?

道长见问,目光一变而为蔼然亲切,淡声道:先生和我虽交往不多,但我已视你为朋友,有几句话,我思虑再三,不知该不该向你说出。

道长但讲无妨。

我觉得你朋友妹妹的病情,并不是很重。

哦,她所得的病叫抑郁症,对吃喝东西和行走说话没有太大的影响,所以表面看上去的确和常人无异。德武急忙解释。

我虽不懂西医所定的病名,但知道抑郁症属于心病,有心病之人,其步态必与常人有异,可她的步态却很正常,不知你仔细观察过没有?

德武一愣之后摇头:这我倒没有留意。他想回忆她的步态，可因平时没有观察，什么也没有忆起。

还有一句话，就是我觉出那女子身上有股浊气。

浊气？德武不由一惊，怔怔看着道长，不知他这话是何含意。

你不必吃惊，浊气是我们道家人的用语，和仙气这类词一样，是用来品评人的，并不是说她身上真有什么不好闻的气味，而是说她身上有股我们感觉不是很舒服的东西。

那是指——

这就要靠你去感觉了。

德武听了这话，心里一紧，觉得道长可能看透了他和金盈之间发生的事情，才用这话来暗暗警示他，看来这青坳观是不能住下去了，男女之间的事情，是最为佛寺道观所不容的。应该把道长的话，看作是一种委婉的逐客令。他于是嘘一口气，说道：金盈那女子因为抑郁病，举止行态常有不合规矩礼数之处，故让道长觉着怪异；考虑到她经过这些日子的疗养歇息，病情已有好转，我想明日就带她和她哥哥回京了。

孔先生不会是因为我刚才的那些话而生气了吧？我刚才那样说，绝不是嫌弃她住在道观里，只是——

哪能哩，我原本也是想在今天来向你辞别的。非常感谢高道长这些天的关照，我还是抓紧时间向道长请教《道德经》中一些句子的释义吧……

向高道长请教完一回到客寮里，德武就向金满说了回京的事，自然没说道长的那些话，金满听后立马表示同意，说：既是金盈的病已大有好转，再住这里也无必要。金盈听说要回北京，笑着说：现在对我来说，住哪里都行，只要我爱的德武哥跟我住在一起。德武听罢，满脸难堪，可也不好再说什么，只催他们抓紧收拾行李，准备好第二天启程。

当天下午,德武回自家村子里一趟,和母亲及弟弟一家告别。母亲自然不舍得他走,说:能不能让那两个客人先走,你在家再住些日子?我让你妹妹去黑龙镇买了些山菌,想拿母鸡在一起炖了给你补补身子。德武笑答:我这身子挺结实的,以后再补也不迟;人家金满兄妹是来找我帮忙的,我要那样做人家会以为我是不想帮了,何况樊怡和孔醒还在外边接受人家的帮助。母亲是明白人,一听这个忙说:那你就回去吧,以后没事时再回来。德武怕母亲难过,忙又应承:日后等待在北京送走了客人,我就再回来看你,反正我已经退休,没有别的事了。母亲拉着他的手说:我这些天老做一个相同的梦,总梦见咱娘俩隔着一条河相互招手,我想过河去看你,可河上又没有桥,急得我不停地流眼泪……德武笑了,说:梦中的事哪能当真?再说,就是隔条河,我也能游回来。这话说得母亲也笑了……德武又给南阳城的朋友打电话定了回京的火车票。第二天早上,德文按哥哥的要求,雇了一辆昌河面包车来到道观门口接他们三人。他们提着行李走时,高道长带着一帮道徒在道观门口送行,德武再三向道长表示了谢意,金满、金盈兄妹也深深鞠躬致谢。金满兄妹先上的车,德武要上车时,道长突然对他附耳说了一句:当心些。德武以为道长是嘱他路上小心安全,急忙把头点点……

下阕:浪大舟回晚

还在回京的火车上，德武就想着怎么安排他们兄妹住，有心安排他们住在自家家里，但他知道，军队有规定，不能让外国人在军营留宿，他们是持有外国护照的人。这样，就只好安排他们兄妹住在一家离部队机关不远的酒店，自己回家住。对这样安排，他嘴上连连道歉，心里却想，如此我就可以不和金盈有瓜葛了。可金盈当时就不高兴，立马对金满说：你快去给我们租套房子，我要和我爱的人住在一起。金满急忙对妹妹点头：好，好。然后过来苦着脸低了声对德武说：你还是委屈些先和她住在一起，然后咱们抓紧用药治疗，要不然她的病情又会加重。德武有一种被拴住了的感觉，可又不好多说什么，只能点点头。

　　德武到家的当天晚上，一个人住在自己家里，顿觉有一种被解放了的轻松感。他先给女儿和妻子拨了个电话，告诉她们自己已回到了北京，并把金盈的病情简单地说了一下。女儿听他说罢，先高兴地汇报了她的学习成绩，说她的英语水平已大有提高，差不多可以直接和当地人对话了；然后说她和妈妈利用假日去悉尼和黄金海岸玩了一趟，在悉尼歌剧院看了一场现代舞"踢踏芭蕾"；在情人港搭多层双体船看了海景；

在南太平洋里冲了浪;在金色的沙滩上晒了太阳……听女儿连珠炮似的说话,他心里有种喝了蜜的甜美感觉。樊怡是最后接过话筒的,她出国前的那股气显然已经彻底消了,声音又像过去那样温和,先说因金满带着妹妹回国,金满的夫人去珀斯照料生意,金满的儿子在悉尼那边读书,他们家里没人,金满的夫人希望她帮助照看一下家,她因此还要再在墨尔本待一段时间;然后要他注意身体,记住吃降血压的药;最后又特别叮嘱:一定要想法帮金满把金盈的病治好,要照顾好金盈,人家金满给孔醒提供这样好的生活和学习条件,咱得回报人家。德武一一应着,听她说到金盈,不由得想起在青坳观的那个夜晚,想起那晚发生的事情,心里顿生一股对不起妻子的歉意来……

打完电话,他洗了个澡,正准备上床睡觉,忽听有人敲门,他颇意外,自己回京没给任何人打招呼,谁这么快就知道我回来了?隔了门上的猫眼一看,原来是荆长铭。他来干什么?他心里顿起一股反感,有心不开门,可自家房中的灯在开着,不开门好像说不过去。他忍住不快刚把门拉开,荆长铭就热情地伸出手来:嗨呀,德武,你让我好等,我总算把你等回来了,我刚才从楼前过,一看见你屋里有灯光,就急忙过来了,听荆尚说你回了老家,怎么样,大娘她老人家挺好吧?

还好。谢谢。德武见他没问金满兄妹的事,就知道女儿没把这事告诉荆尚,好,不能什么事都给外人知道,这一点女儿还是懂的。

你自己身体怎么样?我看你气色有点——

你找我有事?德武截住他的话头,他可不想同他啰唆,话音不冷不热,也没有让座。

自从孔醒去澳大利亚留学之后,我那个儿子像没了魂一样,除了不停地给孔醒打电话发电子邮件外,还为孔醒担惊受怕,说怕孔醒白天外出走错路,怕她晚上外出遇见歹徒,你看看这孩子有多痴情。

德武听罢心里不由一热,说道:告诉荆尚,孔醒知道注意安全,让他不要操心。孔醒既是已经出去留学,也不好半途而废,他只有耐心等她回来。

那倒是,我也是这样劝荆尚的。

那不就行了?德武摊了摊手,做出一副送客的样子。

我今天找你,不是为了说这个,主要是为了那件事。荆长铭急忙声明。

哪件事?德武一愣。

就是当初那些照片的事。

德武一听这个,气又来了,话也越发不好听了:现在还纠缠那些陈年旧事有意思吗?你不会是想要拿它再做文章吧?我已经退休了,你还想怎么样?把我开除军籍?让我退出人间去阴世?

哪能呢?我只是想把这事搞个清楚,你说你冤枉,我不能总让你一直蒙着冤过日子吧?我有这个责任。

德武听到这儿心中倒是有些感动,但随即又冷笑道:现在就是搞清楚了对我还有什么作用?已经退休了的人,这些都没意义了。

不管你怎么认为,反正我就是想把事情搞清楚,我今天来,是要告诉你我这一段时间调查所得的情况。

哦,什么情况?德武这才做了个让座的手势。

天良市那家带练歌房的九天饭店已经改成了超市,当初的那个饭店老板不知跑到了什么地方,但我通过在饭店工作过的人,找到了那位坐到你腿上的小姐的家。

噢？她叫什么名字？怎么说？德武来了兴趣。他已通过照片把那位小姐的相貌刻在了心中。

她叫涂小蔓，家在四川达州农村，我们没找到她本人，据她父亲说，饭店倒闭后，她回家了一个来月，后来一个城里来的女人把她又领走了。

德武泄了气：那不等于没找到她吗？

三天前，她由北京向自己村里的一个邻居家打了个电话，说她在北京的一家饭店里打工。

来北京了？

我已经请求有关部门协助查找她。

德武苦笑了一下：北京那么多饭店，上哪里去找她？

世上无难事，只怕有心人。

难得你这样费心，谢谢你。

我今天来就是为了告诉你这些，以后有新的情况了我再来。好，告辞了。

荆长铭走后，德武摇摇头自语道：当初你在干啥？你要是早这么认真，我现在会是这个景况？如今你为了想和我们结亲，想当好人了？……

电 闪

1

金满还真有本领,第二天就在一个邻近德武机关的小区里租到了一套三室一厅的房子。他让几个保洁工人打扫了一下,第三天就和他妹妹搬了过去。他们兄妹这一搬,德武也只好住过去。三个人一人住一间,被褥都是金满买的新的。金满对德武说:为了让金盈的病情稳定并继续向好处转,咱俩这样分工,你负责陪她说话聊天看电视听音乐,我负责和医生联系并买药煎药,饭菜可以叫外卖,也可以咱们自己做,金盈心情好时,让她来做饭,她过去没病时做饭的手艺还真是不错。德武只能点头说行。

这样,白天金盈就一直和德武在一起。早饭后她想散步,德武就陪她在小区的花园里走走,这儿离机关太近,德武怕碰见熟人,所以特别不愿在小区的花园里走。散步时她喜欢挽住德武的胳臂,这更让德武觉得别扭,担心别人看了会以为他们是真的情侣,可也没法,他不敢拒绝,怕金盈生气,只好让她挽。散步回来,她想看电视,德武就陪她坐在电视机前,她喜欢看那些言情电视剧,德武尽管不愿看,可也要装得很有兴致。金盈看电视时愿意把身子靠在他怀里,他也不能推开,只好随她的意。她这样和他亲昵,金满不在时,德武还可忍受,当着金满的面,德武实在难受,毕竟她是金满的妹妹呀。午饭后金盈要睡一个长长的午觉,德武这才解放出来,他通常在自己的房间里小睡一会儿,然后就打开手提电脑,写他没写完的那本《现代战争的预警》。她午觉睡醒,有时叫德武去她的房间里,陪她听音乐,边听边聊天;有时会来到德武的房间里,和德武谈她读过的一些书的内容,问他的书写作的进度。她已从德武嘴里知道他在写《现代战争的预警》这本书,她有时希望德武谈谈他要写的内容,好让她换换脑子轻松轻松,德武就给她讲,他估计她不会听懂,就尽量使用浅显的语言和例子来讲,她总是听得津津有味,这也成了他俩交流和沟通的一个渠道。德武想,对金盈这样的病人,只要不给她去想那些令她不快和沮丧事情的时间,大概就会有好处。

黄昏和晚上普通人的情绪都容易低沉,更是抑郁病人比较难受的时候,不少抑郁病人是在这个时段寻死的,因此也是德武比较难过的时段,他要特别小心地对待金盈,唯恐她的情绪在此时出现大的波动,发生危险。还好,自回京后,据德武观察,金盈晚上的情绪还算稳定。只是每晚临睡前,她都要让德武去她的房间睡。因为有金满的交代和自己的允诺,德武也只好过去睡。但他多是在她睡熟之后,又回到自己房间里

214

睡,只把两个房门都开着,仔细听着她的响动。和金盈睡在一个房间里,他有心理障碍,总觉得她是自己的妹妹,一种不伦的感觉令他难以安然入眠。在金盈房间睡时,他也借口长期军旅生活养成了不脱内衣睡觉的习惯,不把内衣脱下来。对此,金盈也没有太反对,她只是喜欢把头拱在他的胸口上睡。当然,在有些晚上,特别是当金满因生意上的事晚上不能回来住时,金盈会坚持要他脱掉内衣,德武这时就极是为难和难堪,坚持不脱吧,怕她生气了病情加重寻死觅活;脱吧,确实不成体统,让他有一种无地自容的感觉。每逢这时,他就会心生一丝后悔,当初要不把孔醒送出国多好,不欠金满一笔感情债,怎会来受这种折磨?唉,感情债其实是最难还的一种债呀。

在金盈心情好的时候,她会要求动手做饭。德武就上菜市场去买些米、面、青菜、调料和鱼、肉、蛋回来,让她做。她的做饭手艺还真是不错,蒸包子,包饺子,炒米饭,下汤面,样样拿手,炒出的菜也可称为色香味俱佳。有时看着她熟练地在灶上忙上忙下,德武会想起青坳观高道长关于她的病并不重的话,觉得她的病很像已经全好了。

这天半下午时分,金盈要下楼散步,德武只好陪她下去。两个人在小区的绿地甬道上并肩走着,金盈又像她平日常做的那样,挽住德武的胳臂,半倚在他的身上慢慢走,偶尔还会停下来在德武脸上亲一下。德武心里很反感她在青天白日下亲吻自己,怕别人看见了怀疑他们是一对老夫少妻,可又不敢把这担忧说出来,怕惹她生气了导致病情反复。也是碰巧,正当他们这样漫步时,只见程万盛进小区大门向这边走来,德武心里有些慌,想躲可已无法躲开了,只好硬着头皮继续向前走。程万盛看见德武和金盈亲密相挽而行时果然大吃一惊,

215

猛地止住步,有些震惊地看住德武。德武急忙解释说:万盛,这是一个由澳大利亚来的朋友,身体欠安,我陪她在这儿散散步,你是——程万盛有种窥见别人隐私的尴尬,有些结巴地回道:我来这小区看个同学,我……我这就走……

程万盛的样子让德武明白,他是误会了自己和金盈的关系,可一时也无法做更多的解释,只好苦笑了一下说:你快忙去吧。程万盛走后,德武的心绪一下子变得很坏,不知程万盛又要拿这件事在机关里做怎样的宣传哩,唉,真是有苦说不出呀……

金满这天回来说,医生认为金盈的病情有了好转,中药可以停用一段时间。德武点头道:那自然好,是药三分毒,能不吃就不吃了。金满接着说,他要抓紧这个时间谈一桩生意,这些日子因为忙金盈的病,好多生意上的事都耽误了。德武也只好挥手说:你去忙吧。

金满于是就早出晚归地忙开了,有时晚上也不能回来,只是打个电话过来问问情况,他把金盈几乎完全托付给了德武。对此,德武也不好说什么。德武只能耐心地陪着金盈散步、吃饭、看电视、听音乐、聊天、睡觉,包括照料她吃一些保健品。有天下午,德武想起自己倒计时的写作计划,想起《现代战争的预警》那本书的进展速度太慢,不免心里有些焦急,就对正在看电视的金盈说:你在这边看电视,我去那屋里写一阵东西。金盈点头说行。可德武在这边屋里没写多久,金盈就又走了过来,坐在德武身边把身子倚在他身上说:孔大哥,能跟我说说你今天要写的内容吗? 德武笑笑:我今天写的是关于战争预警信息的发送渠道,你会感兴趣?

这是关乎国家安全的大事,我怎么会不感兴趣?你只管说就是。

战争预警信息是什么,你知道吗?

是对军队和国民发出的预告战争何时发生的信息呗,这谁不懂?

知道为何要提出预警问题?

好减少己方的损失呗。

德武谈话的兴致来了:行,你还真是一个可以交流的对象。告诉你,我写这一章,就是要探讨在目前情况下,利用哪些渠道,尽快地把战争预警信息发给军人和国民。我虽然退休了,但我要为我们军队的战备问题再做点贡献。

就你目前的研究,你认为预警信息发送的渠道有哪些?金盈扬起她好看的两道柳眉带了笑问。

传统的渠道有两条:一条是军队的作战值班系统,可以把预警信息逐级传到所有部队;另一条是政府的行政值班系统;可以逐级把预警信息传到全体民众。但临战预警信息尤其是敌方已发射了导弹的开战预警信息,如果还靠这两条渠道,赢得的准备时间可能就很少甚至失去预警意义,这就要寻找新的渠道。

哦?

我觉得,有四条新渠道可以利用:其一是与预警机相连的雷达系统,可以由预警机通过无数的雷达直接把预警信息发送到空军、海军、导弹部队;其二是通过互联网,可以把预警信息通过局域网和因特网直接发送给部队网络用户和普通网民;其三是通过电视和无线广播,可以通过多频道多频率滚动播出和播报预警信息;其四是通过手机,利用手机群发信息的功能,尽快把预警信息发送给所有手机用户。这四条新渠道的一个共同好处是快,可以很快把预警信息告知全体军人和民众,让军人在有限的时间里做好应敌准备,让民众在有限的时间里做好防护准备。

军人在得到预警信息后最应该做什么？金盈满眼好奇。

进入战位和预设战场。

预设战场？

对，就是预先设好的战场，这是战备中非常重要的一项。战场预设好了，一旦打起来部队才能心中有底，才有更大的胜算把握。知道第二次世界大战中的诺曼底登陆吗？当盟军把诺曼底作为预设登陆战场后，悄悄做了多种准备，气象资料的搜集，水深数字、沙滩上障碍物的设置及潮汐规律，登陆点的区分，对面的敌情，舰船的停泊位置，空降场的情况，远距离火器打击的目标，布设输油管道的长度，都做了详细的预案，这样，后来打起来才取得了胜利。

有点道理。你认为眼下该预设哪些战场？

这嘛，说多了你也不懂，可以告诉你的是，新型战争，该预设的战场有这么几类，一是陆上战场，二是海上战场，三是空中战场，四是网络战场，五是电磁战场，还可能有太空战场。

嗬，这么多。陆上战场你准备预设到哪里？

预设到可能和敌方展开战斗的地域。

你怎么去预设？假如这地域还在敌方的控制之下呢？

我们可以把这个预定战场上的地形、道路、植被、河流、桥梁的情况和居民点的位置都搞清楚，把地面导弹应该打击的目标搞明白，把地面火炮可能的阵地和射击诸元搞得心中有数，把我军的进攻出发地搞准确，把我军坦克和装甲车的进攻路线搞明白，把武装直升机群进出的方向方位确定下来。

海上战场呢？你怎么预设？金盈问得饶有兴致。

设在敌人可能来犯的海域。要把这片海域的水深、风向、海流、浪高和海底情况摸清楚，把我军舰艇进出的方位弄明白,把我岸上火力的打击区域作好区分,把应该布设水雷封锁的水面确定下来。

有点意思。金盈点头。

好了,你去看电视,让我抓紧写吧。

那你这一章写完,能不能让我看看?

好呀,只要你愿看,你就看吧。德武笑着,他为她能关心这些打仗的事感到高兴,这可以让她转换心境,不再去想那些令她苦恼的感情问题。

自此后,因为得了金盈的同意,她不再缠着要他陪她,白天德武就开始在自己的房间里专心写《现代战争的预警》,每当他写完一节后,她会过来认真地看上一遍,问些她所不懂的问题,然后高兴地起身去厨房里做饭。饭做好,若金满没回来,两个人就在饭桌前坐下来,边吃边谈德武所写的内容,倒也其乐融融。逢了这时,德武就在心里想,看来她的病是真的大有好转,但愿她能彻底好起来,早点回到澳大利亚,去过她的正常生活。那样,我就也可解放出来了……

2

这种平静的日子过了没几天,有天上午,德武正在写作,手机忽然响了,一看显示屏,是本地一个陌生的号码。他有些诧异:谁找我?自从退休淡出官场后,过去频繁作响的手机铃声也随之消失了,一开始他很不习惯,经常拿出手机看是不是它出了毛病,接收不到信号了,后来才想明白,过去那些热闹的电话是冲他的职务而非冲他这个人来的,一旦你离开了官场没了职务,不需要别人请示、联系和巴结之后,你这个人对别人也就没用了,你想让别人给你打电话也不可能了。喂,是哪位？他对着手机问。

德武，我是长铭，我现在在一个街道办事处给你打电话。

又有什么事？德武一听是他的声音，立刻显出了不耐烦。

我有点急事想见你，你现在何处？

什么急事？他的话音中已露出了烦。

咱们见面再说。

我很忙。

再忙咱俩也要见个面，我的确有急事找你。

好吧。德武不好让他太难堪，只得应道：一小时之后我到机关宿舍院大门口。

待德武很不高兴地赶到宿舍大院门口时，荆长铭已经等在了那里。

你是不是没住家里？我昨晚往家里打电话，一直没人接。荆长铭没理会德武脸上的冷淡之色，很热情地握着他的手问。

我在外边有点事，他不想把照顾金盈的事说出来。讲吧，什么急事？德武可不愿同他聊天。

在朋友们的帮助下，我已经找到了那个姑娘。

哪个姑娘？德武没听明白。

就是照片上坐在你腿上的那个姑娘涂小蔓。

哦，在哪儿？德武没想到他在这样大的北京城还真找到了那个姑娘。

在东方大酒店的咖啡厅做服务员。

东方大酒店？德武一下子想起，当初认识的那个美丽的方韵不就在东方大酒店当餐饮部经理吗？这样巧，她竟当了方韵的手下员工。你和那姑娘接触了？她知不知道是谁拍的那些照片？

还没来得及，昨天晚上才算找到她，不过她本人并不知道我们在找她。

你找我是——

我想由我们两个一块去见见她,当面问问清楚。

好吧。德武立刻答应,他太想把这个谜底弄清楚了,究竟程万盛是指使谁拍的那些照片。现在去?

对,我们俩到东方大酒店的咖啡厅喝咖啡,然后找机会和她说话。

走。德武急切地到大门外挥手拦住了一辆出租车,和荆长铭一起坐了上去。

东方大酒店是超五星酒店,德武这还是第一次走进来。酒店的大堂和咖啡厅都很气派,走进大堂时,德武心里略有些紧张:但愿不会碰见方韵,一旦碰见,她会是什么态度?不理不睬?有可能,当初自己做的是有些过分,太伤她的自尊心;仍很热情?那样也不好,荆长铭说不定又会胡乱猜疑。还好,在大厅里没碰见方韵。咖啡厅里喝咖啡的客人不少,刚坐下来,荆长铭就用目光示意他去看一个服务员,德武只看了一眼就认定,是她。虽然那晚在天良市的那家九天饭店几乎没正眼看她,但此后那张照片,已经深深刻在了他的记忆里,就是她给自己带来了无数的麻烦,她那晚那么迅速地坐到自己的腿上并做出了亲密举动,结果导致了那些照片的出现,究竟是谁在暗处拍的照片,我今天一定要弄个清楚。

荆长铭抬手朝那个涂小蔓招了一下,她便走了过来。她显然没认出德武,只礼貌地递过咖啡单子问:请问要哪种咖啡?荆长铭一边看着咖啡单子一边从衣兜里掏出了那些照片中的一张,轻了声说:姑娘,你还记得这张照片吗?那姑娘显然吃了一惊,她先是飞快地看了一眼照片,然后又很快地扫了德武一眼,她的脸一下子涨得通红,她分明认出了德武,神情非常紧张地环顾了一下四周,像是想逃走的样子。

你别紧张甭害怕,荆长铭这时轻声说:我们今天见你不是要追究你什么责任,我们只是想找你了解点情况;为了不惊动别人使你丢掉这里的工作,你可以轻声说话,装作向我们介绍咖啡的口味和品质。

那姑娘急忙点点头表示她明白。

你那晚在天良市九天饭店办的歌厅里,是主动坐在这位客人的腿上,还是应客人要求坐上的?

是我主动坐上的。

这是你们歌厅里的服务规定还是有人交代你这样做的?

是……有人交代的。

谁?德武听罢一惊,他原来一直以为这是歌厅小姐的惯常做法。

饭店老板。

德武双眸一个惊跳:是臧北?

老板说你是一个重要客人,要我一定服侍好,要让客人高兴,还特别交代,一定要在最短的时间里坐到你的腿上,做出亲密举动,以便留下你唱歌。

这个臧北,竟想用这个办法让我高兴,可你知道这害苦了我吗?德武在心里叫。

你当时知道有人要拍照片吗?荆长铭紧接着问。

知道,一个男的拿着照相机预先就藏在房中的帷幕后边。

哦?德武和荆长铭对视了一眼。

你在歌厅见过这个人吗?

没有,他进来时说他是当兵的,拍个照片玩,他穿的是军裤,上衣是便装。

当兵的?荆长铭吃了一惊。

德武倒没吃惊,甚至连眼皮都没眨一下,他只是徐徐呼出一口气,事情已经真相大白了。这和他当初的猜测是一样的。当初他就认定,这是程万盛搞的名堂,谁不受益去搞这一套干啥?不过猜测得到证实后,他表面上虽很平静,心里还是猛然一悸,老战友之间用这手段,太让人心寒了。过去也听说过人们为争一个位子无所不用其极,你告我我告你的,可那毕竟不是自己的亲身经历,现在经历了,他就觉得浑身发冷,觉着心里疼得慌,难道地方政界里那些肮脏的东西真的也进了军队?

　　你过去看见过这张照片吗?荆长铭再次扬了一下照片。

　　没有。涂小蔓摇着头。

　　小蔓,过来一下。吧台那边有人喊。涂小蔓闻声急忙对德武和荆长铭抱歉地一鞠躬:我先过去了。说罢,便急步走了。

　　这下你清楚是谁干的了吧?德武淡了声问。

　　你是指程万盛?你认为是他指派的人拍的照片?

　　还用再找人证明吗?走吧。德武站起了身。

　　再等等。荆长铭拉德武坐下,我还想和这个姑娘谈谈。

　　还谈什么?

　　那个拍照的军人的更多情况。

　　德武只好依了他。可两个人又坐了许久,却再也没见她出现。因怕引起别人注意,他们也不好问其他服务员她去了什么地方。

　　走吧,只要知道了她在这里,我们以后再来找她。荆长铭一边招手让其他的服务员过来结账一边说。

　　我不会再来了。德武坚决地说。现在再了解这些已经毫无意义,我已经退休了,姓程的已经升为了副部长,一切都无法改变了。

我想找到那个拍照的军人,只有找到了他,才能下最后的结论。

你愿怎么做都可以,但不要再为此事找我了。德武丢下这一句,就头也不回地走出了东方大酒店。程万盛,你可是让我开了眼界,你为了这一职位竟如此处心积虑,玩出如此精彩的手段,真让人佩服呀!……

3

这之后,德武每天的任务,就是两项:陪伴金盈;书写《现代战争的预警》。这些天金盈情绪比较稳定,德武每天写书的时间就多些,第十章差不多已经写完了。这一章主要写预警信息发出后军人和民众中可能出现的几种意外情况。国家和军队统帅部发出预警信息的目的,是要军人和民众做好应对战争的准备,但实际上,也可能出现出乎意料的情况,这就是在军人和民众中造成巨大的恐慌,使得一些人觉得末日到来,做出非理智的举动,比如说想逃向一个自认安全的地方,再比如说想趁乱发财,实施抢劫……

这天早上,金满和金盈兄妹都还在睡觉,德武就起床开始写作,他正兴奋地在键盘上敲击着,手机响了,他打开一看,没有信号显示,以为是女儿孔醒,就高兴地叫:醒儿?没想到回话的是机关一号台的话务员:孔局长吗?程万盛副部长找你。德武的眉头倏然一皱,这个狗东西还找我干啥?有一刻,他真想把手机扔了,但他不想让一号台的话务员感觉到什么,便忍了气,尽量礼貌地说:接过来吧。

孔大哥,昨晚睡得好吗?我是奉命打扰你,何司令让你上午十点到办公楼三层会议室一趟。程万盛好像没为上次聚会

224

时发生的事生气，依然用他惯常的带点玩笑的声音说话。

倒装得没事人一样，真真是个手里拎刀，嘴上抹蜜的人物。德武在心里骂了一句，冷冷问：让我去会议室干啥？我可是退了休的！

手机上说话不便，咱们见了面再说。程万盛说完就关了电话。德武这才记起，他的保密手机在退休时已交了上去，现在用的是普通手机，这上边不能谈工作问题。

何司令让去，不能不去。德武见金满金盈兄妹都还在关着门睡觉，就快步下了楼。穿过机关宿舍院子时，他看见那个卖报的襄阳乡下人老邱推着摆了各种报纸的三轮车向他走来，同时向他喊道：晨报晨报，最新消息，北约和俄罗斯关系热度再降。德武笑道：每次见了你，不买报纸是不行的。边说边掏出钱来。那老邱也笑着：为首长服务嘛。

你倒是把"首长"这个词用得很顺溜了。德武打趣地拍了一下老邱的肩头，扭头向机关大院走。

在军营卖报就该学军人说话呗。背后传来老邱含笑的声音。

进了办公大楼三层的会议室，德武才发现何司令不在，空荡荡的会议室里只有程万盛坐在那儿。何司令呢？他不高兴地问。

请先取掉你的手机电池。程万盛边迎上来握手边提醒。德武知道，在三楼这个会议室里研究的问题一向都是机密问题，平日是不许任何人带手机出入的。他于是掏出手机取出了电池。然后瞪眼看着程万盛。

总部临时有个紧急会议，何司令去参加了，他让我和你谈一件事。快请坐呀。程万盛指着沙发。

说吧。德武没坐，他可不想同这个暗地里朝自己下手的

225

人再多说什么话。

根据上边的指示，咱们最近要开一次重要的战备会议，会上要修改我们核武部队的一、二、三号作战预案，要变更部队部署，要调整核弹仓库，要建立新的指挥体系，要更改联络方式，还有其他一系列任务，因你对过去的情况比较熟悉，故何司令希望你参加这次会议的前期筹备工作，我们可以随时倾听你的意见，向你咨询有关问题。

这是你建议的？德武眯起了眼睛。

也算是吧，喏，这是你的办公室钥匙，你的办公室还保持着原样，我没让任何人动你办公室的用具；这是你退休时交上来的作战室进门密卡；这是你交上来的作战室内一号保险柜上的密码识别卡。你可以还像过去一样查阅所有文件资料。程万盛把两张绝密卡和钥匙放到了德武身旁的桌上。

如果我不干呢？德武的话语不带任何感情。

没有任何人逼迫你，但我想你绝不愿看到我们998部队在作战方面出现问题，我知道你对这支部队的爱有多深。

这最后一句话让德武的鼻子一酸，顿时失去了拒绝的力量。人做什么事都会日久生情，何况他大半辈子都在这支部队工作，从乌发满头干到两鬓斑白，大半生的精力都投到了这支部队的建设中，他对这支部队的感情真已到了爱似海深的地步。他说话的声音一时也喑哑下来：我这期间还有别的事，我每天大概只能抽出半天时间。

行，半天也行，我们会尽量少占你的时间。谢谢你的支持。程万盛高兴地伸出手想要握别，但德武没碰他的手，拿起那两张密卡和钥匙转身就走。

把程万盛给他的东西在家里放好，再回到金满金盈他们租住的地方时，兄妹俩都已起床，金满已经把早饭做好。因为金盈爱睡懒觉,他们的早饭一向就开得很迟。三个人坐下吃早饭时,德武说了机关要他每天去帮半天忙的事。金盈一听颇不高兴,扭着身子撒娇说:你答应过要陪我的呀!金满倒能理解,劝着妹妹:德武哥虽然退休了,但他是军人,他得听领导的招呼;再说,他每日只去半天,剩下的时间还在你身边嘛。看来金盈的病确有好转,已能听劝,她哥哥说罢,她没再反对,只是吱地在德武颊上亲了一口说道:你可要记住,你是我的!

德武难堪地看了一眼金满,苦笑着对金盈说:我在记着。

从第二天起,每天上午德武去机关里和战备会议筹备组的干部们在一起工作;下午到金盈的住处或陪她说话聊天,或到小区的花园里散步;晚上仍按金满的请求,住在金盈住室对面的房子里,若金盈睡得早,他可以在晚上写一段《现代战争的预警》;若她入睡得晚,他就只好停下写作,陪她半躺在床上聊些她感兴趣的事情,直到她合上眼睛。

重回办公室坐在熟悉的办公桌前,孔德武百感交集。往昔的日子像放电影一样在他眼前展开,每一次回忆都令他伤感不已,一切都因为那些照片,如果没有它们,自己怎会离开办公桌?怎会落到这个地步?一想到那些照片,他对程万盛的气恨就又从心中升起。

战备会议筹备组的干部大都是他过去的下级,都知道他是作战方面的行家,因此对他都很尊敬,先听他谈原来作战预案拟定时的考虑,以及在新形势下存在的缺陷和问题,让他谈在新装备条件下作战预案应从哪些方面做调整。一谈到这些他喜欢的话题,他就来了精神,就不觉间把心中的不快忘到了脑后。

这天上午,他做完筹备组交给他的工作,正要走出办公楼,忽听荆长铭在背后喊他,他有些不耐地扭头,一边看着他向自己走近,一边在心中叹道:我怎么就摆脱不了你和程万盛的纠缠呢。

老孔,听说你又回来工作我很高兴。荆长铭笑意盈盈:开战备会议,你参加筹备首长们最放心——

说吧,有啥事! 德武皱着眉头打断他的话。

还记得我们那天去东方大酒店找的那个涂小蔓吗?

记得,怎么了? 一听这个话题,德武更不高兴。他说过他不想再在这事上耗精力。

我们见她的当晚她就辞职了,而且饭店里没有人知道她去了哪里。

她愿去哪里就去哪里,关注她还有什么意思?

也许她能提供那个拍照的军人的更多情况。

你的脑子是不是出了问题? 查这些还有什么用处? 德武转身要走。

等等。我上午去东方大酒店查他们酒店那晚各进出通道的监控录像,在右后小门的监控录像中看见,当晚零点十分涂小蔓提着提箱由此通道离开酒店,跟在她身后送她走的是酒店餐饮部的一个女经理,可当我向这个名叫方韵的经理问涂小蔓去了何处时,她一口否认和涂小蔓相熟,她说她手下的员工很多,不可能对每个人都熟悉。当然,她不知我已看过监控录像,你说这是不是有点奇怪?

方韵? 德武心头一震。

是叫方韵,这个我没记错。荆长铭以为德武怀疑他的记性。

那你怎么看? 德武不再急着走了,方韵和这个涂小蔓有联系太让他意外了,她们是什么关系? 方韵送那个涂小蔓悄悄走掉,什么意思?

228

我也说不清楚,我急于把这个消息告诉你,是因为我觉着奇怪,涂小蔓为何匆匆辞职?她的辞职与我们见她有无关系?方韵明明为涂小蔓送行为何又坚决否认二人相熟?

　　是有点奇怪。德武既像回答荆长铭又像自言自语。方韵的出现的确令他吃惊,涂小蔓所在的咖啡厅应属餐饮部管,她们相熟是正常的,方韵是涂小蔓的领导,她为涂小蔓送行也属正常,可她为何又否认二人相熟呢?因为荆长铭是一个陌生人,她不愿让一个陌生人知道更多的事情?

　　你觉得我是不是该继续查查?荆长铭皱着眉头。

　　你有兴趣就查呗。德武说罢就走了。但当天晚上,一连串的疑问在他的心头缠来绕去:会有别的原因吗?方韵知不知道那些照片的事?她如果知道,会怎样看待我这个人?涂小蔓辞职是怕再受到打扰吗?方韵为涂小蔓送行是同情她的遭遇吗?由于他被这些问题所缠,和金盈聊天时就有些心不在焉,最后惹得金盈很不高兴,直着眼追问他:你是不是有些烦我了?你要烦我你就直说!弄得德武急忙道歉并宽慰她:怎么会呢,你是我最喜欢的姑娘!

　　也许该再见见方韵,问问涂小蔓向她说过什么。那天晚上躺下之后,他下了再见见方韵的决心。

4

　　他是第二天傍晚时分打车去东方大酒店的。之所以选择这个时间,是因为他怕别人看见他和方韵在一起,他现在可是怕再有绯闻缠上身。

　　傍晚的东方大酒店灯火辉煌,人来人往热闹无比,大堂里说汉语、日语、英语、法语、德语各种语言的人都有。德武戴一顶便帽径直进了上次和荆长铭坐过的那个咖啡厅,找了一个隐蔽的角落坐下,先要了一杯咖啡,然后对送咖啡的服务小姐说:请去叫一下你们餐饮部的方韵经理,就说一位男士想见见她。

那服务小姐迟疑了一下,说:这个时候正是方经理最忙的时候,她未必会有时间来见你。

你就说她的一个好朋友想要见她,有点急事想同她商议。

那服务小姐点点头去了。德武回想着已有多长时间没见方韵了,她对自己的态度会变化到什么程度?她还会生自己的气吗?一个女人对一个男人的好感能保持多长时间?忽然间,他看见方韵仪态万方地进了咖啡厅大门,径向自己走来。她好像没过这几个月的日子,面容、体形、步态,笑意,一如他当初见她时的样子,仍是惊人的美丽,有一刹,德武又有了当初那种被强烈吸引的感觉。真是个尤物! 他在心里叹道。

可能是德武头上的帽子起了作用,要不就是他一直低着头的原因,方韵直走到桌前还没认出他,只听她礼貌地笑着招呼:欢迎你来到东方大酒店,我的好朋友!

德武一边摘下帽子一边起身笑道:看来,冒充方经理的好朋友是可以的。

是你?

德武看得很清,她脸上的笑容是被惊飞的,她好像还后退了一步,仿佛被吓着了。

没想到会是我来看你吧? 德武原来就估计自己的到来会令她意外和吃惊,只是没想到她会是这种表情,怎会是一种被吓着了的样子? 我有那样可怕?

真的没想到会是孔大哥你来了。她字斟句酌地说,笑容此刻才又一点一点回到了脸上,惊走的从容随后也慢慢回到

230

了她的身上,刚才显得僵直的身子又变得柔韧起来,她又变成了一个端庄大方的经理,一个光彩照人的女人。

好久没见了,来看看你。有时间坐下说说话吗?德武指了一下对面的座位。

当然,你能来看我,我高兴还来不及呢。方韵边说边在德武对面坐下,一位服务小姐立刻给她端来了咖啡。

怎么样,工作还顺心吧?德武的目光在对方饱满的胸上一划,急忙又移开了,他再一次感受到了一股诱惑力。他不由得在心中叹道:在男人面前,她真是一块吸力巨大的磁石,男人要在她身边不心猿意马真需要很大的定力。

还行,这个地方比原来那个地方好,孔大哥还在记挂我,我很感动。方韵说罢呷了一口咖啡,动作优雅而美丽。

还在原来租的那套房里住吗?

又搬了一处,新租的房子离这家酒店更近些,上班方便。孔大哥当初给我的帮助我一直没忘,即使你后来坚决远离了我,我也一直在想念着你,你是我遇见的最好的男人。方韵的一双眼睛仿佛升起了雾气,水蒙蒙地格外动人。

德武意识到这样谈话容易给对方一个错觉,好像自己是来再续前情的,于是决定赶紧说明自己的来意。

孔大哥这些日子过得好吗?没想到方韵倒发问了。

好,还好。德武勉力笑着,想起自两人分别后发生的那些事情,心里一时百味杂陈。

像孔大哥这样不喜欢儿女情长的人,正可以在部队上大展身手,做一番事业。

德武自然从这话里听出了点幽怨,苦笑道:我这个年纪,哪还谈得上做事业,人生的黄昏已经到了。倒是你,风华正茂,正可以做一番事业出来,我今天一见你的样子,就觉得你还有更美好的未来。

原以为方韵听了这话会高兴的,没想到她的一双眼睛竟黯淡了下来,只听她低了声说:孔大哥开玩笑,我一个打工女能做什么事业?不过是赚点钱养家糊口罢了。

德武不敢再顺着这话题说下去,怕接下来又是容易让人误解的安慰,便急忙说:我今天来,除了想看看你,还想向你打听一个人。

打听人,谁呀?还有我们共同认识的人?

一个叫涂小蔓的姑娘。

哦?方韵抬起了头。

德武注意到,有一丝东西从方韵的眼里滑过去,那丝东西极像是慌乱和慌张。他暗想自己肯定看错了,她有什么必要慌张?涂小蔓就真是她送走的又有什么关系?

我们这个咖啡厅里过去倒是雇过一个叫涂小蔓的姑娘,不知你问的是不是她?方韵的声音倒很平静。

对,对,就是她。方韵声音的平静让德武一下子消除了心头的各种怀疑,看来,方韵对荆长铭否认和涂小蔓相熟只是因为他是陌生人。

孔大哥打听她干什么?不会是因为她年轻长得靓吧?你跟她打过交道?方韵调皮地笑着问。

哪里会呢?德武的脸红了,要论漂亮,她比你差得远了。

孔大哥是在安慰我,想当初孔大哥那么决绝地远离我,除了你做人正派之外,我猜,可能也与我容貌不合你的美学标准有关,要不,你也不会这么急切地打听涂小蔓了。

可不敢瞎想。德武急忙笑着摆手,我打听她可不是因为她长得美,只是因为她过去参与过涉及部队的一件事情,有朋友想找她问问情况。

真的？方韵瞪大了她好看的眼睛。

那还有假?!

我可是听说,男人看女人,各有各的爱好,在男人那里,美女并没有统一的标准,一个男人看着美的女人,另一个男人可能毫无兴趣;反之,一个男人看着丑的女人,另一个男人可能会视为宝贝。

德武心里暗暗叫苦,莫不是涂小蔓给方韵说过她坐他腿上的事?

孔大哥给我说句真话,你是不是真的喜欢上涂小蔓了?要是真的,我可是为涂小蔓高兴。

方韵,你还不了解我吗?你应该能感觉到,我要不是军人,要不是受军纪约束,我早到你身边了! 为了打消对方的误解,德武一下子说出了这句话。

话到此处,方韵的双颊艳如红绸,她这才收起脸上的调侃,郑重地说:不巧得很,涂小蔓她前些日子由这儿辞职了。

是吗? 知道她去了哪里?

不清楚,打工的人都想找个工资高的事情做,我想她应该是找到比在这儿挣钱多的活了。这种事,当事者不说,我们管理人员是不好问的。

那是那是。

孔大哥,隔壁就是酒吧,我们过去喝杯酒吧,多天没见你,心里真有些话想向你说说呢。

不了不了。德武急忙站起,他可不想与她更深地交往下去,当初为从她身边离开,付出了多大的心力生出了多少苦恼,他记得很清。我知道你晚上都很忙,就不打扰了……

在和方韵分别返回的途中,德武在心里说:这件事到此为止,以后再不要为此同荆长铭啰嗦,他愿怎么做就怎么做,自己再也不掺和了。

　　当晚回到金满兄妹租住的房子里，他注意到兄妹俩的神色中都带了点紧张的情绪，他不知是因为金盈的病又有了变化，还是自己不在时发生了什么事。见他俩都没说什么，他也不好多问，便像以往一样地坐在金盈的房间里，准备和她闲聊以帮她度过临睡前的这段时光，不想他刚坐下，她突然说：你身上有股女人香水的气味！

　　怎么会呢？他笑了。

　　你一定刚刚和一个女人接触过，要不然，你身上不会有这股味。

　　德武心里想：我又没和方韵有身体上的接触，她怎么能闻到香水的味道？奇怪了？便再次一笑说：别瞎猜。

　　我不是瞎猜，你至少和一个女人握过手，要不然这味道上不了你的身子。

　　德武不由得一惊：自己的确和方韵握过手，可握一下手就能留下对方所用香水的味道？这个有病的女人真有一种病态而神秘的嗅觉。

　　说吧，是个什么样的女人？

　　一个过去认识的朋友，我去看看她。德武只好说出来。

　　旧日的情人？一个美丽的姑娘？

　　瞎说了。只是一个相熟的朋友。

　　年轻吗？

　　和你年纪差不多。

　　不会无缘无故地去看一个年轻女人吧？

　　找她打听个人。

　　打听到了？

　　如果换一个人这样追问，德武会受不了的，可面对金盈这样一个病人,他只能忍受而且给予回答:没有,她也不知那人的下落。

哦?那怎么办?

那就罢了呗,又不是多么重要的人物。

原谅我这样问你。金盈由床边向他所坐的沙发走来,一下子扑到他怀里,声音颤抖地说:我害怕失去你,这个世界总是拿走我得到的东西,我害怕他们把你也拉走,如果你也离开了我,我只有死……

不会的。德武轻拍着她的后背宽慰她,谁也把我拉不走。他嘴上虽在这样说,心上却在叹息:这种演戏的日子什么时候才能结束?孔醒,为了让你留学,爸爸陷入了多么难堪的境地。金盈,但愿你的病能早日痊愈,你快快好起来,好起来吧……

5

荆长铭决定让手下的一个干事跟踪方韵。

他估计那个涂小蔓没有离京,方韵和她应该还有联系。他所以这样判断,缘于方韵矢口否认和涂小蔓相识的态度。你亲自送她走却又否认相识,这里边不可能没有问题。只要能找到那个涂小蔓,事情就有可能弄清。事涉孔德武和程万盛,荆长铭一定要彻底弄清真相。

几天后的一个晚上,那个负责跟踪方韵的干事给荆长铭打来电话,说他有重要发现。荆长铭一喜,以为他在跟踪方韵的过程中发现了涂小蔓的住处,忙高兴地问:找到了?那干事说:并没有找到涂小蔓,但在跟踪方韵时,无意中发现退休的孔德武局长和一个年轻女人住在福来小区七号楼一套租来的房子里。

什么？荆长铭吃惊了,你没有看错?

当然,我还能把孔局长看成别人?要不,你现在来看看?

好,你等在那里。荆长铭匆匆下楼向福来小区走去。半小时之后,他就在福来小区七号楼下的一片暗影里找到了那个干事。那干事向二单元五楼的一个窗口指了指说:昨天晚饭后,我发现方韵从东方大酒店出来后没有回她的住处,而是向海盛小区的一栋商住两用楼走去。我跟到那里,注意到她进了一个中年男子的家里。她在那儿没停多久,就又出来向回走。我觉得这个男的值得我观察,就留在那里没动,不久,那男的出来,向另一个方向走。我想我应该跟上看看他是要去哪里,他会不会是去找那个涂小蔓。我一跟就跟到了这儿,我本以为会在这里看到那个涂小蔓,没想到却看见了孔德武局长和一个年轻女子在一起。

荆长铭的脸立时阴沉下来,轻了声说:那女子可能是他的什么亲戚,在没弄清之前,这件事对谁都不能说。那干事点头答:明白。

荆长铭决定亲自来弄清这件事。第二天天还不亮,他就让部里的司机开了一辆挂有地方牌照的小车,载他径直到福来小区,在能看见七号楼二单元进出口的一处僻静地方停下,叫司机先回机关,自己坐在车后座紧盯着进出口。果然,天亮之后,他看见孔德武下来去小区的早点铺里买了早点,然后又上了楼。大约八点来钟的时候,一个披散着头发的年轻女子推开了五楼的阳台门,走上阳台舒展腰肢,德武随后也上了阳台,两个人并肩向远处凝望,女子随后倚在德武身上,状极亲密。荆长铭看到这儿,在脸上浮一个冷笑,在心中叫:孔德武,你的胆量可真不小,把小蜜养在离部队驻地这么近的地方。

上午十点半左右,荆长铭又看到孔德武和那女子一前一后地走下楼,在小区的绿地甬道上散步。那女子挽住孔德武的手臂,偶尔还侧身在孔德武的脸上亲一下。荆长铭直看得血往脸上涌,气极地在车里低声叫:孔德武,你口口声声说别人冤枉了你,我现在才知道,你是一个伪君子,敢做不敢当,我还以为真冤了你,到处明察暗访地想为你申冤,我真是一个傻瓜!……

长铭一回到机关,就径直去找程万盛,通地推开了他办公室的门。

呦,纪检部长驾到,有失远迎了。程万盛笑着给他泡茶递烟。怎么,得闲了?

荆长铭也不说话,只冷着脸大口吸烟。

不会是找我进行诚免谈话吧?

我弄明白了!

弄明白了什么?程万盛不明所以。

孔德武的确在男女问题上出轨了!

证据?!程万盛脸上的笑容消失了。

我亲眼看见,他在福来小区养了一个小蜜。

程万盛没有应腔,只是把脸埋进他的大茶杯里喝着茶,一口又一口,好像渴得厉害。

说呀,怎么办?轮到荆长铭催了。

还能怎么办?俗话说,劝戒烟劝戒酒不能劝戒淫,再好的朋友,一劝这个必然翻脸,实话告诉你,我几天前也已在福来小区看见过他和那女的在一起。

你知道了为何不告诉我?

这种事传开了好吗?程万盛叹了口气。

现在看,你第一次的做法很对,要不,他虽可以提升,但肯定要出大事。

什么第一次？程万盛眼瞪大了。

你现在就不必再瞒我了，没有你让人拍的那些照片，我可能还发现不了他养小蜜的事。我原来不相信是你干的，还想为他申冤，这会儿看来，你做得对，而我是一个傻瓜！

这么说，你真的认为是我派人拍的那些照片？我可真是有口莫辩了。我怎么会去干那种事？程万盛有点急了。

现在去争这个没有意义了，他既然敢养小蜜，还不敢把姑娘抱坐在腿上吗？我今天来是想跟你商量怎么办？就让他这样为所欲为吗？

他已经退休了，还能怎么办？只有赶紧让樊怡嫂子回来了。

我必须管他！荆长铭发狠地挥了一下手。

你怎么管？

还能没有办法了?!

6

998 核武部队经周密筹备的战备会议整整开了三天。这个高度机密的会议开得顺利而富有成果，何司令非常满意。会议结束的当晚，何司令专门宴请会议筹备组的全体人员，以示谢意，还专门让秘书把没参加会议只参加筹备工作的德武也拉了去。德武先想不去，后看那位秘书诚恳相邀的样子，觉得拒绝了太过分，便去了。

酒宴上，患高血压高血脂的何司令先开口说：按说请你们喝酒我该先举杯，可上周医生为我抽血时发现血里油多得吓人，我只好照医生的嘱咐办，只喝猕猴桃汁。酒过三巡之后，何司令却又让服务人员倒了满满一杯酒,走到德武面前说:小孔,谢谢你退而不休,仍为部队的战备尽心尽力。这次会议,在我们998部队的历史上具有里程碑的意义,你为会议所做的工作,我这个老头子会记住的!来,今天我违背医生和孩子他妈给我定的戒律,敬你一杯酒!

德武急忙起身说:首长,你还是喝猕猴桃汁吧。

一杯酒估计还送不了我的命,来,我这是想表示个心意。

德武只好举杯去碰,碰完一饮而尽,照说他此刻该讲点什么,但他只是礼貌地笑笑,没说话,说什么?说感谢何司令处理了我,使我有机会在退休后再为部队服务?他一看程万盛笑意盈盈地坐在何司令身边就有气,不由得在心中叫:何司令,你真是忠奸不辨哪,你竟然没看出程万盛玩的手段,让他整人的计谋得了逞……

何司令自然从他的举动中看出了他心里还有气,但也不好再说什么,只是无言地拍拍他的肩膀……

酒宴一结束,德武就匆匆离开了。他先回了一趟家,想在家里给樊怡和孔醒打个电话,问问她们的近况,顺便把金盈病情有好转的情况也告诉她们。没想到荆长铭会等在他的家门口,他刚从电梯里出来,荆长铭就迎过来说:德武,我等了你好长时间。

又有什么事?心情本来就不好的德武这个时候看见荆长铭,话里便带上了火气。

有点重要的事!

还是那个涂小蔓和方韵的事?告诉你,我对这些不感兴趣,我烦你总是跟我说她们!德武的声音不由得高起来。

别,别,咱们进屋说。荆长铭倒不急不火,只是含笑示意德武去开门。德武满脸不高兴地把门打开,也没有礼让荆长铭先进,只管自己进了屋。

我得先喝点水。荆长铭反客为主,去冰箱里拿出一瓶矿泉水,兀自打开喝了起来。

说吧,什么事?

你先坐下。荆长铭指着沙发,好像他是这套房子的主人。

德武耐着性子坐下,等着他开口。

老孔,在说这件事之前,我想先提醒你,樊怡对你可是不错!

你说这话是什么意思?我老婆对我好不好还用你来提醒?德武脸上有了怒气。

你别发火,我所以先说这话,是因为这件事牵扯到她。

牵扯到她?什么事牵扯到她?德武吃惊了,一时不知他指的是什么。

我们都是男人,这种事不用多说,我想你应该能明白我说的话,你不能做对不起樊怡的事,樊怡对你,那绝对是一个好妻子!荆长铭的脸严肃起来。

我啥时候做对不起樊怡的事了?德武一听这话头立马炸了,他呼地站起身来:荆长铭,你说话可要负责任!

我当然不会无中生有,我亲眼看见,你和一个年轻女子在一个小区的草坪上散步,她半倚在你的身上,样子极为亲密。

德武有一刹愣在那儿,随即明白他指的是金盈!说实话,他虽然自认在金盈这件事上问心无愧,不过自青坳观那晚的事情发生后,他心里也着实有些发虚,不愿让别人知道他在照顾金盈,没想到荆长铭不仅知道而且还来警告他,把他和金盈的关系完全看成了情人关系。他顿觉满腔都是怒火:你跟踪我?

荆长铭淡淡回道:你愿怎么理解都可以。

你凭什么？

凭我是你的战友。

狗屁战友！真是战友你会这样来理解我的行为？你把我看成什么人了？你为何就不能把我往好处想？

我希望你能尽快离开那个女的！

走，你立马给我走！德武指着门冷声道。

德武，你冷静一下，你不能对不起樊怡！你该听我一回！

滚！德武厉声朝门口一指。

德武，你——

快滚！你今后再也不要给我打电话，你当你的纪检部长，我当我的退休干部，我永远也不想再见到你！

荆长铭无奈地摇摇头，只好起身向门口走，他刚一迈过门槛，德武就上前"砰"地一声关上了门。

门关上之后，德武背靠在门上，闭了眼睛半晌没动。荆长铭这样看我，别人会不会也这么看我？他们会不会说我有意把妻子支去国外，然后和金盈混在了一起？当初让孔醒出国留学，是一个正确的主意吗？就是孔醒不出国，金满让我帮他照顾妹妹，身为战友，我能拒绝他？我唯一错的，是不该让金盈移情于我……

手机响了，是一个新号码，他打开一听，竟是程万盛的声音：孔大哥，我现在外边办事，长铭给我打电话说了他刚才见你的经过，你现在还在自己家吗？是一个人在接我的电话吗？

有话就快说！德武的声音里依然满是怒气，这两个人看来是不想让我安生了。

你是一个人在听我的电话吗？

是的，有话快说，有屁快放！

我觉得长铭说得有道理，你应该按他说的办！对方倒没有生气。

程万盛,我告诉你,我不需要别人教我该怎么做事怎么做人,我已经活了五十多岁,做人做事的道理我多少都懂一些,请你和荆长铭别再为我费心,你好好当你的将军去光宗耀祖,别管我这个普通的退休干部! 你记住,我和你还有荆长铭的战友缘分已经完结,从今以后我们只是同过路的人! 我做的事我自己负责,不需要你和他再操一丝一毫的心。说完,他没待程万盛再讲什么,便立刻关了机⋯⋯

7

德武这晚回到金满兄妹租住的地方时,怒气还没全从脸上消去。正在为妹妹煎煮中药的金满见他进屋,忙端过来一杯用菊花泡的茶说:来,刚泡的,喝一点败败火。他勉力一笑,接过茶杯,顺便在金满的身旁坐下。

小盈刚才还在问你去了哪里,我告诉她,孔大哥这些天有公事。

德武点点头:她今晚的情绪如何?

还行,这会儿在安静地看书。看你的脸色,是遇到不顺心的事了? 金满注意地看了一眼德武的脸,笑着问。

唉。德武忍不住叹了口气。

是因为公事还是家事?

德武摇摇头:既不是公事也不是家事。

哦,那是什么事? 金满笑着。

嗨,不说它了。德武摆了摆手。

说说又有何妨? 保不准我还能为你出个主意呢。

有人误解了我和金盈小妹的关系。德武只好说出来。

是吗？金满停下了对药锅里中药的搅动。怎么个误解法？

还不是那一套，说我和小妹是情人关系，说她是我养的小蜜。

谁这样无聊？

有些别有用心的人总在盯着我。德武挥了挥手，咱不去管他们怎么说，咱只管把小妹的病赶紧调治好。

抱歉抱歉，你为了金盈的病名誉受损，我心里太不安，要不我去找误解你的人做个解释？

这种事能解释得清楚？德武苦笑了一下，罢，咱不理会他们！

要不，我和小妹回澳大利亚吧。金满看着德武说。

德武听了这话，心上顿时有些轻松，是呀，只要他们一走，荆长铭和程万盛就无法造谣编排我了，只是那样合适吗？金盈的病仅是有些见轻，还没完全好，现在走会不会前功尽弃？人家对樊怡和孔醒那样好，咱能这样做吗？别，咱不能让金盈的病情再反复。他朝金满坚决地摇着头。

谢谢了……

这天晚上，德武因为生气，入睡很慢。待他终于响起鼾声进入梦乡，却看见父亲拿着一根黄瓜慌慌地向他跑来。爹，你这是干啥？这是醒脑瓜，你快吃了。爹急急地把黄瓜朝他递过来。他伸手接过，正犹豫着要不要朝嘴里填，不防一群满脸乌黑的人跑了过来，不仅伸手夺走了那瓜，还一齐向父亲扑去，用绳索把父亲绑了起来，架起来就走。爹——他惊慌地喊着去追，平地、山道、大河，他追得跌跌撞撞惊慌万状。这惊慌让他脱离了梦境，一下子醒了过来。

他躺在床上喘着粗气，梦中的场景还没有完全隐走。

真是怪了,竟做这样离奇的梦。他长长地叹了口气。

他就是在这时听到一阵低低的笑声的。有一刹,他没辨出那笑声是来自梦中还是现实,谁笑得这样轻松?但渐渐地,他听清了,是金盈。她在笑?他一怔,除了在青坳观碧水溪畔听过一次她的笑声,他差不多再没听见过她这样脆的笑声。

惊奇使他急忙起身轻脚向金盈的门口走去。现在听得更清了,是金盈,尽管那笑声抑得很低很低。她能这样笑,就是病好的表现。他高兴地想,同时抬手去轻轻地敲了敲她的卧室门。

那低抑的笑声戛然而止。

金盈。他轻轻地喊。

没有回答。

金盈。

依旧没有回声。

笑得那样轻松的人会立马睡着?

是我听错了?

问问金满是否听到了,若是他没听到,那就是自己幻听了。他于是轻步向金满的住室走去,又轻轻敲响了他的门。

也没有回答。

金满,是我。他低声喊。

还是没有回答。

睡得这样沉?罢,罢,就别再惊醒他了。德武走回自己的房间,默坐在床沿许久许久,整套房子都沉在极度的安静中,只有偶尔从远处传来的夜车驶过街路的响声。

肯定是我听错了,金盈怎么可能笑得那样轻松,完全像一个正常人?……

德武再次醒来是凌晨一点,睡得很沉的他是被金满摇醒

244

的,怎么了？德武呼一下坐起身来。

金盈刚才突然说她在房子里发现了一个似人非人的东西,而且听见它不断发出嘶嘶的声音,我估计是她的精神又出了问题。为了让她尽快安静下来,我们现在就换一下住的地方,我平时谈生意的那套房子也可以住人,我们现在就过去。

她愿意在这个时辰换住的地方？

她已经下去,在等着我们。

是吗？德武急忙下床穿衣。好在他在这套房子里没放什么东西,他只需提上他写作的手提电脑就行。下楼时,金满示意他轻手轻脚,以免惊动邻居。下到底层,德武看见黑暗中停着一辆出租车,金满轻拉车门让他坐进了后座。

已坐在后座上的金盈这时一下子扑进了他的怀里,低低地叫了一句:我害怕……

德武感觉到她的身子在瑟瑟发抖,于是急忙轻拍着她的后背安慰道:别怕……出租车就在这时轻声启动了,车灯没开,只有轮胎发出轻微的声音。德武那一刻在心里想道:这很像部队在搞撤离演习……

风　狂

　　这也是一个离德武的机关不远的小区，叫海盛园。只是这个小区更大，塔楼更多，住的人口更密集。他们的车径直开进一座六层小楼的地下停车场，然后坐电梯升到六层。这里有几间卧室，每个房子里都有床有被，他们进了屋简单收拾一下，对金盈作了点安慰，就分室而睡了。她大概已经累极了，没有再要求德武陪她睡。德武躺在床上，回想着刚才匆匆转移住处的举动，不觉暗中苦笑了一下，人得了抑郁病可真是麻烦，但愿自己的亲人中再无人患这种病。黑暗中，他听到细雨飘落窗台的声音，下雨了。在干旱少雨的北京，听到雨点滴答的声音总让人心情愉悦。

　　不知过了多久，他才又向睡乡沉去。就在他将睡未睡要把意识完全交于睡眠的当儿，一阵极轻微的脚步声响进他的耳朵，起初他以为是梦境中的声响，没有停止向睡乡下沉的速度,但一声低低的门响让他耳道一震,军人的那份警觉使他睁开了眼睛,透过半掩的屋门,借着夜光,他瞥见金满正蹑脚由金盈屋里出来,向他自己住的屋子里走。他这是干啥?在看金盈睡熟了没有?担心她的病情有了变化?

还没见过他如此蹑脚走路的样子。唉,他这个哥哥当得可真不轻松。

他没有了睡意。

在床上又睁眼躺了一阵,他决定不再睡了。干脆起床打开电脑,写起了他的《现代战争的预警》第十一章。按照原来的计划,这一章写预警信息发送的特别对象。这种特别对象中,首要的是参战的机器人。与传统的战争相比,新型战争的参与者除了男军人和女军人之外,还有非男非女的机器人。如今,由于机器人技术的成熟,用于作战的机器人数量大增。作战机器人具有超强的夜视能力,身上可以安装摄像机、传感器和可致人死命的武器;特别是在城区作战中,机器人的威力巨大,能够独自在街道上穿行,可以自如地应付十字路口、车辆、行人和路标,能够进行巡逻和三百六十度监控,能够随时准确地对目标发射子弹;且不会在站岗时打瞌睡,不惧怕危险,不会临阵逃跑,能够负重几百公斤而毫无怨言。发出预警信息时,不能忘了他们,要同时向各类机器人指挥室发送预警信息,以使机器人能立刻充电并做好出击准备……

一直写到天色大亮。他起身揉揉眼睛,看到自己房间的另一扇门,通往一个大露台,露台上有一个撑开的遮阳伞,细细的雨点砸在遮阳伞上,发出一种好听的响声。他不由自主拉开门走过去,直走到遮阳伞下。细雨和晨风使德武立刻感受到了一股凉意,浑身的肌肤顿时一缩,让他打了个响亮的喷嚏。站在遮阳伞下,他一边做着扩胸动作,一边四下里望着。

雨中的京城一片迷蒙,城市正从夜晚的梦中惊醒,街上的车辆正在增多,撑伞的行人正往街面上汇聚,远远近近的高楼里,亮灯的窗户正在快速变密,沉寂的市声开始逐渐恢复……

德武的目光随身体缓缓转动,倏的,他的目光一定,由他此时站立的位置向远处看去,经两栋高楼之间的缝隙,他看见了998部队的大门,看见了大门里自己常常进出的那座办公大楼。嗨,这角度真是巧了。他禁不住低叫了一声。

昨晚睡那样晚,干吗起这样早?潘金满这时也经由另一扇门走上了露台,对德武打着招呼。

我睡不着,嗨,你来看,站在这个露台上,能看见我们部队的大门。德武一边指着方位一边说出自己的发现。

是吗?这样巧?潘金满顺着德武手指的方向看去,脸上有什么东西一闪而过。

这是什么?德武指着几个安在露台上的不大的类似电视接收器的物件问。那些锅状的小物件像极了雷达天线。

哦,这是我雇的会计师安的玩意儿,那家伙是一个无线电迷,整天爱捣鼓这类东西。走,进去喝杯咖啡。潘金满提议。

两个人进屋时,金盈已在厨房里煮咖啡了。德武注意地看了看她的面孔,没有发现烦躁不安和阴沉不快的影子,不由得舒了一口气,看来还行,昨晚的转移住处并没有给她的情绪带来影响。金盈端着两杯咖啡进来时,金满说,我去做早饭,你俩边喝边聊。

我不喜欢下雨天。金盈在德武的对面坐下,叹一口气。这雨丝一飘,我心里就容易又烦又乱。

德武笑笑:你得适应天气的变化,天总是要下雨的。

你说得是。她注意到他的电脑在开着,伸手拿住鼠标,一边看着他刚才写的那几节一边问:刚换一个地方,写得顺利吗?

还行吧。德武又仔细地看了看金盈的神情,发现她的眉心里汪着一丝紧张和不安。但愿她的病不会再发作。其实下雨在北京是难得的好事,近些年,北京的降雨量不断减少,水库里的水位多有下降,旱情是越来越重了,下雨会让北京人如释重负。德武想缓解她对下雨的那份不快。

可这跟我没关系,我喜欢天天能见到太阳。

要是天天都有太阳,那农人和庄稼可就麻烦了,田地没有雨水的滋润,还能长粮食? 没有粮食,你我都要饿肚子。如果你能想到农人对雨水的盼望,站到他们的角度去看天,你就会为这漫天雨丝的抛洒感到高兴。再说,老不下雨,空气过于干燥,对你们女性的皮肤保护也不好呀。

那倒也是……

德武和金盈两个人的话题飘来飘去,一会儿说这深秋的细雨,一会儿说前不久离开的青坳观,一会儿说京城的空气,德武感觉到,她的心情在这样的闲聊中慢慢变好。但愿她的病情持续稳定下去并最终痊愈,让她的哥哥和我都得到解脱。

金满做好早饭,三个人吃完后,金盈又拉着德武聊天,大约是到了半上午的时候,她去了一趟卫生间,回来后说:德武哥,我想问你几个问题,可以吗?

德武以为她又要问些病人要问的奇怪问题,就说:问吧,想问什么就问什么。

你过去说到核武部队,我想知道,我们的核武部队究竟有多大规模?

德武笑了笑:可以这样说,足够任何想向我们发动核袭击的国家感到恐惧,我们要的就是这种威慑力。你怎么想起问这个问题了?

关心关心国家大事，我虽然有澳大利亚护照，可说到底我还是个中国人。

那对那对，一个人想大事多了，就不会为小事烦恼了。德武急忙附和着。

最近，我听广播里说，美国詹姆斯顿基金会有一份关于中国军队的简报，那简报认为，随着中国东风–31和东风31A型陆基洲际导弹技术日渐成熟，中国战略核武器的威慑可靠性正呈上升势头。他们说得有道理吗？

差不多吧。德武笑了：没想到你对这些问题还如此感兴趣，能留意到这些消息，这可不简单，一般女士可是不关心这个。

我们国家核武部队的规模肯定比不了美国和俄罗斯，应该和英国、法国的水平差不多吧？

这个嘛，不太好说。德武斟酌着词句，你可以这么认为。

我不想要这种笼统的回答，我想要个比较精确的数目，比如，有多少固定导弹发射井，有多少移动发射车，远程洲际弹道导弹有多少，中程弹道导弹有多少，短程导弹有多少，巡航导弹有多少，有几艘可发射核导弹的潜艇，有多少可执行核弹投放的轰炸机，各种当量的核弹各有多少。

德武先是一怔，随后又笑了，一个抑郁病人的思维真是奇怪：你了解这么细干什么？想指挥核武部队打仗？当一个核战指挥员？

当然是有用了。她说得一本正经。

什么用处？说来我听听。德武脸上带着点对病人逗乐的笑意。

这个我以后会告诉你，我现在是希望你把我想知道的内容都告诉我。她仍然说得一本正经一脸认真。

你一个女孩子,不需要知道这些,你应该更多地关心音乐、舞蹈、影视信息和读书,特别是多读一点经典文学作品,那对你改善心境有好处;何况,你问的这些内容,我也不知道。德武用的是唯恐对方生气的语调。

你知道得很清楚,你当过中国 998 核武部队的作战局长,这些内容都存在你的脑子里,你如果连这些都不知道,还怎么当局长,怎么去指挥打仗?

德武再次一怔:我好像从来没告诉过她我是做什么的,她一向对任何事情也都漠不关心,怎么会知道我的职务?也许是她哥哥告诉她的,她记住了?

说吧,我很想知道那些内容!她催着。

如果她不是一个病人,她这种说话的口气早就令德武发火了。可有什么办法,跟病人打交道你只能忍耐。

你没听清我的问话吗?

听清了,既然你知道了我的职务,那我就告诉你,你说的那些内容我的确知道,但它们是国家的核心机密,核心,懂吗?是有关我们国家安全的最重要机密,因此,我不能告诉你,何况你知道那些也确实无用,它们对你身体的康复毫无益处。德武耐心向她解释着。

对我有没有用处咱们以后再说,我只问你愿不愿给我说这些内容?她显得异常执拗而认真。

你真的不需要知道这些。德武依然笑着。

你只说你愿不愿告诉我吧。她的声音里带了点威胁的味道,这让他的心里一沉,她可不要钻牛角尖,为这个问题毁了她的好心情。

你愿听实话吗?

你说吧。

我不愿,我也不能,希望你能理解。德武说道,话虽说得坚决,但语气仍然轻柔,生怕惹了她生气,使她的病情加重。

如果我强迫你说呢?她的神情也冷了下来。

德武再次笑了:我相信你不会强迫我的,我们不是好朋友吗?你觉得强迫朋友做他不愿做的事好吗?他想转移话题,他感觉到这个话题太容易闹僵了。

可现在看,不强迫你是不行了。

你怎么强迫?他宽容地笑着,以为她在说着"病话"。

如果你不告诉我这些内容,我就要对外人包括你们998部队的人说,你借照看我之机偷窥我、猥亵我、强奸我!据我所知,你在这方面可是有前科的,你的没有提升和提前退休就是因为这方面的原因,说出去你部队的人肯定会相信!

什么?德武脸上的笑容先是一下子凝固,之后就被惊骇替代了。

你忘了前些天在青坳观我夜晚小解时你看我的样子了吗?你忘了你抱着赤身的我的情景了吗?你用手触摸我的双乳和下身,你一夜强暴我几次!你故意安排这一套房子,迫使我和你同居,天天玩弄我的身体,即使我俩白天散步,你还要和我做亲密举动,你利用了我们对你的信任!

你——你……德武从来没想到她会说出这么一番可怕的话。

而且你最初是在道观里对我做这些事情的,那可是净土,传出去你在家乡也势必会身败名裂!

德武这时除了把眼惊恐地瞪到最大,再也不能做别的动作。她说这些的语调是那样的冷静和冷酷,和平时病中的她完全判若两人,简直和一个要置人于死地的正常人一模一样。

你仔细想想吧,说还是不说。她说罢站起身来,在屋里来回蹀步，她平常的病态已一扫而光。不说，你的名誉名声都将彻底毁了；而说了，你什么都不会损失！

这一定是见了鬼了！德武一边在心里疑惑，她究竟是真有病还是假有病？一边向隔壁高叫了一声：金满！他现在只能向他求助了。他怎么会有这样一个妹妹？一个有如此病态心理的妹妹？一个如此恩将仇报的妹妹？

金满在隔壁"哦"了一声，慢腾腾走过来推开了门问：孔大哥，有事？

德武向他指了一下金盈，你问问你妹妹要干什么？声音中不由得带了气。

小盈，你想干什么？金满看着他妹妹，面带着一缕莫明其妙的笑意。

我想让他告诉我点有趣的东西，是关于998核武部队的，他明明知道，却不告诉我。

那孔大哥就告诉她吧，反正那些东西存在你脑子里不也是闲着？金满笑着。

德武更有些吃惊了：你怎么能说出这话？你是当过兵的人，你难道不知道部队的保密规定和纪律？我怎么可以把国家的核心机密告诉你妹妹呢？她一个病人知道这些有何用处？

你没把用处告诉孔大哥吗？金满依然满脸笑容地看着金盈。

好吧，我本来想以后告诉你的，既然你执意要问，那我就说明吧。你如果告诉了我这些情况，我会卖出很多钱，然后分给你相当一部分！

卖钱？德武惊得眉毛都飞走了。你究竟有病没病？你说的是真话还是病语？

你想知道的事情太多了,好吧,那我就把真情告诉你,我没病,我说的全是真心话!

德武更为惊异,他转向金满:她把我给弄蒙了,她真的没病?他以为金满是要摇头的,但没想到是,金满竟然点了头。

德武彻底呆了,不相信地喃喃着:你是说她这么多天的所有病态都是装出来的?

那金盈这时笑着:怎么样?我装得还像一个抑郁症患者吗?没露破绽吧?

这话让德武像挨了一砖似地跳起来叫:潘金满,你搞什么鬼?她既然没病你为何骗我说她有病?让我这样小小心心地照料她这么久?你安的什么心?

别急嘛。金满笑着说:不用这个办法,你会老老实实和我们在一起待这么多天?你会和金盈谈核武器的发展变化?你会上她的床?

你无耻!德武怒不可遏,他根本没想到他赤诚相待的战友竟然这样欺骗自己,你为何要这样对我?为什么?

别激动嘛,听我慢慢给你说原委。潘金满倒没生气,指了指椅子让德武坐下,我们所以这样对你,归根结底因为你是998核武部队的作战局长,如果你不是作战局长,你想让我们这样费事找你,我们也是不会的,我们这样千辛万苦费尽心机,就是希望从你这里了解一些关于中国核武部队的真实情况。

这么说,你来京打电话找我叙旧,帮我女儿出国留学,带你装病的妹妹回国,都是预先计划好的?德武忍住胸中的怒气问。

你猜得很对。

德武倒吸了一口冷气,他现在才明白他遇到了什么,他无

254

比震惊地看住潘金满,因为过度吃惊而一时不能发声。我竟然真的遇到了间谍?! 间谍竟然是这样的,是自己曾经的战友,是热心帮助过自己的人,是自己赤诚相待的人。过去,部队保卫和情报部门一再提醒机关干部,说间谍在我国活动频繁,德武听了总觉得那是离自己很远的事,觉得凭自己多年的历练,如果他们来到身边,必能一眼识破他们,而现在自己竟然和间谍在一起生活了这么久却浑然不知,还把他们当成了挚友和恩人,给了他们最细心的照顾,一点也没看出他们玩的把戏,一点也没看穿他们的伎俩。我真是昏了头了! 天哪!

雷炸响

1

雨还在下,但依旧不大,雨丝被风吹斜,像悬挂着的纱。

是不是有些意外?金满笑问,满脸的得意。

依德武心中的那股怒气,他真想扑过去狠捶对方一顿,你竟敢如此玩弄我对你的战友之情和信任。但他知道,那种泄愤的举动已于事无补,现在要紧的是拿出应对他们的主意。除了金盈刚才说的那些内容,你们还想了解什么?

凡是你一个作战局长知道的事情,我们都想了解,比如说你们998部队的各套作战预案;下属各作战部队在各预案中的任务;核战启动程序和密钥;各处核弹库存及开库密码;陆上各核武部队当下的位置和战备等级;战略预备部队位置及装备情况;发射洲际核导弹的潜艇基地和战时位置;担负核弹投放任务的飞行团的位置和战时起飞计划;国家第一,第二,第三,第四,第五指挥所位置和展开时机;一至九号军队指挥员战时位置;国家一号至九号首长的战时位置;与国家一号首长的直接联络密码;战时大城市的防空措施;战争预警系统的运作等等。

还有吗?

当然是越多越好,还有战略核潜艇的联络密码和方法;战时对敌方卫星可能采取的措施;核材料的存放地及其安保规定等等。

还有吗?

再就是一旦台湾宣布独立,你们对台湾作战的详细计划,包括兵力编成和火力计划,短程导弹和巡航导弹的使用数量等等。

很全面嘛。德武忍不住冷笑了一声。

这些东西都谈完之后,我们可以再继续聊,但凡你知道的军队情况,比如信息战部队的编成及部署位置;网军的编成及所在位置;预警机平时停放的机场;北京、上海、广州、深圳、天津和重庆的战时疏散方案等,我们都有兴趣。

谁派你们来的?

按说现在还不需要告诉你这个,但考虑到我们的战友关系,我可以——

别提"战友"这两个字! 德武嫌恶地叫了一句,只说谁派你们来的!

我的公司。金满答得很干脆。

你的公司? 德武瞪住他,你开的不是留学中介公司吗?

实话告诉你,留学中介只是我的掩护职业之一,我那个公司的真正业务是情报买卖,如今,世界上有许多做情报买卖的公司,有的公司一年的利润可以和一个巨大的实体企业相比,赚的钱多达数十亿美元。

你从我这里弄情报完全是为了卖钱?德武让自己的声音尽量平静下来。

是的。

怎么会干起了这个?

暂时还不想告诉你。先回答我的问题吧!

其他赚钱的机会有的是。德武说。

人各有志,我刚才已经告诉过你,这个行当是世界上赚钱最快的行当之一,我的一个熟人去年干这个就赚了七千万美元。

你已经赚了多少?

这属于商业秘密,不过你既然有兴趣了解,我可以简单向你透露一点。五年前,我在上海搞到了一项生物科学研究情报,除掉各项开支,净赚了一百三十万美元。四年前,我在广州搞到了一项医疗技术情报,净赚了一百一十万美元。三年前,我在北京搞到了一份航天技术情报,净赚了八十万美元。

德武心中惊道:利润还真是丰厚!

和军事情报的利润相比,经济和政治方面的情报还是差得很远,世界上愿意买军事情报的买主也更多,也是因此,我转了方向,而且想起了你。

什么人对中国的军事情报感兴趣?

对中国军事情报感兴趣的人多了,只要我手中握了这方面的情报,买家很快就会围上我,成堆的买家。

你会卖给谁?

谁给的钱多就卖给谁。

总共有几个买家？都是哪些国家？

总共有几个买家你不必知道，我能告诉你的是，我们一般不直接与某个国家的情报机构打交道，因为那有风险，他们有时会变脸，会与利益相关的国家联手对付人，所以我们通常只和情报公司和私人军事公司打交道。

私人军事公司？德武一怔。

孤陋寡闻了吧？金满有些不屑，告诉你，现在，战争的运作也不断私有化和外包，很多战争看上去不再是国家行为，而是由私人军事公司来进行的，这些私人军事公司要么是为意识形态而战，要么是为宗教信仰而战，要么就是专为钱而战。眼下，正是这些私人军事公司对各国军队的情报特别有兴趣，跟他们做情报买卖，很爽快，一手交货一手收钱。当然，情报必须是真的，一旦被验证有假，卖情报的一方就要掉脑袋。"9·11"这场战争，发起者就不是一个国家，明白？

明白了，但我希望你说得更清楚些，比如，有哪几个公司可能来买这些情报，我作为情报的提供者，如果连这些都不知道，我怎么肯干？德武想套出他们的老底。

那些可能的买家的名称我不会告诉你，这是做这类生意的一个规矩，但我可以告诉你一个大概，他们有的是亚洲人，有的是欧洲人，有的是美洲人，也有的是非洲人。

你们怎么知道找到我就一定能弄到你想要的情报？

我刚才说了，你是998部队的作战局长，是一个情报富矿，你知道和掌握的情报不是一般人所能比的。你的脑袋其实就是一座金库，里边装满了黄金、美元、欧元和人民币。

可你怎么断定我就一定会告诉你我所知道的情报？

我知道你是一个执拗的职业军人，不是一个痛快的合作者，你让我策划的两次行动都归于失败，无形中使我卖出情报的成本提高了。

两次行动？德武身子一震，在你见我之前，你已经策划过针对我的两次行动？

你说得对。潘金满很是遗憾地点了点头，现在可以给你说明了，第一次，我派出了一名美女。

美女？

潘金满这时按了一下一直拿在手中的一支签字笔，片刻后，笔帽缩下去，露出一个小小的屏幕。看着这里，我让你见一个人。潘金满说。

德武吃惊地看着那个极小的屏幕，在脑中飞快地回忆着：哪个美女？

小屏幕先是闪了一下，随后出现了一个年轻的女人。德武不由得惊呼了一声：方韵？！

你好，孔大哥。方韵在那个很小的屏幕上说，声音微小。

潘金满又按了一下笔帽，方韵在屏幕上对德武笑了一下，就又和小屏幕一起，一闪便消失了。

德武呆在了那儿。

我本来以为拿她来对付你就完全可以了，她是对付五十岁以上男人的利器，她出手还没有失手的时候，我靠她已经赚了很多钱，当然，她的收入也很可观，没想到你的警惕性很高，你竟然没上她的手，你到底是作战局长，你对可能的敌人有一种天生的敏感和警觉。这一点我很意外，也很佩服你。

德武仍呆在那里，他当初根本没想到方韵会是这样的身份，他从来没把她看成敌人，他远离她只是害怕触犯军纪，这么说自己躲开她完全是侥幸，侥幸呀！老天！

第二次，我派出了他。潘金满这时打开了他的手机，手机的屏幕上随即出现了一个男子。

臧北?! 德武再次惊叫了一声。

你的记性不错。你吃过他做的菜,还夸过他。

他也是你从国外带来的?

潘金满摇了摇头:这种人遍地可以买到,用不着我从国外带。知道吗,我有时只花十万元,就可以找到一个类似他这样的愿意帮我忙的人。

德武心头再次一震:这个臧北已接近了99旅,太危险了!

我当时以为派出他会马到成功的,他用那个办法给人送钱,也绝少被人拒绝,你不近女色还能不爱金钱吗?这世界上的人所以分成三六九等,归根结底不就是钱在起作用嘛,你说一个男人工作的全部目的不就是赚钱,然后来享受金钱所换来的物质生活吗?可,你,又一次拒绝了他,这让我非常非常意外,也让我很震惊,军队里还有你这样的干部?! 很多人告诉我,中国的军队已和政界一样腐败了,什么都可以用钱买来,看来他们的判断还不是很准确,他们得到的信息并不全面。实话告诉你,你让我很伤脑筋,很焦心! 我确实没料到,要把你攥到手里会如此不容易。看来,你对可能置你于不利境地的事情都很敏感,你是一个很难对付的人! 998部队的作战局长的确与别人不太一样。

德武在心里惊道:他们已经潜近了我们的拳头部队,可我还一无所知,我拒绝臧北根本不是因为对他身份的警觉,只是害怕因受贿而受惩处,天哪! 我真是一个木头脑袋呀! 你还配当作战局长?

2

这之后,我只好策划了第三次行动。

德武瞪住对方，心里生出一股深深的内疚，身为作战局长，竟然对他们处心积虑针对自己策划的行动一无所知，只能像听戏似的听人家得胜后的讲解和炫耀，你的警惕性都到哪里去了？还能打什么仗？你这个白痴！弱智！傻瓜！

　　这次行动就是诱你出国。

　　所以你劝我女儿出去留学？

　　对，但要你出国还得另想办法。

　　那几张照片是你们搞的？德武突然间明白了。

　　潘金满点了点头：要想让你出国必须先断了你晋升职务的路，所以请原谅我用了那一手。我是不得不用。

　　你可真是个浑蛋！德武没能忍住心中的愤怒，原来是他断了自己晋升将军的路。万盛、长铭，我错怪你们了。我真是有眼无珠，好坏不分呀！在那一刹，他想起了自己对万盛、长铭的猜疑和恨意，不由得痛悔万分。我真傻呀！万盛、长铭，我竟然去恨你们，真是敌友不分哪……

　　看来，将军之位对你是有诱惑力的。潘金满笑了，不过，有失就有得，我会在金钱上给你补偿！当个将军也只是名誉上好听，真实利益并不多，工资能提多少？从提升到退休能有几年？就是把灰色收入全算上，能有一百五十万人民币？再多了怕是纪检部门要找你，军事检察院和军事法院也会找上门。但我可以一下子就给你——

　　让臧北承包天良市那个饭店就是为了拿到那些照片？

　　是的，你的把柄很不好拿呀，害得我们花了很多的钱，绕了很大的弯子。

　　你怎么就断定我一定会去那个饭店吃饭？

　　那个基地是你们998部队的重要单位，你迟早都要去的，不过是早一天晚一天罢了，而去了就必会吃饭，我们只要跟负责接待的人联络好感情打好招呼，你想不去吃都不行。

你可真是处心积虑呀！

干我们这行和你当作战局长一样，都要研究问题。

那个涂小蔓也是你的人？德武打断了他的话。

这种人给她一万块钱，她什么事都会做。让她做的事情只有两件：与你合个影；暗示拍照者是程万盛的人。

万盛，我怎么会想到别人给我玩这样的心眼？我对不起你呀，我的好兄弟！姓潘的，你为何要在我妻子和女儿出国前又把那些照片寄到我家里？

我需要樊怡在澳大利亚多留一段时间，可你们夫妻俩的感情又那样好，我担心她因记挂你而提前回来。

你好恶毒啊！

我没料到你们那个纪检部长荆长铭会顺着涂小蔓查下来，竟然查到了方韵，查到了我们的租住处，让我好一顿紧张。要不然，也不会有昨晚那场临时转移。这个荆长铭倒是个敬业的家伙。

哦，原来如此。

长铭，我的好战友！

好在我们已经摆脱了他。城市大的一个最大好处，就是人隐藏起来特别容易。我非常感谢北京的大，要在将近一千七百万人中藏下来是容易的。我还要感谢北京的高楼，这么多的高楼，这么多的房间，藏几个人是太方便了。

你没想到组织上不让我出国，是吧？

是的，这是我的又一个失策。看来是我出国久了，对军队内部脱密的规定生疏了。

然后你就让你妹妹装病？

她只在名义上是我妹妹，她其实是一个受过专门训练的人物。

我现在真后悔。

后悔什么？

后悔把你当战友看待。

这就是你们这些人的迂腐了，其实这年头谁还敢相信战友？亲兄弟还不敢相信哩，你没见过亲兄弟为金钱打官司打得头破血流？你相信了我，只说明你这个人将来做不成太大的事。你别瞪眼，所有做大事的人都不会像你这样重情重义。

你可真让我开了眼界，潘金满！

其实你想想历史上那些做大事的政界和军界中的人，哪个敢重情义？哪个会重情义？你能说出几个重情重义的大人物的名字？

那你说我还应该相信谁？

部分地相信双方签了名的合同和协议，完全地相信手中的金钱和武器，除此之外谁也不要相信。

你以为所有的战友都会像你这样害人？呸！

好了，我们不在这里斗嘴，既然我已经向你说明了你想要了解的情况，那我们就赶紧办正事，把我希望得到的情报说清楚。金盈，你去把那箱东西拿过来。

潘金盈快步出去，从潘金满的房间里提过了一个挺大的提箱。

这个提箱里装的是二百万元现金。潘金满拉过潘金盈提进来的那个提箱，"啪"的一声打开，只见成捆的人民币整齐地摆在箱子里。我跟你用人民币而不用美元结算，一是为了你使用方便，二是为了你好检验钞票的真伪。你现在可以先数数数字，然后用银行使用的这种验钞器，验一下这些人民币的真伪。

这是你给我的报酬？

这只是首笔酬金,事情办完之后还有四百万,我们全付现金,以免通过银行让人注意到。我现在是生意人,既然你给了我情报,我就要给你回报。我们这次的交易,我估计总收益会很不错,所以我不能亏待你。

挺讲信义嘛！德武讥诮地一撇嘴。

这是做生意,有来有往才能长久。

你怎么知道给了我这些钱我就一定会干？德武眯起了眼睛,对方的胸有成竹让他十分愤怒。

因为我相信你会算账。

怎么叫会算账？

所谓算账,其实就是衡量收益与支出,所谓会算账,就是看看收益是否大于支出。大了,就出手;小了,就不干。在这次交易中,你支出的,无非是脑子里记住的一些信息,而得到的,却是一大笔实实在在的金钱。这笔金钱,不仅可以保证你女儿孔醒顺利在澳大利亚完成学业,也可以保证你们老两口此生在生活上再无后顾之忧。仅凭你的退休金,这两方面都很难保证。何况这种交易不会露出任何痕迹,你说完,我们录了音,做了技术处理后,不会给你带来任何麻烦。

你这账算得不对。

怎么不对？

还有一方的损失你没有算进去。

谁？潘金满两个眼珠一定。

国家。

国家？潘金满笑了,说你迂腐还真是迂腐到了家,国家还需要你来操心？你是中央政治局常委？是国务院总理副总理？再说,国家给了你多少好处？据我所知,你妈妈当年因为偷拿生产队几穗玉米被大队支书踢打过;你因为几张破照片被冤枉提前退了休。这就是国家给你的东西!还有,这个国家表面上是人民的,可其实是大大小小的官员的,所有的资源和利益都在他们手里掌握着,他们可以随意分配。就拿中国目前最赚钱的中国工商银行、中国石油和中国移动这三家国有企业来说,它们每家每年的利润都在千亿以上,按说它们是国有企业,是全体人民的企业,赚的钱应该回馈全民,可按国家财政部的规定,它们向政府上交的分红只是总利润的百分之十,只有一二百亿元,剩下的都归它们自己分配,一个老总都是几百万的年薪,还不算其他各种明里暗里的收入和享受。它们其实是在为他们自己和部门赚钱,于老百姓于你有何好处?再说,中国的官员有几个不是贪官?你仔细给我数数,有几个县以上干部没有贪过钱;有几个县以上官员没养过情妇?哪一个地市以上干部不是几处房产?有一个管财政的官员,仅仅为了让情妇在年终受到单位表扬,挥笔就给情妇的单位批了一千万元。还有,在这个国家,你到哪个地方办事不塞红包能成?到处都是按官位大小分配东西,事事都是大官说了算,官场里风行着阿谀奉承,舆论界永远是一个声音,这样的国家还值得你去心疼?!

不管这个国家有多少缺点,她养育了你和我,我们是在她的怀抱里诞生并长大的,我们不能去害她。何况,我们这个年龄段的人,正是国家所依赖的成熟公民,对国家的这些缺点和缺陷,我们难道不负有去完善的责任?呦,我忘了,你已拿到了澳大利亚的护照。

我是在我父母的怀抱里长大的,与这个国家毫无关系。告诉你,我过去给你说的我的经历都是假的,我真正的经历是,自部队转业回去时,我妻子已被她所在单位的头头霸占,那杂种用各样办法逼她就范,在我回家之后,他仍然想逼她定期同他相会,我于是在一个晚上砸断了他的一条腿,他不敢声张却又怀恨在心,后来就找借口开除了我妻子,而且他利用他的权力和影响,让我的直接领导不断地给我穿小鞋,并让我最早下了岗。当我们两口子开个饭店谋生时,公安、税务、城管又不断地给我找麻烦,我稍有顶撞,就开始不停地被罚款,最后饭店只得关门。从那时起,我就发誓要让这个国家不得安宁!

对不起你的只是个别官员,不是这个国家。你不能把对他们的愤恨发泄到国家头上。

官员就是国家的代表,没有好的官员的国家,不值得我去热爱。好了,我们不谈这些不着边际的大问题,我们还是来谈我们的重要交易。

如果我不想和你做这笔交易呢?

那恐怕不行。潘金满的神色阴沉起来。

怎么个不行法?德武这时倒冷静了下来。

金盈刚才已给你说过,你将会付出很大的代价!你这个人比较不贪色不爱钱,但你也有你的弱点。上帝造人时可能太急切,并没有造出过完人,故所有的人都有弱点。

我的弱点是什么?

你非常在乎声誉和名誉。

你将怎么利用我这个弱点?德武冷笑着。

利用的方法很多,为了让你对我有一些了解,我先让你看一个光盘,当然,前提是你不生气。

光盘?德武一愣。

我们对有些事情用镜头做了点记录。

镜头?

你能保证不生气吗？潘金满的眼中浮着笑意。

好，我不生气。德武点了头。

潘金满使了个眼色，那个金盈就出门去了隔壁，片刻后拎过来一个小包，潘金满接过麻利地从中抽出一个小巧的手提电脑，打开后上边立刻显示出了德武和裸体的金盈在青坳观那晚亲密接触的镜头。

你预先在那个房间安了摄像镜头？德武强忍着没让自己发火。

一住下就在你和金盈的房间安上了。潘金满一笑。

电脑上的片子在继续放着，由于做了精心的剪辑，而且使用了德武平日在自己房间赤身洗澡的镜头，整个片子给人的感觉就是裸体的德武和裸体的金盈在一起戏闹、拥抱、抚摸和做爱。

狗东西！德武怒不可遏地举手想去砸电脑，潘金满已麻利地将电脑从他面前拿走了。我说过，前提是你不要生气。

你竟然这样存心害人?!

这你明白了吧？如果你拒绝与我们合作，这些镜头将很快在互联网上传开，即使电子警察会很快删去，但总有人会看到的；而且你原来所在的部队机关，也会很快收到这个盘的复制件，由于你有过请小姐坐腿上的前科，人们会很容易认为这些镜头都是真的。我们在寄盘的同时，还会附上金盈的控诉信和控诉录音。到那时，你就是有十张嘴，也不可能辩解清楚，你的声誉和名誉将从此被毁掉，你不论是在你原来的单位还是在家乡，都将永远抬不起头做人。

你个畜生！德武咬紧了牙。你以为我就不会辩解了？我是一个任你摆布的哑巴？

你当然可以辩解，但是面对真实的镜头和我们提出的证据,任何辩解都不可能是有力的,何况我们那时早已回到了澳大利亚,我们不会给你当面对质的机会,你对我们的任何指控我们都会进行书面驳斥,我们只是通过电话催问你的领导对你的处理情况,你将因此被彻底搞臭。

德武的心开始揪紧,他不得不承认潘金满说得是对的,身子因为突然到来的恐惧止不住地微微发抖:这个盘上的影像真要在单位传开,自己怎么有可能去辩解清楚?谁会去听你的辩解?你去找谁辩解?真要在互联网上传开,你几句辩解能说服了别人?以后自己可怎么见人?要是让孔醒和樊怡看到,我还怎么去面对她们?这个狗杂种,是真想把我毁了……他的眼前跟着出现了一连串的画面:何司令震惊而痛心地摇着头……长铭在冷笑……万盛惊愕地瞪大着眼……人们挤在电脑前争看那些裸体的镜头……机关里的参谋们在对他指指戳戳……有人在对他吐唾沫……孔醒在捂脸痛哭……樊怡举起一个饭碗朝他砸过来……娘惊吓得向地上倒去……高道长看见他却轻蔑地转过了身子……

不——他嘶吼一声抱住了头。

其实也没必要紧张。潘金满这时又开了口,只要你和我们合作,这些东西永远不可能有第四个人知道,我们会在适当时候当着你的面把它彻底销毁。

潘金满,你的心可真狠!

没有办法,这是干我们这个行当的人必须做的事情,要不然,我的任务怎么完成?生意还怎么进行?

金满,看在我们曾经是战友的分上,看在我这些天诚心待你们的分上,不要对我这样做,算是我求你,求你了,行吧?

恐怕不行,你必须在做与不做之间选择,想让我放弃要求是不可能的。我一个生意人不赚钱怎么能行?我为了获取这些镜头花费了多少心血和金钱,你差不多也可以估算出来,我怎么可以罢手?!

你知道我答应了你们的要求对我意味着什么?

我知道,意味着你是一个会算账的人,意味着你是一个聪明人。

意味着我当了军队的叛徒,意味着我是一个卖国者。你不能为了赚钱就让我当一个遭人唾骂的叛徒和卖国者呀!前几年,有一个军官被敌特收买,卖军队的机密赚钱,当了间谍,最后被军事法院判了卖国罪,受了无期徒刑的惩罚。你难道想让我也走这条路吗?想让我也被判无期徒刑终生在监狱里度过?

首先,你不要把事情的结果想得那样坏。你只要跟我们一起干,我们会全力为你保密的。为你保密,其实也是为我们自己保密;你暴露了,我们也就暴露了。我刚才告诉过你,我们干这个,已不是一天两天了,被人发现了没?没有嘛,很安全嘛!别把中国的反间谍机构想象得那样厉害,那是自己吓唬自己。我们只要做事谨慎小心,按规定的保密套路办,会万无一失的。其次,你不要给自己扣那样大的帽子,你只是做了一桩对自己有益的事情,这年头,每天不知有多少军政官员都在做对自己有益的事情,这是正常的,你不必责备自己,没必要自己给自己施加压力。那些贪占国家钱财的官员不是叛徒?可有谁责备自己了?他们每天不都坐在台子上耀武扬威人五人六吗?

这比贪占国家钱财还要可恶。

你这个人的观念太老太过时,说几句自己知道的信息就那么可怕?我们不对外说,有谁会知道?

你不是说要让我会算账吗?如果你一定要让我在丧失名

誉和当卖国者之间进行选择的话，我只能选择前者。选择了前者，我可能还有恢复名誉的机会，可要选择了后者，我就永远丧失了名誉。

你真的要这样选择？

是的。德武努力控制住心中的紧张。

那我们就只有照我刚才说的做了。

你做吧。德武痛楚地闭上了眼睛。

十分钟以后，我的人就会在邮局向你的单位发出这个光盘的特快专递件，估计你的领导会在傍晚收到；今天晚上，这些镜头将会在互联网上传开。而我和金盈，会在今天下午飞走。

你休想走！德武这时猛地起身抓住潘金满的衣领，走，跟我到公安局去！

你真的要带我们去公安局？

走！

你不想再仔细考虑我的建议了？

不，我豁出去了！

当真？

走，少啰唆！

这就是说，我们对你的认识还是有欠缺，我们还是做了些无用功，我们对你，其实是应该省去一些程序的。

你以为用你那一套就能把我吓住?! 笑话！德武努力装出一副对一切都无所谓的样子，现在不是二十世纪六七十年代了，想用与女人的肉体关系来吓住一个正师职干部，没门！德武的声音高起来，我要让你们赔了女人又折兵！

嗬，很勇敢嘛！

走！

安静一点！潘金满边说边用手中的签字笔朝德武的手轻点了一下，顿时有一股强大的电流击得德武猛地坐回到了椅子上。

可以，你如果豁出去不要名誉声誉，那我就告诉你，你还有第二个弱点。

德武愤恨地瞪住潘金满，等着他的下文。

你非常爱你的妻子和女儿。

你想干什么？德武原本就揪得很紧的心脏呼一下缩成了个疙瘩，他喘不上来气了。

她们可都在我的掌心里。

你?! 德武惊恐地看住潘金满，他现在才意识到她们母女俩处境的危险。天哪，我当初为何要鬼迷心窍送她们出国呀！

她们母女现在既不在我提供的住处也不在学校，与外界的联系已经中断，不信你可以打打孔醒和樊怡她们的电话和手机。

德武慌忙掏出自己的手机，去拨打电话时才发现，手机的电池没了。他举着手机转向潘金满，恨恨地问：你们干的？

是的，我们不能不做防备。潘金满点点头，然后掏出自己的手机在德武的眼前分别拨了孔醒的住处座机和手机，座机无人接，手机关着机。

德武见状忙抓住潘金满的手道：你不能伤害她们！

潘金满不置可否地一笑。

看在我们曾经是战友的分上，你不能伤害樊怡和孔醒。

放心，她们现在很安全，只要你和我们顺利合作，没有人会伤她们一根毫毛，她们很快会回到学校和住处，她们甚至都不知道发生了什么事。但如果你胆敢拒绝甚至反抗和伤害我们，那她们的下场将会非常非常惨。看见了吗？这支笔，我只要将这个笔帽向下一按,她们立刻就会被人处置;另外,只要我和我的同伴失去自由十分钟,也就是说,我们与我们的同伴失去联系十分钟,我们的人也会自动将她们送往另一个世界!

你?! 德武满眼全是惊恐。

3

所以,我劝你不要企图叫来警察和别的人,更不要拉我们去公安局,那只会给你的家庭造成悲剧。你也别妄想让人抓住我们,喏,看见了吗?潘金满捋起衣袖让德武看他的一条腿,那条腿的膝盖处有一个红点。

德武不明所以地看着潘金满。

这个红点里储有足量的毒药供我自杀;还有这里,他让德武看他手背上的一个黑点,我只要朝这个黑点上用力一挤,毒药立刻就会让我没有任何痛苦地死去,我和我的同伴都已做好不坐牢的准备。我们当然不希望看到两败俱亡的结果,我们也相信你会做出正确的选择,你的妻子女儿对你那么好,你能忍心杀了她们?

潘金满,我真没想到你的心会这样狠,我真后悔!

后悔什么?你当时让我替你付女儿的出国费用时为何不后悔?人不能光想着沾光,还得想着付出,对吧?!

咱俩都是男人,有什么事在咱们之间解决,别去找老婆孩子的事。

我没去找她们的事,她们出国后我一直照料得很好,这你之前从她们来的电话中也可以知道,我现在只是告诉你,如果你不合作,她们就要遭殃,假如你合作了,我们成了同事,她们自然还会和过去一样得到周到细致的照顾。

这是一件大事,你得让我想想。德武原来的抵抗意志不觉间软化,一时心乱如麻。

行,现在是上午十点半,我们给你十二小时让你考虑,这对你的确是一件大事,我们理解。但十二小时之后,也就是到了今晚十点半,如果你还不合作,那我们就要采取行动。

怎么行动?德武忍住心中的恨意,尽量让声音显得平静。

我刚才已经给你说了,我们将把那个盘里的镜头发布到因特网上并将盘投送到你原来的部队,你将成为中国的新闻人物。你的亲朋好友将会表示震惊,你的单位领导将会生气地四处找你。你无法辩解,因我们都已出境,你不能找到任何证人证明你的清白,你会听到人们对你的责难和挖苦,你的组织不会不给你处分。你多年来努力赢得的好声誉将会与你永别,你变成了一堆狗屎。

刚才我已说过我豁出去了,我不怕这个。

那我们也不用担心,这只是我们的第一步行动。接下来,你就会得一种病,不能说话不能行走也不能动手,也就是说你的语言表达能力和四肢运动能力都将丧失;你将躺在床上,我们会把你留在这套房子里,然后我们从容撤走;在我们上了国际航班飞出国境之后,你才会慢慢瞳孔扩大丧失所有生命体征最后死去。医生会说你得了一种怪病,亲友们会说这是你应得的报应!

你这个狗东西!

第三步,是樊怡和孔醒遭受几个男人的轮奸之后极不体面地死去。

畜生!

不用激动不用骂人,我只是在说我们的计划,只要你配合,任何一项都不会付诸实施!

我想现在出去走走。德武提出了要求,他想离开这套房子,只有离开才有摆脱他们的机会。

走走当然可以,但你恐怕会觉得走路有些无力感,因为你的双腿现在已经丧失了一些功能。潘金满边说边看了一下腕上的表。

什么?德武惊叫了一声,跟着猛地站起,但他刚站起就觉得双腿一软,差一点又坐回到了椅子上。

你对我做了什么?德武怒视着潘金满。

我只是预先做了点防备,你记得金盈早上给你倒的那杯咖啡吗?她在那杯咖啡里加了点药,那种药是用很先进的技术造出来的,它可以保证适量服用它的人会先逐渐丧失运动功能,然后再丧失语言功能,最后再丧失意识和呼吸功能。这个药比西方和原苏联特工们用的毒药都先进,人服用它死后不会显示出任何中毒症状,任何法医也查不出问题。发明它的人事先已反复进行过验证。

你个狗日的东西!德武咬牙骂道。

我记得你过去是不骂人的,还是要注意修养。我这只是做个防备,防备你不和我们合作,防备你加害我们,须知我们是在一块对我们这些人来说极不安全的土地上,所以我们必须考虑周密,必须预先采取各项安全措施,这一点要请你原谅。但我向你保证,你只要和我们合作,我们会随时中止药物的作用,而且你的身体不会受到任何损失,这也是药物发明者反复试验证明的,告诉你,我们的公司拥有一流的毒物学家。说实话,我实在不想对你这样做,但为了保险起见,只好让你先受点委屈。

我还可以走?

当然。

敢让我出去走走？

出去走走可以，但不能走出这座楼，而且，必须由我和金盈陪同。

德武想，这楼里总不可能都是他的人，只要出了这间屋，只要见了其他人，我就有摆脱他们的办法，于是答道：行，就在这楼里走走。

我预先警告你，你如果想借此寻找摆脱我们的机会，那可是徒劳和危险的，我敢让你出去，就一定会有相应的措施。

我只是借走动想一想这件事情，它对我毕竟太突然了。德武叹一口气。

这也是我冒着危险让你出去走走的原因。

来吧，请。潘金盈上前搀住了他。

雨茫茫

1

德武出了一层的电梯门才看清,这座小楼原来是一个卖高档家具的商店,一二三四层全摆满了家具。一看到那些家具,德武才想起,自己过去来这个小区看朋友时从这家店前走过,有次还进来看过这些进口家具,知道它们的标价都特别高。

要不要参观参观我的国际家具店?潘金满这时和颜悦色地开口。

你的家具店?德武怔住,他从来没想到这家店会是对方开的。

是呀,过去出于保密需要,没有告诉过你,在我们就要成为同事的今天,我觉得应该让你知道了。我得有多个掩护职业才安全哪,所有搞情报的人都不会没有掩护职业,你说对吧?

德武用目光很快地在店堂里扫了一眼,他期望看到很多顾客,人一多,脱身或求救就比较容易了,可惜看家具的人只有几个,而且分散在店堂里。

潘金满好像看出了他的心思,低声道:我再一次警告你,不要跟我玩任何反抗和逃跑的花招。你要真想走,可以直接说出来,我让你大摇大摆地走,不过在你走出门的那一刻,樊怡和孔醒就没命了!

这话像尖利的爪子一样,把德武心里的逃跑念头一下子抓走了。我当初为何要把她们娘俩送到他们手里呀……

看看我经营的家具吧,一楼摆的全是法国产的法式家具,二楼摆的是英国产的英式家具,三楼摆的是美国产的家具,四楼是澳大利亚产的家具。走吧。德武只好随着他们向前走。

先看一楼的。金盈在他耳边说。

法式家具的品种很多,有卧室用的床、衣柜、梳妆柜、躺椅,有客厅用的沙发、酒柜、茶几,有书房用的写字台、书柜、高背椅,有厨房用的餐桌、餐椅、食品柜、推餐车,还有卫生间里的浴缸、壁镜,厨房里的备餐台、餐具柜,等等。每样家具的标价都很吓人,从几万到几十万,甚至上百万的都有。店里除了收款台那儿有两个工作人员外,只有两三个看货的顾客。

这样贵,能卖得出去?德武故意让自己的声音平静下来。

有一些上流社会的客户,只是不多。不过不要紧,我们不指望这个赚钱。潘金满轻声解释。你已经知道我是干什么的,卖家具只是我的掩护职业,如果店里的生意很红火,我整天要忙生意,你说我还有时间干别的?有了这个店,我这个刚

278

入澳籍的华人在北京作为外国投资者会享受很多优待,同时,我在金钱上的进出也比较方便,明白?

你的生意长期不好却还能维持下去,你不担心别人看出什么来?德武没话找话地说。

那倒不用担心,我们有对付的办法,我们可以让自己的人装作顾客,订货、交钱、要发票,然后送货,再把货拉回来。我们只要按时交出相当数量的税,就没人再来管我们了。当然,在家具进口的数量方面如何不露马脚,我们要费些心思。

德武心里暗骂:真是个狡猾的东西!

一楼眼看就要转过一遍,德武本想接近那几个顾客,可潘金满手上暗暗一使劲,德武就只好朝另一个方向走去,他的心里焦急无比:怎样才能既不惊动潘金满和潘金盈,又能向外边传递一个求救的信息? 一旦有警察和 998 部队的人来救我,事情也许就可能出现转机。

走吧,我们上二楼。潘金盈在他耳边说。

再看看这个。德武在一款沙发前磨蹭着,他看见有一个女顾客由大门那儿径向这边走过来,他想在她走近时做出个举动引起她的注意,企望她能从他的举动中看出点异样来,然后出去报警。

近了,近了。那女顾客边看着家具边向他们三人走过来,这是一个三十多岁的女人,衣着讲究,挎着进口的路易威登牌子的手袋,应该是个有钱的主儿。德武向她挤了两回眼睛,可惜她只顾留意家具,没看见。眼看她就要走过去,德武急了,悄悄地伸出脚猛绊了一下她的左腿,那女人一个趔趄,险些跌倒,她刚一站稳,就扭过脸来恶狠狠地朝德武叫道:你干什么?有毛病呀?生气的她根本没注意到德武朝她使的眼色。潘金满显然明白了德武的用心,只见他猛把手上的那根电子笔样的东西朝德武胳膊上一戳,使得德武"哎哟"一声弯下腰去,潘金满这时忙朝那女人连声道歉:对不起,对不起,我哥哥精神上有点不太正常。随即,便和潘金盈一起,几乎是架着德武上了二楼。

你想干什么?让她帮你透信息?犯得着吗?你可以走呀,大摇大摆地走,只要你明说你不干了,就可以走,我们不拦你,我们能做的只是让樊怡和孔醒从这个世界上消失,别的我们干不了什么。潘金满朝着德武低声吼。

德武满脸沮丧地站在那儿,一声没吭。

还用思考权衡吗?潘金满逼视着德武问,如果不用再思考权衡,那咱们就此别过,你去报案让警察来抓我们,我们下达处死樊怡和孔醒的指令!

让我再想想吧。德武无奈地求道。

那就将你想想的时间缩短一个小时,这也是对你刚才举动的惩罚。

德武无语,他现在更加锥心地后悔:不该把樊怡和孔醒她们母女送出去啊!

三个人于是又一起在那些家具间转悠,表面上看去,三个人都悠闲自在,其实每个人心中都很紧张,德武是在紧张地思考着怎么办,潘金满和潘金盈则是在紧张地注视着他的举动,观察着他的神情眼色。

二、三、四楼的家具看完之后,德武只能随他们两个又回到了六楼。

怎么样?拿没拿定主意?我们可是希望你早点下决心哪!潘金满阴笑着问。

金满,我想来想去还是想求你,看在我们曾经像兄弟一样相处过,能不能放过我这一次?不逼我去干我不想干的事,你让我的妻子女儿回来,我不泄露你们的身份,咱们装作从不相识,行吧?

嗬,还想用这样的条件和我谈判呀?那你想没想过我在你身上花费的时间和金钱?想没想过我要完成的任务?想没想过我的身份已在你面前暴露?

你在我身上究竟花了多少钱?我想办法去借了还你。

看来你是想跟我装糊涂,那我就明确告诉你,你只能在干与不干这两者之间选择,也就是说,你只能在发财致富还是家破人亡这两者之间选择,别的都不要去想!

求你啦!

你来求我,我去求谁?明给你说,找到一个既知中国核心机密又和我相熟的人并不容易,我费了九牛二虎之力找到了你,怎么可能无果而归?

唉,我这辈子我怎么会认识了你?

人说,这叫缘分;神说,这叫命中注定。潘金满笑了。

我真是眼瞎了,竟一点没有看出你是干这个的。德武再次使劲地拍着自己的额头,痛悔至极。

现在说这些还有何用?这只能说明我的特工课没有白上,说明我的伪装掩饰本领到家,说明我是一个出色的情报工作者。实话跟你说,我每次回国,一在首都机场下了飞机,我就有点胆战心惊,唯恐被人看出我的身份,所幸还一直没人对我起疑。

我竟对你毫无警惕性,我真是个傻瓜!

别自己贬低自己。潘金满宽容地笑了:你是个很好的作战局长,这一点你要自信,但你不是个很好的反间谍特工,这也没办法,一个人不可能事事都懂,不可能方方面面都优秀,不可能是超人。上帝不会把所有的长处都给一个人。我觉得你现在要做的不是自责,不是后悔,而是再仔细权衡一下利弊,尽快做出自己的选择。

孔德武无语,只又使劲地拍了拍自己的头。

想想吧,这可是个事关你人生和全家人性命的大事!潘金满的话音刚落,一个人的脚步声由电梯间向这边响来。他和潘金盈的脸上立刻露出了紧张。德武一看他们的表现,知道来者不是他们的熟人,于是眼中迸出了兴奋:脱身的机会可能来了?!

我警告你不要乱动!潘金满充满杀气地在孔德武耳边压低了声音警告。

德武没理会他的恫吓,只是侧了耳倾听那越来越近的脚步声。

潘金满这时已将手指按到了那支笔的笔帽上:我现在完全可以对你采取其他措施,但我不想那样做,一切交由你自己决定,你此时当然可以做出自救行动,但只要你敢动一下,我的手就会向下一按,樊怡和孔醒的命很快就会没了,而且我告诉你,这个闻声来敲门的人也会立刻毙命,你看到我手中拿的这个手机了吗?从外观看,它同其他手机没有任何不同之处,但其内部却潜藏着一把小口径的手枪,能够在瞬间连开四枪,我会立刻将他打死,你希望马上看到他的尸体吗?他说完,敏捷地闪进里间。而潘金盈则嗖地过来挨他坐下,她手中也拿了个手机,显然,那手机里也有子弹。

德武眼中的兴奋慢慢消失,他什么话也没有再说,只是默然听着那人的脚步声响到门口。竟真是来这里的?难道说事情真有了转机?

咚咚。响起了敲门声。

德武的心一下子揪得很紧:会是谁来?是他们家具店的

雇员还是收水电费的？但愿来人能看出问题，替我报警；而我是不能呼救的，一呼救势必会连累到对方，还会把樊怡和孔醒她们母女的命搭上。不管来的是男的还是女的，求你看仔细点，一定要看清我眼下的处境，可要看清哦……

咚咚。门还在敲。

潘金满这时由里屋朝潘金盈做了个去开门的手势，潘金盈捏着手机去把门拉开了。请问你找——

我找孔德武。门外站着的竟是荆长铭。

德武闻声先是一阵大喜跟着是深深的担忧：长铭，你这会儿来到这个危险的地方干啥？你快走呀！可潘金盈这时已把门完全打开，荆长铭已经冷着脸脚步腾腾地走了进来。

德武只能和荆长铭四目对视了。

行呀，孔德武，你不仅不听我的劝告，还领着小蜜搬了地方，你以为这样我就找不到你了?！你以为我这个纪检部长是吃干饭的？不错，你选的这个爱巢不孬，六层楼的顶层，过得很舒服吧？他环视了一下屋子，满脸的鄙夷和不屑。

你来干什么？德武故意让自己的声音变得很冷。

来挽救你，来把你拉上正道。

德武看得很清，潘金盈手中的那支有子弹的手机正对着长铭的后面，只要自己说出一句有关眼下真相的话，荆长铭立刻就会倒下。他有心朝长铭使个眼色，又怕他一下子理解不了那眼色的意义，反而把事情搞得更糟。他懂得目前最好的处置办法是尽快把长铭赶走，于是就黑下脸叫：荆长铭，我已经退休了，你凭什么还来干涉我的生活？我养小蜜我养得起，人家姑娘愿意让我养，这是两厢情愿的事，你管得着吗？你一个纪检部长不去管那些现职干部贪污受贿的大事，来管一男一女的感情，你是不是闲得没事做了？你是不是太无聊了?！

嗬,你给我来这套理论?!荆长铭有些吃惊了,眼瞪住德武:你一个正师职干部,以为退休就可以不讲道德了? 就可以胡来了?!

我胡来什么? 我不过是跟我相爱的女人在一起罢了,不惹谁不整谁,又不贪拿公家一分钱,哪像你们现职干部,整天以权谋私,吃喝玩乐全由公家埋单!

孔德武,你说话要负责任! 谁整天以权谋私?

就是你! 德武只想快点激怒他,好让他快走,快离开这危险之地。

好呀孔德武,你不仅学会了养小蜜,还学会了诬陷,你真让我吃惊和难受! 你身上哪还有一个正师职作战局长的影子?!

难受了就快点滚! 我从没邀请你来我住的地方。

你?! 长铭气得脸都青了。

滚! 我永远都不想再见到你! 德武朝他吼。

好,好。算我多管闲事。荆长铭扭头就向外走,也许是气得太厉害,对潘金盈连看也没看一眼。

直到看见荆长铭安全地走出了门,直到听不见了他的脚步声,德武才长嘘了一口气。长铭,原谅我对你使用了那么恶毒的语言,原谅我……

好。表现不错。潘金盈关好门后微笑着走过来,对他伸着大拇指头说。

行,你还算理智,我估计你也不会胡来,你身为作战局长,自然懂得集中兵力的问题。我今天就集中了我的兵力,我们这几个人,在中国的腹地和你摊牌,力量肯定微不足道,但此时此刻在这层楼房里,我们的力量还处于相对优势,我的人每个手上都有精准武器,而来这里的人包括你的战友则毫无精

284

神准备,一旦动起手来根本不是我们的对手。没有谁会想到,就在中国的首都北京,在998部队的隔壁,在中国军队的头部和胸部,有我等这样的举刀之人。

德武只冷冷瞥了潘金满一眼,什么话也没再说。看来他们在这一层的其他房间里还有人。

你现在还有什么话想说?

德武摇了摇头。

你的战友虽然找到了你,但相信误解使他不会立刻对你进行什么处置,我们可以不再挪动地方,可以照原计划进行。现在,我就先去另一个房间,让金盈陪陪你,你可以再仔细想想,你还有将近十个小时的时间。我希望你还能像刚才那样理智地去权衡利弊,做出正确的抉择。

德武看着潘金满的背影在门口消失,咬紧了牙在心中恨道:我怎么会有这样一个战友? 我怎么会把这样的人当成战友? 我的眼真是瞎了呀!……

2

雨变小些了,成团的阴云还在天上翻滚,时辰该是中午了。

已经过去的这个上午发生的事,是如此的出人意料,的确是德武做梦也没想到的。那些在书上、电影里看到的间谍竟真的出现在了自己面前;那些文件上警告的敌特和恐怖分子潜入的事情,竟然真的出现在了自己的生活中;而且他们竟是自己的熟人!原以为那些离自己十万八千里的事,竟都到了身边。在这样一个和平的时期,在人们都正享受平静生活的日子里,在自己五十多岁退休之后,在中国的心脏北京,一个在警卫森严的998核武部队工作了几十年的军人,竟然会遇到这样的事情?!

谁会料到?

谁能想到?

谁会估计到?

我这一生,为什么啥样的事情都要遇到?啥样的灾难都要碰到?

德武双眼大睁着望向窗外,六层楼房的窗外,除了高楼就是远处雨云密布的天了,这雨还会下到什么时候?如果没有这些雨丝的遮挡,近处那些高楼里的人会看见我吗?他们中会有人猜到我出了什么事吗?他用指甲掐住自己的大腿,想借疼痛让自己尽快地平静下来。因为太过惊讶和骇然,他虽然表面上还能强作镇静,但心里却一直是扑里扑通七上八下,乱得像麻一样。孔德武,几个间谍和恐怖分子就让你如此慌乱,你还能干成什么大事情?亏你还当过作战局长,要真是核战爆发了你会慌成啥样?你还能指挥部队打仗?!他在心里朝自己吼着。

现在必须想出对策。

必须拿出应对办法。

先拖?拖下去也许还有改变被动局面的机会。可怎么拖?就说记不起了,需要去找文件核对?可他们信吗?从现在的情况看,他们不会立刻对自己动手,他们如此处心积虑地接近自己,就是为了弄情报,在情报没弄到手之前,他们应该不会轻易灭口……

德武默坐那里静想了一个来小时,中午饭是潘金盈在厨房做的,潘金盈现在完全恢复了她的本来面目,做事快捷麻利。没用多久就做出了四菜一汤,她微笑着把饭菜端到德武面前说:过去都是你照顾我,今天由我来照顾你,来,孔大哥,快吃。她把饭碗递到德武手上,德武"啪"一下把碗蹾到了桌子上。

怎么,在生我的气?潘金盈依旧笑着。

德武没有说话。心里却在骂:狗女人!你装得可真像,我对你竟然一点点也没有起疑。他在那一刹想起了青坳观里高道长对他的提醒,高道长说要为我消灾,那其实是在警告我灾难已经临头,可我竟然执迷不悟,仍全心全意地照料这个女人,我的眼真是瞎了。还有,在青坳观有一次自己听见了她的笑声,告诉了潘金满后,她当晚就玩了一场自杀的把戏,把露出的破绽遮掩了过去。利用别人真诚的关爱来伪装自己,这是什么心肠的女人?蛇蝎心肠啊!

说真的,孔大哥,你是个很优秀的男人!潘金盈笑得十分开心,我要是找丈夫,肯定找你,可惜我现在是找情报,这就要亏待你了,希望你不要生我的气。

德武"呸"了一声,鄙夷道:你还知道怎样做人?

你这话该去问那些想做贤妻良母的女人,不该问我,我已经选择了另一条道路,走我选的道路不存在怎样做人的问题,只存在报复会不会成功和成功后能收获多少痛快的问题。

报复?你报复谁?

是呀,我们俩也该谈谈心了,我过去为了赢得你的信任,在你面前说的都是假话,编的经历都是假经历,做的动作都是假动作,让你看的都是假表情,我该给你来点真的,说点真话了!你问我报复谁,告诉你,我要报复这个国家!

哦?

我曾经是一个地级市土地局局长的女儿。我父亲从一个平民的儿子干到土地局长,事出偶然。当年,书记、市长都想把自己的嫡系安排到这个重要岗位上,双方争得不可开交,最后只好让班子的所有成员在一批预提干部中投票选定,结果这职务意外地落到了我父亲头上。我父亲因此很珍惜他的职位,对分管的工作极其认真,也是因此,当市委书记想让他把一块位于市内繁华地段的土地,在拍卖时玩点手段,巧妙地交由他的情妇搞房产开发时,父亲没有答应。这就得罪了一把手,使其生了报复之心。不久,一家名为维康的大型制药企业搞开业庆典,请一帮官员包括我父亲作为嘉宾,这家企业的老总给每个到会的嘉宾发了一个两万元的红包,我父亲拿到这个红包后心很不安,庆典活动一搞完,即去了这家企业总裁的办公室,要把这个红包交还他们。办公室的人非常意外又非常为难,说,这种红包他们今天发了三十个,都没有人交回,你一个人交回我们没法下账,要不你先带回去,待我们请示了老总之后再与你联系。父亲想想,他们说的话也有道理,就留下了自己的姓名、单位和电话,把钱带回了他的办公室。父亲等了一个来月不见回话,正要打电话去问,却不想市纪委的人来找他谈话,说有人反映他在维康公司收了两万元的红包,问他有无这事。父亲说有,立刻交出钱并说明了经过。但纪委在查问其余收红包的人时,人家都否认收了红包,企业发红包是不要人家签名的,没有签名人家又否认,这事就算查无实据。结果,安心收红包的人都没事,独独把主动退红包的我父亲双规了,更没想到这件事被市委书记批示为"公开受贿,应予严惩!"一把手一批示,案件立马升级,我家遭了彻底搜查。我和母亲四下里向人哭诉真实情况,但因是书记亲自批示,无人敢多话,我们多次想找书记申诉,可人家就是不见,加上人们对腐败深恶痛绝,社会上也无人同情我们,而且坚信父亲绝不会只收这两万元,一定贪有更多的钱,就这样,父亲被双规并最终被移送司法机关。法院最后以贪污两万判我父亲一年缓刑,虽是缓刑,但父亲被撤销了职务开除了公职开除了党籍。被冤枉的父亲哪接受得了这个结果,气怒中不断上诉,但每次复查都因书记的干预而维持原判。书记因为这个案子,竟在社会上赢得了铁腕治理腐败的美名,多家报刊登载了对他的长篇访谈,电视台也专门为他拍了"清廉书记"的专题片。我满腹愤懑地多次向上边写信反映父亲的情况,但所有的信都又被转回了我们城市的信访部门,信访部门知道书记在这件事上的态度,怎敢翻案?我也曾向新闻媒体反映过父亲的情况,希望他们能在媒体上替父亲说说话,但媒体如何敢违书记的旨意?我此时才知道,在中国,如果你惹住了所在地域的一把手,后果有多么可怕,所有的下级和同级都不敢得罪更无法制约一把手,而上级又远在几百里之外。绝望之下,父亲上吊自杀了。我母亲接受不了父亲猝然离世的打击,也心脏病发作去世了。我一个好好的家庭,就因为没给书记的情人提供方便,生生被毁了。办完父母的丧事,我决定硬闯一次书记的办公室,当面向他哭诉一次父亲的冤枉,企望他能发发慈悲,把案子翻过来。父亲生前未能雪冤,至少在他死后能还他一个清白。我是在一个早饭后跟在一批上班的工作人员身后,大胆混进市委办公大院的,在弄清书记办公室的位置之后,我装成工作人员大步走了进去,待书记的秘书发现我时,我已经站在书记的办公桌前了。书记一开始有些吃惊,但他拦住了要赶我走的秘书,示意我说话。他听了一阵我的讲述明白了我是谁之后,挥手让秘书出去,然后淡声说:我不知道你父亲有你这样一个漂亮女儿,你应该早找我的,这样吧,我现在有事,你晚饭后去四海宾馆 305 房间找我,我会给你一个满意的答复。我记得我当时如释重负,看来父亲的清白能还,他可在九天瞑目了。晚饭后，我如约去了四海宾馆 305 房间，书记果然在那儿等着，他先是听我诉说，在我流泪之后，他走过来用纸巾为我拭泪，他的关切动作让我更加伤痛难忍，我哭得更伤心了，他把我揽在怀里，轻声抚慰着我。有一刹，我觉得他其实是一个通情达理的人，我早就应该当面见他陈说冤屈，我心里差不多已把他当成了一个亲人，但突然间，我的身子僵住了，不知道什么时候，他的手竟然伸进了我的胸衣，攥住了我的一只奶子。我那一刻那个恨呀，拽出他的手就猛地朝上边咬了一口，他疼得"嗷"地叫了一声，我接下来开始死命地抓他撕他，我把我全部的愤怒都发泄了出来，我虽然是个女的，但他年纪大了，在搏斗中占上风的是我而不是他，待饭店工作人员赶到时，他已经被我抓得满脸是血并摔倒在地上，我死命地踢他，人们扑上来扭住了我，警察很快赶到，他忍痛指着我说：她因为我处理她父亲的腐败案子而怀恨在心，尾随我来到这里，企图向我行凶！我没有辩解，围观的人因痛恨腐败而对我义愤填膺，我知道无论我怎么说人们也不会相信我，我一句话也没再说，只听凭警察把我带走。我的案子处理得很快，法院在审理我的案子时，书记意外地出现在了审判庭里，他对着摄像镜头指着我说：希望法庭能从轻判她，她毕竟年轻，又遭遇了父母先后去世的打击，一时情绪激动打人可以理解，我为她感到难过……第二天，媒体上都是书记以德报怨的报道，他再一次赢得了人们的称赞。法院最后判我一年刑，监外执行。我所在的大学开除了我的学籍，警察命令我在我所住的社区打扫卫生，以此法度过刑期。每天，当我拿着扫把在警察和保安的监视下打扫卫生时，当我面对人们的冷眼和指戳时，我都在心里发誓，我一定要报复这个国家！我一定要让这个国家感觉到我当初感到的那种疼痛！

那个书记不代表这个国家！德武望定她充满仇恨的眼睛。

别给我说这种骗人的话，每当出现一个坏的领导，你们就说他不代表国家，那谁代表国家？你？

我更代表不了国家。只有那些代表了大多数国人意志的人才能代表国家。

我不会再相信这些鬼话，一个地域一个单位的头头，所以敢处置那个地域那个单位的各种事务，是因为国家给了他处置的权力，他不代表国家谁代表？

不能把对一个人的恨转移到国家身上。

好了，你不用给我讲这些歪理了，我走到今天这一步，不可能再相信这些解释了，你现在要做的是先吃点饭，然后尽早做出你的抉择，来，这是你的筷子。

可德武把她塞到他手中的筷子又扔到了桌子上，摆在他面前的一碗面条和一个馒头渐渐无了热气。

别在我面前充硬汉，我见过的男人太多了，其实，男人中的硬汉和女人中的贞妇一样，非常稀少。萨达姆那人在没和美国开战之前，多像一个硬汉，可最后怎么样？他硬起来了吗？他不仅没有动手自杀，还听任捉住他的人检查牙齿，低三下四地向看守恳求得到生活用品。我们现在不是在演话剧拍电影，没有观众在看着你，也没有人会为你鼓掌，你不用装！

我装什么？德武有些怒不可遏，我用得着装吗？我就是我，我不会像有些人那样，去装一个让人可怜的抑郁症患者！

装作一个病人并不容易，比你装一个硬汉要难得多，我敢说，你这个硬汉装不了多久！

你去把潘金满叫过来！

你做出决定了？

我有话跟他说。德武厌恶地瞪她一眼。

潘金盈去了一趟隔壁,片刻后,潘金满笑着走过来说:孔大哥,先吃一点吧,这点小事不能误了吃饭哪。

金满,我有点想法想和你谈谈。德武让自己的声音努力平静下来。

说吧,我听着哩。

因我离开岗位已经这么久了,你想要的那些情况我差不多都已忘记,那些东西非常枯燥,没有人会一直把它们记到脑子里,加上它们又是不断变化的,因此,恐怕你得让我想办法找到文件看看,然后才能告诉你。

是吗? 潘金满冷然笑了,你是要跟我玩拖的把戏对吧? 你在想,只要能拖下去,你就会找到摆脱我们的机会,你想我会答应吗? 把我当个傻瓜? 我要是这么容易就被你骗了,我还能和你坐在这里? 我们都是成人了,要做一是一二是二的事情,任何一点花招都不要玩了。

怎么是拖呢? 实在是——

不要再说了! 潘金满的声音一变而像冰一样:你们的机关里谁都知道你的脑子像复印机一样,过目不忘,你以为我们就打听不出来? 鉴于你没有认真考虑我们要你做的事情,而且想跟我玩把戏,我要惩罚你,从原来我应允你的时间里再扣除一小时。你的最后时刻是晚上八点半!

金满——

说吧,你如果想继续跟我玩手段,我会再次扣你的时间。

德武望着潘金满那张冷酷的脸,真想举拳猛砸过去,你个杂种,我当初为什么就没有看出你的用心呢?! 他忍住了心里的那股冲动,他知道自己现在硬来只会把事情弄坏。潘金满敢于在今天在这个地方跟自己摊牌,一定做好了自己和他硬干的准备,何况他们已对自己下了药,这会儿真的觉得四肢无力,硬拼已没了体力基础。

金满,我总觉得,让咱俩为几千万人民币去干这样大的事,对咱俩有些不值。

你什么意思?嫌钱少?

如果我按你的要求说了那些情报,你把它卖了的话,那咱俩真的都是叛国贼了,你读过史书应该知道,人一当了叛国贼,任何时代都会遭人唾弃,就被永远钉在了耻辱柱上,你想让我们的后代,在中国的卖国贼名单上,读到咱俩的名字?何况按现在的法律,出卖这样重要的情报,一旦被抓住,极有可能要遭枪毙,拿咱俩的命去换几千万人民币,划得来吗?人死了,钱再多有何用?怎么花呀?!你要真是想要钱,我告诉你,咱完全可以不用这个法子。

什么法子?金满又眯起了眼睛。

我有两个在房地产界当老板的朋友,他们都有几十亿上百亿的家产了,他们都曾邀我退休后去他们的公司当副总,负责公司的行政管理,其实就是想利用我在地方官场和军界高层的人脉和关系,其中一个老板答应给我八十万的年薪。我过去没有答应他们,是不想和商界有瓜葛,担心清名被污,如今碰到了你,你如果只是想要钱,我完全可以从他们那里借一大笔人民币给你。

借多少?

几千万他们应该会借给我,他们相信我不会不还。

你说我会信你的话吗?是想用这个办法跟我拖下去吧?

我是真心为你我着想——

你愿意为我去借几千万,看来,你是真不喜欢钱了?

喜欢,但不敢拿不该拿的,如果我放纵自己的欲望,我可能不会像现在这样生活了,我可能也当不了作战局长了。

有点道理,既然你跟我说真话,那我也就跟你说真话,钱对我们很重要,但我们并不只是为了钱,世界上能弄到钱的办法还有很多,我们不必为了钱来干这种随时可能进死囚监房和丢掉脑袋的事。所以你也不必再拿钱来劝我,你稍稍想想就会明白,我做这样的事,不经过一千回一万回的思索铁下心是不会干的,你怎么可能说几句话就劝止了我?收起你不切实际的幻想吧,你现在需要的是尽快做出决定,时间对你对我们都很紧迫!

德武绝望地闭上了眼睛,看来拖延不行,想劝他们住手更不可能,怎么办?

看来你还没有想好,继续权衡权衡利弊得失吧,想好了再叫我过来。别再企图给我上课,咱俩之间要来实的!潘金满说罢又走了出去……

3

德武闭着眼睛枯坐在那儿,他现在多想就这样一直坐到死,再没人来逼迫他,再没人来威胁他。自己怎么会陷入这个境地?自己的生活怎么会到了这个地步?归根结底怨自己,怨自己轻信别人,怨自己想沾潘金满的光,认为这是朋友为自己提供的方便,认为这个方便不会给自己带来危险,说到底自己还是经不起利益的诱惑,过去之所以没有在金钱面前动心,是因为害怕那些金钱会给自己带来灾难,一旦认为没有危险,就上钩了。自己就像一只自以为精明的鱼一样,在钓饵前左右徘徊,以为没有危险了,就猛地伸嘴咬住了钩。是自己张嘴咬住钩的,现在对方拉紧钓线,你痛也罢苦也罢,怨不得别人,自己把嘴唇挂上了钓者的钩,只有自己来尝这份疼了……

一阵低微的脚步声响到外间的门口。这脚步声让德武猛地睁开了眼睛:谁又来了?

门极轻地响了一下,那人分明是进了屋子。看来是他们的人。

德武再次闭上了眼睛。他们总共有几个人?在我们国家的首都,他们竟然有自己的组织,竟然敢于进行这样规模的窃密活动,真是胆大包天了。

喝点水吧。一个温柔的女声忽在耳边响起,这声音和潘金盈那冷森森带了挖苦的声音完全不同而且有些熟悉,德武不由自主地睁开眼,竟是美丽的方韵笑意盈盈站在面前。

你?!

没想到吧? 方韵还像过去那样对他笑着。

滚!

别生气。让你受惊了,真是抱歉。我能猜想到你现在的心情,这也是我觉着特别不安的地方,对你这样一个好人,是不该这样来回报的。

甭再给我说好听的! 德武有些怒不可遏,我当初真心帮你,以为是在帮一个值得帮助的人,没想到你竟也是一条毒蛇。

别使用那么难听的字词,孔大哥,我只是一个选择了另类道路的女子,和选择了其他人生道路的女人没有太大的不同。你当初帮我的真心我一直在记着,你是我见过的世上最把女性当人的男人,可惜你被选成了俘获的目标,这我就没办法帮你了。如果你不是目标又遇到了困境,我是一定要帮你的,在我的内心里,你一直都是我的好哥哥。

我真后悔当初会把你当成一个好人!

我现在仍然是一个好人,只是我赚钱的手段你不认同而已,别把我想得太坏。在我们这个纪律无比严格的组织里,任何人对目标人物都只有一种任务,那就是拿下他,让他为我们的组织所用。我希望你能理解。

如果拿不下呢?德武冷厉地瞪住她。

在我进入这个组织有限的时间里,我还没有见过没被拿下的目标,所有被选为目标的人物,现在都已经是我的同伴或称同伙了。这倒不是说这个组织有多么大的神通,实在是世上的每个人都有欲望,不是发财的欲望就是当官的欲望,不是出名的欲望就是性的欲望,不是物质的欲望就是精神的欲望,只要有欲望,就会被利用,这是没有办法的。

你也是因为有欲望才跟他们干的?德武斜睨着她。

差不多吧。方韵脸红了一下。想你已经明白,我过去给你说的那些经历并不是真的,我真正的经历其实更加曲折,不知你愿不愿听听?

再编一套?

我的身份既然对你已经公开,再编还有何意义?

德武没有说话,只冷了眼瞪住她。

我大学刚毕业的时候,因为找工作的事,经同学的朋友辗转介绍,与学校所在城市的一个副市长相识。那位副市长答应我的工作包在他身上,愿到那座城市的哪个单位都可以,但同时暗示,要我做他的情人。我那时正对自己的前途和爱情抱着各种美好的想象,怎么可能去做这样的事?怎么可能看上他一个老头子?我当即怒形于色愤而走了,心想,离了你难道还能找不到工作了?没想到在人满为患的城市里,一个文科毕业生找一个合意的工作真和登天一样难。我求了不少的人,可薪酬能让我接受的工作岗位一个也没有,加上这时我的母亲突然得了子宫颈癌,治疗需要大量的钱,我必须马上找到一个挣钱较多的工作,没办法,只好又去找了那个副市长。那副市长倒真的很快让我到市府办公室当了秘书,分管财税这个口的工作。这份工作让我享受了很多别人享受不到的方便,也让我母亲的病很快得到了有效的治疗,很多同学羡慕我,但他们不知我付出的代价。作为对副市长的回报,我只得违心做了他的情人。这个副市长对我倒是一片真心,不仅在市区给我买了一套近二百平方米的大房子,还不断把别人送他的钱物交我保存。我那时才知道一个中层官员的收入是多么可观,他分管的土地局、交通局和环保局都权力极大,是许多房地产公司和路桥公司以及化工厂、造纸厂老板极力想巴结的人物,可以说,几乎每天都有人送钱送物给他。他最后收钱收物都收得有些烦了,很多晚上,他开了车来我这儿住时,都会从车后备厢里提出几个提袋提包交给我,我问他是什么东西,他说不知道,懒得打开看。我从来没见过那么多的贵重物品和那么多的钱,一开始我的确很高兴,慢慢地我替他害怕了。我记得仅各种金的、铂金的、珍珠的项链就达一百多条,现金一千多万。我问他怎么处理这些东西,他很大方地说:散,千金散尽还复来。我于是就把那些物品送给我的亲戚朋友,把现金交给我的父母和哥、姐、弟分别保管。我父母都是普通工人,哪见过这么多的钱,他们既吃惊又欢喜。那几年,是我们家的黄金时期,全家人把过去没享过的福都享了,住的、吃的、穿的、玩的,都是最高档的。我那时才明白,为什么中国人都愿意当官,为什么中国人都把能否当官作为衡量人生成败的唯一标志,当官带来的利益太大了,做任何事都没有当官的回报大。那几年,让我对官场的种种情形有了了解,我才知道原来有些官员嘴上说的和实际做的完全是两回事。我是普通人家的女孩,这种从来没有过的物质享受让我感到了一种满足,甚至让我暗中庆幸和副市长的相识。我想就这样生活下去吧,他真心待我,除了不能给我名分之外,什么都给了,我也该对他好。我于是想为他生个孩子,他一开始担心犯重婚罪,后见我态度坚决,就答应了。我们生了个女儿,他很高兴。但没想到好日子不长久,有人告发他受贿,上边开始查他,对他采取的行动有些迅雷不及掩耳。我们根本来不及转移财产,他很快被双规,我也被监视居住。他受贿的事是经不起查的,他的案子很快被移送法院,他最后被判了死刑。我因为交出了所有能交出的东西而被免予刑事处罚,但被开除了公职和党籍。我和我的家重新返回到穷困状态,二十七岁的我除了拥有一个女儿之外,什么都没有了。几年间的繁华日子好像一个梦,一去不复返了。我母亲因这意外的打击,病复发了;我父亲因这可怕的刺激,脑梗偏瘫了;两个老人的医疗费加上女儿的生活费,迫使我来到北京打工挣钱。和副市长在一起那几年,我愁的是怎样花钱,到北京打工后,我愁的是怎样挣钱。真是上下两重天呀。经过千辛万苦的寻找,我最后在一家饭店找到了一份客房服务的工作。这份工作的辛苦我还能咬牙坚持,关键是工资太低,一个月九百六十元,哪够付我父母的医疗费和女儿的生活费?我整日愁眉不展,一心想的是怎样挣钱,我就是在这时认识的潘金满总裁。他那阵恰好住在我所在的那家饭店,有一天,我为他收拾房间,他让我下楼为他买一盒创可贴,我替他买来后,他给了我二十元酬劳费。我很意外也很高兴,说:先生以后有要帮忙办的事,可随时叫我。他大概从我的话里听出了我是个金钱欲很强的人,就笑笑点头:好。从此以后,他隔三岔五的让我替他买东西送东西,每次都付给我五十甚至百元的酬劳。我没想别的,以为是碰见了一个好心眼的阔佬。有一次,他让我送一个密封的纸袋给住在另一家饭店的一个外国人,一下子给了我五千块钱的酬劳费,我不好意思要了,我说,就跑一趟腿,怎么可得这样多的钱?他笑着说:姑娘,你知道你刚才送的那个纸袋能给我赚多少钱吗?五百万,你把袋子送给那个外国人,他立马就会往我的账号上汇五百万,付你五千元还不是应该的?我吃惊了,问他是做啥生意的,他说,做啥生意你别管,你只说你愿不愿跟我干吧,愿干了,我一月付你一万五千元的工资。我一听这个数字,自然是惊喜不已,我一个打工的哪敢想过这个待遇?这个数额的工资,差不多解决了我的家庭急需。我自然不会放过这个机会,当即就答应辞去饭店的工作跟他干。他出钱让我租了一套房子,平日并不需要上什么班,只是给他送送东西或去他的朋友处为他取取东西,活路很轻,到月底,他果然践诺付我一万五的工资。我那时以为是神灵看我可怜,特地派他来搭救我的,我把他当恩人看待。直到半年之后,他才说明真相:你一直想知道我做的是啥生意,那我现在告诉你,我做的是情报生意,把我搜集到的情报卖给外国感兴趣的人。我当时十分震惊,我知道这是叛国行为,被抓住可是要判重刑甚至杀头的,就哭着说,我可不跟你干这事,我要回老家了。他叹口气说,你已经跟我干了这么久,就是现在不干,国家怕也不会饶恕你了,再说,你还要挣钱养家呀——

你啰嗦这么多的目的,是劝我也像你一样,死心塌地跟他们干吧?德武轻蔑地打断了她的话。

她叹了一口气:我说这些的目的,自然有劝你的成分,同时也是想让你知道,每个初入这个道的人,心里都有一份震惊、害怕、苦恼、愧疚和挣扎,以为入了这个道就是万劫不复了。

这么说,你现在已经很适应干这个了,已经觉得干这个理所应当了?!

其实真要入了这个道,真要干起来,你会慢慢发现,干这个并没有什么大不了的,和在报社、电台当记者没有太大的差别。都是把一些别人不知道的信息传出去,情报就是信息嘛,不同的只是记者们传的信息是可以公开的,这个道上的人传的信息是暂时不公开的。区别就这一点。至于危险嘛,你只要按这个行当的规矩办,别麻痹大意,也没有什么危险。在这个大家都一心挣钱的时代,很少有人去真心关注你在干啥,一般人也根本想不到你在干啥。警察更少管你的事,你花些钱,甚至可以和警察交成朋友,我就有几个很铁的警察朋友。至于愧疚嘛,我看也不必,有些信息你不传出去,别人早晚也会传出去;有些信息很快要公开,你不拿它换钱那是傻;有些信息传出去了,赚了钱,也并没造成啥坏结果,国家也没见受啥损失。我干了这几年,帮助潘总向外卖了不少信息,国家不是照样在蒸蒸日上?没见国家垮呀?! 所以说,你精神上首先要放松,在脑子里不要把这当成太大一件事,这样你就会慢慢想通——

住口! 寡廉鲜耻!

你可以斥责我,骂我,我不会生你的气,说真的,我在内心里一直把你当大哥哥看待,你想骂就骂吧。

别说哥哥这两个字,我听了想吐!

抱歉,是我不好,伤你的心了。我还有几句话想给你说,就是干这个行当的收入实在可观,你只要干一回,收入就能顶你当多少年作战局长的工资,甚至是一辈子的工资。如今,我算把人生看透了,如果不唱高调的话,人生奋斗的全部目的,其实就是为了获得可以换取物质享受的金钱。你只要把金钱挣到手了,你就是成功者。有些房地产商人用一平方米五千元的成本盖的房子,卖一万九千元一平方米,你说他黑心不黑?可社会上的人却把他们当成成功者给予尊敬,政府也给他们各种荣誉头衔,甚至让他们当人大代表、政协委员。我们这些人辛辛苦苦地搜集一点暂不公开的信息卖点钱,难道就该受谴责?你现在已经退休了,听说你家的积蓄并不多,你上有老母要奉养,下有留学的女儿要供钱,你为何就不该想个多挣钱的路子?你敢保证今后不会通货膨胀,你敢保证你的家人就不得大病?万一遇上了这两件事中的任何一件,你手上没有足够的金钱可怎么办?

别把你对金钱的欲望安到我身上!德武别转了身子,不过很快又转过头来眯了眼道:我想问你几个问题,你可以实话回答吗?

问吧。方韵一笑。

我们在金城驻京办事处相识那天,我就已是你们的目标了吗?

是的。

德武心头一震。

在那之前你已经被我们潘总选定。

你到金城驻京办事处就是为了和我拉上关系?

对。

你怎么知道我会在那儿出现?

我们详细研究过你的社交圈子和社交地点,那次看似偶然的相识,其实并不偶然。

那次在小饭馆里遇见你,你哭诉说你的老板欺负了你,也是你预先安排的?

当然。

你认识臧北吗？

事到如今已不必瞒你，他是我的助手。

他送钱给我也是你指使的？

指使他的是潘总，我只扮演他的姐姐。

姐姐？他说炒股票赚钱的姐姐就是你？

你猜得很准。

你真是一个好演员！

抱歉骗了你，那是我必须做的。我扮演的是那个角色，我做不好就赚不到钱。在这一点上，我与北京人艺的演员是一样的，只不过他们是在舞台上演戏，我是在生活中演，而且我一旦演砸了可能还会流血和送命。

怨我眼瞎，怨我把信任用错了地方。德武闭上了眼睛。

方韵这时又开口道：我估计你对我们之间的合作还有一个担心，就是一旦做了一次，以后就无法脱身了。这的确是过去各国情报界共同的规矩，只要你干了一次，成为其情报组织的一员，知道了它的秘密，就再不得脱身，须终生为其服务。可今天的情况发生了很大变化，人身自由和个人权利也在这个行当里得到了强调，你干一次或干了一段时间后，觉得挣的钱够用了，不想干了，只要正式提出要求并保证不泄露组织的秘密，便可全身而退。你可重新返回正常社会，像其他行当的人一样，安心过自己的退休生活，无人再去打扰你。因为每个行中人或因为年龄或因为身体或因为心情或因为收入的原因，最终都有一个退出不干的问题，所以大家都严格遵守不打扰退休者和退出者的规矩。你不要相信一些电影和小说中的说法，好像搞情报的人都是冷血动物，可以随时杀死退出不干的同伴，没有这回事！

德武的眼虽然照样在闭着，可眼球还是震动了一下：这倒是过去没有听说过的。

　　我觉着,像你这样的情况,可以只干一次,然后就申明不干了。这一次干过,你眼下遇到的困境过去了,收入也有了,你就可以仍旧过自己的退休生活。在潘总这边,他达到了目的,不会再去打扰你;在部队那边,根本没人知道你做了什么,雁过无影。这有什么不好?干吗要死钻牛角尖,让事情僵在这儿?

　　德武的心轻微一动,但随即又立刻意识到,这是一个高明的劝降者。他刚想说句什么,不防耳朵突然被方韵柔软的嘴唇一碰,跟着他听到了她那压得极低的声音滑进耳道:听着,这屋里的任何声音都会被录下,我唯一能帮你的是提醒你,他们为了控制你付出如此大的努力,决不会空手而归,你不能让他们失望。他们杀人从不眨眼,你要想保全你们全家人的性命,最起码也要给他少量情报。

　　德武身子一颤:这个方韵是真的想帮我?还是变着法子来劝降?他还没来得及做出什么反应,方韵就又恢复到原来的声调说:孔大哥,该说的我都说了,你仔细想想,究竟怎么做对你、对你的家庭好。我真的希望你能站在我们一边,成为我的同伴和朋友。说罢这些,她就转身出去了。她刚出门,潘金盈便又进来笑道:方小姐比我善于表达,想孔先生一定听明白了我们的意思。我们其实和你无冤无仇,我们的关系所以变成今天这样,只是因为你曾是一个优秀的作战局长,掌握着一些我们想知道的信息,这些信息对你自己,已毫无用处,可对我们,却可以拿来卖一大笔钱并实现我们的心愿。你实在犯不着为这些对你自己无用的信息,让自己的利益和家人的生命受损。好了,该说的我们都说了,接下来你再想想吧。喏,我坐在这儿看电视,静等着你思考的结果。

德武不愿和她再说什么,把眼睛再次闭上了……

4

天黑了。潘金盈拉开电灯的响声惊得德武睁开了眼睛,由窗户望出去,附近的高楼都已灯火通明。不知什么地方的电视里正在播送北京市的新闻节目,看来已是晚上六点半钟了。往日的这个时候,他常一边照顾潘金盈,一边看着新闻,没想到今天是在潘金盈的监视下苦想着人生的选择。这真像哪个蹩脚编剧编出的戏呀!在国家的心脏北京,在我的部队驻地附近,一个堂堂的正师职干部,竟然陷入如此境地,这可真是一种讽刺!可这怨谁?还不是怨你自己眼睛吗?怨你自己好坏不辨吗?怨你想沾别人的光吗?他扭眼去看潘金盈,发现她正紧张地盯着室内的电视屏幕,他顺着她的目光去看屏幕,发现那屏幕上显示的是由楼梯口过来直到这套房子门口的走廊,走廊上卧着的一只猫也看得清清楚楚。看来,他们是安了监控镜头的。

潘金满给自己规定的最后时刻是晚上八点半,还有两个多小时就要到了,怎么办?顶到底?他们真会对自己和樊怡、孔醒下毒手吗?大概会。方韵刚才的话是在提醒自己还是在变着法子恐吓自己?潘金满既然敢对自己翻脸不认人,他还会对樊怡、孔醒仁慈?不能存侥幸之心,要想到最坏的结果。那就答应他们?可那些情报都是国家的核心机密,告诉了他们自己就是叛军叛国,就会使军队和国家蒙受不可估量的损失,自己就成了一个事实上的间谍和罪人,怎么办?

刚才方韵说过一句话:你起码也要给他少量情报。这句话是什么意思?是警告我必须给潘金满情报?是提醒我可以给他少量情报？她这话是出于好心还是包藏祸心？如果我给潘金满假情报呢？他能辨别出来吗？他不可能知道我们核武部队的真实情况，他怎么可以判断出我给的是假情报呢？我可以另编一套？对，编一套骗骗他，待他发现上当时，我可能已把樊怡和孔醒救出来了。他为自己想出这个主意而激动起来，于是急忙转过头说：金盈，我要见金满。

想好了？潘金盈笑着走近他，把一杯果汁递到他手上。同时按了一下手上的一个什么东西，潘金满随即由隔壁走了进来。

孔大哥，有什么话要给我说？给你思考的时间可是所剩不多了。潘金满胸有成竹地坐在德武对面。

你要的东西我可以给你。

这就对了，我始终相信你会做出正确的选择，我始终相信我们会成为同伴和同事的。再说，你知道的那些东西，也就眼下还有点价值，过几十年之后，你想给我说我还不喜欢听呢。

但我不可能一次全给你说完。

什么意思？

我担心一次说完之后，你会杀人灭口。

你把我们看成了凶神恶煞，这很遗憾，这是你看有关间谍的电影和电视剧太多的缘故。其实我们也是人，不会做过分的事，不过我理解你的担心，你想怎么办？

我想分五次把你想要的内容都告诉你，在我把第一部分内容告诉你之后，你应该把我的妻子女儿送到墨尔本机场大厅，待她们和我通话之后，我才能告诉你第二部分内容。

潘金满凝神想了几秒钟，然后开口道：你提的要求很过分，和我打交道的人一般很少敢提这样的要求。当然，站在你的角度考虑问题，好像也有道理。这样吧，我破一回例，同意你的要求。不过,我也要提出我的条件,你第一次告诉我的内容,必须由我来决定,也就是说,由我来问,你来回答。

行。

那我们就开始吧,我可以问了?

问吧。德武在心里紧张地猜测着他会先问哪方面的内容。

中国的核弹头储备基地或储备库共有几个?

你是指全部?德武没想到他会先问这个,在心里飞快地思考着应该编一个多大的数字才可能使他相信。

当然,我问的是共有几个!

每一个中、远程弹道导弹发射单位都有一个核弹储备库。

我问的是集中存放核弹的地方,由你们998部队直接管辖控制的。

七个。

你肯定就这么多?

你说过你相信我的记忆力,再说,一个作战局长如果连这个都记不住,他根本算不上称职。

它们分别位于什么地方?

四川一个,甘肃一个,青海一个,山西一个,陕西一个,河南一个,贵州一个。德武说得很流利,他估计,越流利才能越使对方相信是真的。

待会儿你要将它们清楚地标在地图上,按地理坐标而不是军用坐标。

可以。

甘肃的一个位于什么地方?

酒泉。德武胡乱说道。

酒泉市的什么方向?

西南方向大约五十公里。德武努力回忆那一带的地形，希望别编出破绽。

有专用公路通向它？

是的。

你去过？

差不多两年一次。

这个储备库存放的核弹头都是多大当量的？

各种当量的都有。

仓库的守卫部队有多少人？

你问这么细干什么？你不是要情报吗？你只要知道酒泉东南方向大约五十公里有一个核弹仓库不就行了？不就可以换钱了？

你只管回答我的问题，不要问为什么，明白?！潘金满的眼中又露出了凶光。

好好好。

有多少守卫部队？

一个建制团。

他们配备的是什么武器？

大多是轻武器，手枪、手雷、冲锋枪和轻机枪。也有防空导弹和武装直升机。

仓库设几道岗？

德武的心一咯噔：他问这么细干什么？

回答我。

六道。

第一道岗设在什么位置？

设在离仓库约十公里处，任何未持特殊证件的人，不允许越过这道岗。

第二道岗设在什么位置？

离仓库五公里处。如果有人强行闯过第一道岗，第二道岗哨有足够的时间做好迎击准备。

第三道岗设在什么位置？

离储备库一公里处。如果有人硬闯过了前两道岗，第三道岗哨将完全封闭通道。如果有直升机想强行降落，防空导弹这时会起飞迎敌。

第四道岗的位置。

在储备库大院门口。一个营的机动兵力就部署在这里。这道岗负责检查你的领取单并与上级作战部门进行电话核对，核对无误之后才能放行。

第五道岗应该在存放核弹库房的门口吧？

是的，这道岗将再次核对你的全部证件和领取单，并与仓库值班室核对发货清单，一切核对无误之后，由库房正副主任同时到场，各持一张密卡同时开锁，库房门才能打开。

这两张密卡上都输了些什么内容？

每张卡上都有持卡者的十个指纹和十个汉字，两张卡上的汉字不同，都是由上级保密部门预先选定嵌入的，所以谁也别想复制它。

要第六道岗干啥？

你在核弹库房领取的只是核弹，并无引爆的电子引信，只有经过第六道岗，才能领到核弹引信。

噢。

库区的岗哨夜间使用的口令都一样吗？

一样倒是一样，但每两个小时口令就会更换一种，其更换是随机进行的，不带任何规律性。

口令通常有哪些种类？

种类繁多，有数字的，有成语的，有历史人名的，有书名的，绝少有人能猜到。

它存放的核弹最小的是多少当量？

十万吨级的。

部队去领取核弹通常使用什么交通工具？

专门的输送车，车身上有一层装甲，车内有防辐射设施。

领取的时间一般在一天的什么时段？

不一定，什么时段都可以领，白天晚上都行。

领取核弹的车队通常是由几辆车组成？

三辆，两辆护卫车，一辆输送车。

使用火车吗？

远的部队有时也通过火车运输。

押运的武装人员有多少？

两个排吧。听你的口气，好像对核弹的储存和运输特感兴趣。

是的，既然你已愿意和我合作，我们已是同伴，我不想瞒你，现在国外有人特别想买这方面的信息，出价也特别高。

他们买这类信息干啥？

不太清楚。

是想用导弹摧毁核弹储备库还是想在路上抢走核弹？

都有可能。但也可能只是想进到储备库里看看。

看看？德武差点笑了，任何外人都不可能进去的。那是军队防守最严密的地方，不仅是绝密之地，也是绝对安全之地，从来没有外人可以走进去。

甭说那么绝对，这世上没有绝对安全之地。一个人如果想去一个地方，只要他动了脑筋，就一定能去。他若真的没去成，那一定是没真动脑筋。防守再严密的地方，防守者也是人,只要是人,就可能被攻破,因为人不是铁做的。比如你,核武部队的作战局长,一个掌握国家核心机密的人,你能想到有一天会和我在这里推心置腹地谈论核仓库吗?

德武感到自己的心又被狠狠地刺了一下。他忍住气,平静地说:这是我告诉你的第一部分情报。

太少了吧?

只要你一步一步兑现了你的承诺,我最终会把你想要的所有情报都给你。

好吧,让我先去核对一下,然后我就下令让他们送樊怡和孔醒去墨尔本机场。

德武的心紧了一下:他去哪里核对?他还能核对?这个杂种还有核对的手段和本领?那么说我是真小看他了。

潘金满起身去了另一个房间,潘金盈随即走进来笑道:非常感谢你的合作,这样一个好的开头真让人高兴。我想,我们这次的行动会有一个好的结果,你现在想检验那些现金的真假吗?她指了指那个提箱。

谢谢,我想我们有的是时间。

对,当我们成了同伴之后,验钱的时间是很多的。

德武无语,他如今心里特别恨这个女人,她竟能欺骗自己那么长时间,我对她那样好竟然一点也没感动她,这女人的心真是铁石做的。我真真是一个头脑简单的浑蛋呀。

我还想告诉你一件事情,你愿意听吗?潘金盈含意莫明地笑着。

德武像没有听见一样依旧看着墙角。

你是一个很性感的男人!她把嘴唇贴住他的耳朵低声说。你是少数几个能让我兴奋起来的男人之一,和你在一起的那些时间,我得极力控制自己才能不显露我身体的悸动和心里的快乐。你很棒,好哥哥!

德武把脸扭向了一边,要不然,他怕嘴里憋着的那些骂语会冲开嘴唇。贱货!烂货!混账女人!

你知道我现在最想做什么?她笑意盈盈地问。

德武冷冷瞥她一眼。

就是亲你一下。她猛地在他脸上亲了一下。德武急忙嫌恶地扭开了头。

你是我的最大战利品!我没想到能把中国998核武部队的作战局长掌握到手里。在最初见你的时候,说实话,我不敢相信自己的表演能骗过你,我过去扮演过服装设计师、医生、中学教师,但扮演抑郁症患者在我还是第一次,我非常担心露馅,是你,给了我信心。

德武的心又被狠狠地剜了一下。我的确愚笨,竟被一个小女子骗得团团转。我的警惕性都到哪里去了?还是一个作战局长?!连一个道观里的道长都不如。

门被突然推开,潘金满恶狠狠地走进来。德武的心一悬:难道他能在这么短的时间里辨出真假来?

孔德武,我已经警告过你,也惩罚了你两次,可你还是想跟我玩游戏!

什么游戏?德武只有不动声色地反问。

你还在给我装?你以为我核对不出来你给我的是假情报?我告诉你别低估我的力量,可你仍然把我的话当作耳旁风,你以为我好糊弄?告诉你,我的人早已利用中外联合水资源调查、登山探险和文物考古等名义,对一些目标进行了悄然测绘。

我怎么会糊弄你?德武满脸委屈。

酒泉作为一个导弹发射实验基地,国内外人所共知,它早就在外国导弹的瞄准之下,在这样一个地方设立核弹仓库,风险极大,但也不能完全排除,正因如此,别人的卫星才反复对这一带进行了搜索,我的人才对这个地域进行了实地反复侦察,你刚才说的那个地方,我的人已经去过,根本没有核储备库的影子!

德武心里一惊,这么说他已弄清了,这个狗东西能量可是真大。

你还有什么话说?

那可能是我退休后上边才撤了酒泉的核储备库。我给你说,为了应付不测,核武部队的设施变化一向很快。

你甭给我再胡编乱造,为了惩罚你这次的编造欺骗行为,我决定,缩短你的思考选择时间,现在是晚上七点十八分,八点整你必须做出选择,一过了八点我就按我的计划进行,到时候你可别怪我无情!为了帮助你思考,我让你听一段录音。他边说边按了一下他手中拿着的那支笔,那笔帽里先是响起了几个男人的淫邪笑声,随后又响起了孔醒一声惊慌之极的喊声:爸爸——

潘金满,你——德武猛地跃起身子想去抓住对方,却不想双腿一软又让他坐回到了椅子里。

放心,孔醒八点之前还是安全的,但八点之后,比你能想象到的更悲惨的事情都会发生。你如果想拿你妻子和女儿的身子和性命来做实验,那你就继续跟我玩花招吧!金盈,把你的手表放在他面前,让他看着他妻子女儿生命终点的临近。

那金盈闻言麻利地从手腕上褪下一块精致的女表,将它"咔"的一声卡在了他的右手腕上。

德武绝望地看着那表盘上秒针的移动。怎么办?我低估了这个杂种的能量,看来他的计划比我想象的还要周密。他既然如此处心积虑地要达到目的,给他来假的肯定不行。难道真要向他投降?如果不是樊怡和孔醒在他们手里,他休想得逞,可如今咋办?就给他一些情报?待自己脱身后再迅速报告部队来加以弥补?这样做行吗?部队损失肯定很大,何司令知道后会怎么看?一定会说自己是一个软蛋和内奸,组织上会怎么处理自己?党内处分?开除军籍?判处徒刑?可不这样做还有什么办法?自己死了也就算了,算是咎由自取,可真的也让妻子女儿含愤去死?不!……

时间在飞快地流逝,二十分钟眨眼间就已过去。潘金满这时匆匆走进来,将一张机票塞到潘金盈手里说:十分钟后,你开始下楼,我随后也撤。看来要让孔德武答应我们已不可能,该走的人全走,准备发行动终结信号!

是!潘金盈一脸肃穆地应完,便急步去了另一个房间。

孔德武,我们马上就要永别了,临别之前,我有两件事要告诉你,第一,你甭期望998部队会给你烈士的待遇,甭希望会享有死后的荣耀,你很快就会作为一个生活腐烂的反面典型在部队和社会上传开;第二,你甭期望我们会被抓住,我的人会很快坐国际航班消失得无影无踪。这次行动以失败告终,在我,损失的是时间、精力和金钱;在你,是三条性命。好了,算我目标选择不准,算我判断失误,算我识人本领还不到家,算我失算。我俩的较量,你胜了,再见吧!

潘金盈这时神色匆忙地拎着一个提箱走过来,没看孔德武,只是朝潘金满看了一眼。潘金满抬腕看了一下表,只说了一个字:走!她便急步向楼梯间走去。潘金满随即也拎起那个装钱的大箱子转身向外迈步。

等等!德武这时绝望地喊。

潘金满扭过头来看着他。

我按你的要求做,你想要什么都可以!德武痛苦而无奈地低下了头。我只提一个要求。

说!

我只做这一次。你们以后永远别再找我,再不打扰我,我们再也不见面了,我们从此各过各的生活,你们永不以此要挟我。

我答应。

唉。德武长叹一口气。我死无所谓,可我不能不管我的妻子女儿,何司令,万盛,长铭,你们骂我吧,唾弃我吧,处置我吧,我扛不下去了,我不扛了……

真的想好了?

想好了。德武痛苦地闭上了眼睛。

可我现在已不敢再相信你了,你万一再给我假情报怎么办?说实在的,我不可能去一一核对验证,要真能全验证,我还找你干啥?

那你要我怎么办?德武急忙睁开眼睛。

现在只有一个办法,就是你去扫描一份文件。

文件?什么文件?德武一愣。

据我们了解,前不久你们核武部队开了一次重要的战备会议,这次会议形成了一份绝密的会议纪要,估计这份纪要总共只印了几份,只要能扫描了这份绝密纪要,我们就算达到了目的,你我的合作也算成功了,我会立马让我的人在澳大利亚那边送樊怡和孔醒上飞机,你们一家人很快就会团聚,该你得的第二笔钱也会立马交给你。你从此可以安心过你的日子,我的人绝不会再来打搅你。

我怎么可能拿到这份绝密文件来扫描?德武骇然了,他没想到潘金满还知道这次会议,知道有一份绝密的会议纪要。

这个杂种有如此大的神通？

你当然可以拿到，你以为我们不知道他们对你的信任？你还是这次会议的筹备者之一。

德武眼瞪住对方，没能掩饰自己的震惊：你知道的还真多！

我们一直在监听你的所有电话，在监视你的全部行踪，我们早已在你的手机里安装了间谍软件，你的所有通话和来往短信包括通话时的环境声音，我们都知道得一清二楚，你说我还能不知道吗？你早上不是问露台上那些锅状的小东西是什么吗？现在可以告诉你了，那都是些高精度的信息接收器，有关你的任何信息都通过它们被收集储存起来。

德武打了一个寒噤。他努力让自己镇静下来，选择着拒绝的话：我是参加了这次会议的前期筹备工作，但因为我已退休，正式会议并没参加，根本没有参与文件的起草。对于已形成的文件，你也知道，凡绝密级的，一律存放在有层层安全设防的保密室里，不是谁都能接触到的，我一个退休人员实在无法满足你这个愿望，希望你能谅解。德武说得小心翼翼，唯恐他们再次变脸立刻就走，他现在从心底里害怕起潘金满了，这个可怕的六亲不认的杂种。

我明确告诉你，现在，你们998部队只有不多的几个地方我电磁武器的进攻无法得手，其他的地方，只要我的电磁武器一发起进攻，其中所有电脑里的信息，都可以收取到我的电脑里。

电磁武器？德武惊道。

没听说吧？这种武器目前世界上只有两个地方有，一个是美军的电磁打击分队，一个就是我所在的公司，我们有和美军能力相媲美的电磁技术精英人物。这种武器在一点一公里的范围内,只要对准目标房屋的一个窗户扣动扳机,神不知鬼不觉,就可以使那间房子里的所有电脑运作瘫痪或将电脑中的全部信息夺取过来。我本来是可以不求你的,但没想到你们的作战室、作战值班室、保密室、首长办公室、首长会议室和作战局的几个办公室,竟都具有抗电磁武器攻击的能力,我不知你们在这些地方装了什么高能级的抗电磁打击的东西,没办法,我只有让你去办这件事了。

作战室并不存绝密文件的。德武只能再次说明。

绝密文件是要存放在保密室里的,但因这份文件作战部门随时要用,且作战室的安防设施与保密室是同一个级别,故你们作战室的保险柜里就也存了一份,而且那台专打作战文件的笔记本电脑也存在这个保险柜里。这份绝密文件,一般的退休干部的确无法接触,但你可以,因为你深得程万盛的信任,你仍然可以进自己原来的办公室,可以进作战室,自然有办法打开作战室的保险柜,你完全可以拿到这份文件进行扫描,当然,你如果不想拿,我们也不勉强你,我们原本已经决定撤销这次行动,我们这就走。潘金满边说边迈出了门。

等等。德武急切地喊。

潘金满再次扭过头来,看着德武,冷着脸不语,静等着他开口。

要不,我去试试。

潘金满摇着头:不,我不想听这种模棱两可的话,试试?我没有时间等你去试,我要肯定性的回答,干还是不干?!

我……干。

那好。潘金满返回屋子,他同时示意潘金盈也走了回来。

但我有一个条件! 德武说。

又是一个条件,你总共要提多少条件? 你可真是一个能提条件的人,你不像一个作战局长,倒像一个首席谈判代表,讲吧,什么条件?

我希望你让我的妻子和女儿现在就去机场,在我扫描了那份文件后,我要确认她们已经到了机场并拿到了回国的机票;在她们过了安检坐进机舱之后,我才能把文件的扫描存储U盘或复制件交给你。

我可以答应你的条件,但我需要查一下航班时刻表,以确定在北京时间的今天晚上,澳大利亚那边有无飞往中国的航班。

如果没有,我就等,直到有航班了我再动手。

你等等。潘金盈这时打开她的提箱,很快地掏出手提电脑并打开,几分钟后,她说:北京时间明天凌晨三点,有一趟悉尼飞往北京的航班。

樊怡和孔醒她们在墨尔本。德武急忙提醒道。

潘金满笑笑:她们现在在什么地方你并不知道,知道她们准确住址的是我们而不是你。好了,你的条件我答应,当你拿到文件后,你会在电话里听到孔醒向你说她和她妈妈在悉尼机场的什么位置。

你要我什么时候动手?

当然是越快越好!

你得恢复我的行走能力吧?不然我怎么去办公楼?

那是自然。潘金满朝潘金盈点了一下头,潘金盈立刻从自己的手袋里摸出一个注射器样的东西,朝德武的手腕上轻轻一扎。

大约需要二十分钟,你就可以恢复得很像常人,记住,只是"很像常人",并不是恢复如常,完全让你恢复如常需要等我们的交易全部进行完之后,希望你能理解。潘金满边说边

317

看了一眼腕上的手表:现在马上就到八点,给你两个小时来办完这件事情,也就是说,十点之前你应该将文件扫描复制完毕。这个时间段因为人们都还没有休息,你们机关办公大楼还有加班的人员,人们的警惕性并不高,警卫战士对你出现在办公楼也不会惊奇,你可以从容动手。

万一到时间还没拿到呢?

没有万一,你必须在这个时间内扫描完文件,你有足够的时间来办此事。喏,这是你扫描复制文件的工具。潘金满边说边把一个小巧的手机放到德武手上,你只需将手机的这个部位对准文件,每一页按一次按钮就行。你用这个手机可以同时和我通话,任何人都窃听不到我们的通话内容。

好吧。德武将那个手机装进衣袋,急切地想向外走。

先别急。潘金满扯住他,我还有话要跟你说:第一,不要关掉手机,它是我们的联络通道,如果你关掉手机,我就视为你单方面撕毁我们的协议,我会立刻下达处置樊怡和孔醒的信号;第二,这个手机可以拨打其他电话包括警察的电话,但我会听到你的全部谈话内容,一旦你拨通任何别的电话或告知别人你的处境,我会立刻下达处置樊怡和孔醒的信号;第三,不要企图再和我玩花招,你现在只是暂时恢复行走能力,你没有和人打斗的力量;如果没有我们的帮助,两小时十分后,你会失去说话能力;两小时二十分之后,你会重新失去行走能力;两小时三十分之后,你的呼吸会衰竭,心脏会逐渐停止跳动!

我已答应了你,你还要置我于死地?德武不由得又脸带怒气。

怎么会置你于死地? 我这只是一种预防措施,待会儿金盈会陪你下楼,开车送你去办公大院门口,然后就在门口的车里等你,你十点之前出来,她会马上再给你注射一次解药,那时,你就没有生命危险了,会完全复原。

你想得很仔细!

没有办法,我们这是做特殊事情,手段也必须特殊。

作战室里有先进的屏蔽装置,那里既接不到也发不出任何无线电信号,一旦我进了作战室,这个手机即失去了作用,我们的联系也会中断,这一点你要明白。

这我估计到了,不过你只要一出作战室,我们的联络就又恢复了。

我现在可以走了?

潘金满没说话,只是扯过那只装钱的提箱:这首笔酬金让金盈帮你提走。

德武只看了一眼那钱箱,就扭开了脸。

金盈,你们可以走了。潘金满这时下了命令。

好的。潘金盈笑笑,一手提起了那个装钱的提箱,一手伸过来挽起孔德武的手臂亲昵地叫道:孔哥,咱们走吧。

德武迈步时才知道,两条腿还是那样的沉……

5

电梯直下到了地下停车场。德武和潘金盈刚出电梯,一辆黑色的挂有 998 部队牌照的帕萨特轿车就停在了他们面前。潘金盈麻利地打开后车门,挽着德武上了车。他们还没坐稳,车就急速地向出口开去。

那司机显然对这一带的道路很熟悉,很快就左拐右绕地将车径直开到了德武家住的那栋楼下。潘金盈这时附了他的耳朵说:我们现在去你家,把该你得的首笔钱放到你家里,你同时也好拿上进办公楼的证件。德武心头又是一震,这伙人想事可真周密。他没再说话,下车后就进楼上了电梯,潘金盈一直跟在他的身后。到了自己家里,德武在客厅里愣愣站了一刹,才想起去拿证件。他觉出自己身上的力气有所增加,但腿还沉得厉害。

嫂夫人长得可真漂亮!潘金盈看着墙上挂着的孔家三口的合影照说,孔醒也已经是个美人了,在学校不定有多少男生追呢。

德武没有理她,他现在一听见她的声音就感到恶心。

重新下楼坐上车,司机把车径直开到了998核武部队的办公大院门口。车停下时,那司机方回头说了一句:孔局长,祝你顺利,我们就在附近等你。德武这才看清,开车的原来是臧北。

狗东西!德武一边在心里骂着一边应了一声:好吧。他们四个人我竟一个也没识破,真是蠢到家了。德武再次感受到了悔恨带给他心区的一股尖锐的疼痛。他随即下车,向着办公大院的大门走去。

尽管是晚上,尽管德武穿着便装,尽管他已办了退休手续,可当他经过大门和楼门两道岗哨时,并没遇到盘查,站岗的卫兵都像过去一样向他微笑敬礼。大家都认识他,都知道他是经常加班的作战局长。他顺利地走进了楼下大厅,把自己的身份卡在电梯前的识别屏前一贴,电梯门才得以打开。没有身份卡,是不能进入电梯的。在你进入电梯的同时,你的影像已传入到大楼监控室了,监控室里的计算机会很快根据已存的影像资料与你的影像加以对照,识别你是不是一个外人,外人即使跟着楼里的熟人进了电梯,监控室也会立刻发出警报的。他向电梯顶看了一眼,在心里道:但愿你们能看出我要去干什么。

今晚作战局没人加班,除了作战值班室亮着灯外,所有办公室的灯都是黑着。德武机械地向自己的办公室走着,这条路过去走过无数次,可没有一次像今晚这样,感觉就像在向刑场走一样,内心里充满了恐惧和绝望。他一边听着自己的脚步声一边在心里骂自己:孔德武,你这是在背叛你服务了三十多年的军队,在背叛你的国家!可不这样又能怎么办?难道就让我的妻子女儿去死吗?让她们抛尸异国他乡吗?人的生命是不是最宝贵的?是不是要以人为本?如果别人处在我的境地,会不会和我一样?

快到了吧?潘金满给他的那个手机里这时突然传出了声音。德武闻声一惊,怎会没有铃声就有了声音?急忙掏出手机看了看,然后才应道:快了。说完,他又紧张地朝走廊两头扫了两眼,觉着心跳明显地加快了。

我在静候佳音!潘金满的声音倒异常平静。

德武走到办公室门口,先把钥匙插进去,再把手朝指纹识别器上一贴,门"咔"的一声自动打开了。他觉出两腿有些哆嗦,几乎是一步一挪地走到办公桌前,一屁股坐到了椅子上。也许是过于紧张,也许是潘金满注进他体内的药物在发挥着作用,也许是刚才的那些动作耗走了他的力气,反正他只觉得累,他大口地喘息着。他的办公室的另一扇门通着作战室,他默望着那扇门在心里问着自己:我真的要走进去吗?走进去很容易,他口袋里就装着密码门卡。打开保险柜也很容易,开保险柜的密码他一直记在心里。可真的走进去吗?真的为潘金满打开保险柜吗?

开始了吗?手机里又传出了潘金满的声音。

马上就可以开始,但我要先和我的女儿通电话!

行。她们正在向机场赶,我建议你先做事情,这样可以不耽误时间,我们的时间很紧。你可以看看我给你的手机,屏幕的左上侧那个闪烁的数字,是倒计时的数字,我在原来说定的时间基础上,又给你增加了一点,一旦那个数字变成零,你就会发不出声音,左胸部的心区也开始难受,所以,为了不出意外,保证你的生命安全,你应该尽可能提前办事,尽量节省时间。

德武看了看手机屏幕左上侧那行不断变小的数字,还有五十七分钟二十二秒。足够了。我必须在和我女儿通完电话后再办事情!他对着手机说。也许是潘金满不在身边的缘故,他感到自己的声音又有些强硬起来。要不是我的妻子和女儿在你们手上,我会跟你们这样说话?

好吧,就按你的意见办。潘金满并没对他的强硬表示不快。她们很快就可以到达机场,电话接通后我会告诉你,你可以先稍事休息。你估计你一旦开始,大约在多长时间内可以办完事情?

十五到二十分钟。

好,那我们为你设定的时间很充裕。

金满,我马上就要为你去办事了,但办之前,我想弄明白一个问题。

说吧,我们可以抓住这点时间聊聊天,我们的通话经过世界上顶尖的无线加密高手加过密,不用担心别人会听到。

你真的只是为了钱?

我好像已经给你说过,不全是为了钱,但钱非常重要。

你还为了什么,能告诉我吗?

为何现在又问这个?

我一直在奇怪,你为什么对核弹仓库的位置和核弹的运输方式那样关心？

我好像也给你说过吧？

说过这情报更值钱。

的确有个买家对这信息特别感兴趣，表示单这一个方面的信息，就可以给我一个相当大数字的美元。

你估计他们买这信息是想干啥？

大概是想炸了吧！我听他们中的一个人说过，用汽车炸弹和自杀式袭击根本打不疼对手，只有用更厉害的动作，才能让世界发抖；如果炸了一个核弹仓库，引爆了核弹，那会比炸几座大楼和几列火车影响大出许多。

德武吸了一口冷气：他们怎么炸？

这我就不知道了。不过你既然已投身这件事中，我可以告诉你我的猜测。

我想听真的，我在为你干事，你起码得让我明白我干这事的意义。

当然要告诉你真的，我们已是朋友。

"朋友"这两个字让德武的眉头一皱。

他们的第一个办法，很可能是通过在远处发射导弹来引爆核弹储备库。

哦？

第二个办法是潜进核弹仓库进行引爆。

这是痴人说梦，没有谁能潜进这种仓库的。

别说那么绝对，不是有人潜进了他国的国防部？成了他国总统的红人？

说下去。

第三个办法就是在路上拦截，当有部队来领核弹头时，他们想法在路上截走。造一枚核弹比截一枚难得多了。其中有一个大买家,他就最想这样干,他说他一定要弄一个这种炸弹玩一次。

玩一次?

就是要试试它的威力!

那还用试吗?世界上进行的这种试验还少吗?它的威力很大,而且实验这种东西可不是少数人就能进行的,试它也不是好玩的。

他说的试可不是在沙漠戈壁或者海上试,而是要在人口稠密的地方试。

什么意思?德武张大了嘴。

那人说,他想在美国或英国抑或法国、德国、日本、俄罗斯的大城市里弄响一颗这种东西,看看它究竟能搞死多少人!最好是在纽约、伦敦、巴黎、柏林和东京、莫斯科这样的城市里搞,死的人越多越好!他将因此被全世界记住名字,他的名字也许还会被永久地记在人类发展史上,人类的每个发展阶段都需要伟人!

他疯了?!德武的嘴张得很大很大。

他很清醒,他说,要彻底毁掉一个国家必须毁掉它的经济,而要毁掉一国的经济,必须用恐怖手段来毁掉这个国家的安定,核弹爆炸是彻底毁掉一国安定的最佳方案。当年,欧洲有四千亿欧元的游资,美国一打科索沃战争,欧洲失去了安定,这笔钱中的两千亿立马去了美国,另外两千亿到了香港。美国为了把到香港的两千亿也弄走,又朝中国驻南斯拉夫使馆扔了炸弹,中国人一抗议游行,立刻也给人一种不安定的感觉,于是,到香港的那笔欧洲游资,也很快到了美国,这对美国当时的经济繁荣发挥了不小的作用,由此你可以明白,安定对一个国家是多么重要。

毁掉别国的安定、毁掉别国的经济、毁掉别的国家对他有什么好处？

他说他就是想让这个世界痛苦，就是想让这些国家痛苦！在他眼里，玩提包炸弹太小儿科，用手枪、冲锋枪暗杀更如蚊子叮人，不可能让这个世界恐惧、颤抖和痛苦。

你怎么可以支持他们这样干？

我当然要支持，我非常欣赏他们这些想法，这个肮脏的不公平的到处充满歧视的世界需要彻底改造！我们需要把它彻底打烂！只有打得稀烂才能重建一个新世界！我还要告诉你，如果他们真能从核仓库里搞到两颗核弹，我宁愿少要钱也会请求给我留下一颗，我也要同时在中国弄响一颗，最好是那种大个的，要能造成唐山大地震那样的效果最好，我要让这个国家和这个国家里的人都能感觉到疼！都能像我当初遭受磨难那样痛哭失声，都能像我当初那样流出鼻涕眼泪，我渴望听到哀叫，我愿意看到有人跪地向老天求饶！

德武瞪大了眼，惊得发不出声音。

你在听吗？是不是吓住了你？我这只是在说将来的计划，现在离那一步还有很远很远，我知道弄出一个核炸弹不是那么容易的。也许需要几年的努力才行！好了，你期盼的电话来了，孔醒已经到了机场，你现在按一下你手机上的#字键，就可以通话了。

德武一听这话，急忙按了一下#字键，对着手机喊：孔醒，是你吗？

爸爸——孔醒带着哭音喊。

你是和妈妈在一起吗？你们现在是在悉尼机场吗？

是的，我看见了悉尼机场的标牌，可我们离进港口还有几百米——

电话一下子断了。德武又喊了几声,但毫无回音。潘金满的声音这时又响了起来:孔大哥,孔醒她们正在向进港口走,你开始行动吧!

德武的心开始抽疼,但他不得不站起身子说:好吧。随后,他开始向那扇通往作战室的门走。他掏出密码门卡在门锁上一刷,门上立刻出现了可以打开的绿色光点,就在他要去推门时,潘金满刚才说的那些话又一下子在他耳边响起来……他想在美国或英国抑或法国、德国、日本、俄罗斯的大城市里弄响一颗这种东西,看看它究竟能搞死多少人……我也要同时在中国弄响一颗,最好是那种大个的……

他的手又慢慢缩了回来:这真是些疯子。他们不仅仅是要情报,他们的最终目的是要获取核弹制造恐怖事件,是要无数无辜的人失去生命!他骤然间想起那个记述日本广岛原子弹爆炸情景的纪录片,记起了核弹爆炸时的那种恐怖画面。如果我把那份绝密文件扫描复制给潘金满,我不就成了这些疯子的帮凶吗?不也成了恐怖分子?当然,他们拿到密件并不等于能弄出核弹,可这毕竟是帮着他们朝着他们的目标迈进了一步。万一呢?万一他们的阴谋成功了呢?他们不是已把你给制伏了?你要充分估计到他们的能量!这种万一真的出现了,那将是怎样一种可怕的情景?你要参与这骇人听闻的谋杀吗?你愿意看到几万、几十万、甚至几百万人的死亡吗?为了不让自家三口人的生命受到威胁,就让那么多人的生命受到威胁?用那样多的生命换取自家三口人的性命,这是不是太自私太残忍了?樊怡、孔醒,我该怎么做?救我们全家的代价竟如此可怕!你们想到了吗?让那样多的人去死而我们活下来,我们能活得好吗?

还有别的办法吗?没有,只有两种选择,要么按他们的要求做,要么……

醒儿,爸爸想做一种选择,那就是我们不活了,和潘金满拼了,从而让很多人的生命不再受到威胁,你们说行吗?……

行还是不行?行,我相信你们会这样说的,真行吗?那我就要干了……干了!

你怎么样?手机里又传出了潘金满的催促。你总共还有二十一分钟!

正在开门。他对着手机说罢,猛地拉开了那扇门。

你的手机里有四发子弹可以护身,把手机的顶部对准威胁你的目标,连按五次3字键,然后按动9字键,子弹就可以发射。

明白。德武一脚踏进了作战室。他知道,一进作战室,任何无线通信装置包括潘金满给他的手机都将失去作用,这里有最强大的屏蔽设备。

德武进了熟悉的作战室,并没有去看放在墙角的那个巨大的特种保险柜,而是径直走到作战专用的红色电话机前,拿起话筒迅速地拨通了程万盛的专用保密手机,程万盛刚应了一声,德武就急切地说:万盛,我现在在作战室,因时间宝贵,请立刻照我的话去做,先不要问为什么。第一,立刻启动大功率无线干扰机,切断方圆三公里内的所有手机和其他无线通信设备;第二,立刻让警卫一连以最快的动作包围海盛园小区,迅去七号楼603室将一个持澳大利亚护照、名叫潘金满的恐怖分子抓住,他现在很可能已不在七号楼,但应该还没出小区;第三,立刻让警卫二连封锁我们家属院各出口,拦住一辆挂有军牌的黑色帕萨特轿车,车号尾数为5677,将车中的一对男女抓住;第四,立刻派一个班的人去东方大酒店餐饮部把一个名叫方韵的女子抓住;第五,通知各核弹储备库,立刻加强戒备,严禁一切外人靠近;第六,通知各核武部队,提高对恐怖分子和敌特活动的警惕,尽快对驻地周围的社情、特情展开调查!

明白!程万盛显然意识到了事情的紧急,即刻答道。

德武又让一号台以最快的速度接通了荆长铭的电话,荆长铭应答的声音里还带有对德武的不满:姓孔的,你有什么事明天再说,我现在要休息!

听着,长铭,这是你我之间的最后一次通话了。

你什么意思?

我还有十二分钟的时间就要走了。

走?去哪里?和你那个小蜜?到海边去过浪漫生活?

去另一个世界。

你想吓唬谁?

你对我的怀疑是对的!我在女人身上栽了跟头,而且事情比你想象的还要严重无数倍,已无法补救。我现在有两句话要告诉你:第一,我错怪了你这个好战友;第二,我对不起荆尚这孩子,我毁了他和孔醒的幸福,向小尚转达我对他的歉意!

等等,你在什么地方?

德武放下了电话。该做的都已经做了,他看了看手表,还有六分钟时间,他让自己喘了两口气,然后拨通了作战值班室值班员的电话,值班员一听声音,立刻恭敬地说:老局长,你还在忙?

麻烦你在十分钟以后,让勤务班来几个战士到我办公室,你替他们开门。

是。老局长。

他放下了电话,急步返回到自己的办公室里,几乎在他刚一离开作战室的屏蔽,手机里就传出了潘金满焦急的声音:老孔,得手了没? 你的时间快没了!

开保险柜遇到了点麻烦,已经得手,正在下楼。

好,金盈已做好立即给你注射解毒药的准备,你要快步走——他的话音戛然而断,德武知道那是大型干扰机开始工作了。

德武慢慢在办公桌前的椅子上坐下,如释重负地叹了口气,然后从容地去看手表……还有两分钟……还有一分钟……还有五十秒……四十秒……三十秒……陡地,他感到了一股从未体验过的凉意从小腹那儿升起,来了,来吧! 樊怡,孔醒,实在对不起,一切都因我的错误而起。我没能保护好你们,我不是一个好军人,也不是一个好丈夫,更不是一个好父亲……如果你们已经走了,就等等我;如果我走在了你们的前边,我会在路边等你们的……

我们会见面的,我们一家因我的错误生离死别,只能到那个世界再相聚了……

6

荆尚闷闷不乐地走出998核武部队的计算机处理中心大楼,向办公大院的门口走。办公大院里的路灯光映着那张满是忧愁的脸,连续几天了,他和孔醒一直没联系上。这很反常。电话座机没人接,手机在关着,发过去的电子邮件也没任何回音。出了什么事情? 平日,他们是每天都要联系一次的,要么是座机电话,要么是手机,要么是电子邮件,可这几天是怎么了? 母女俩出去旅游了? 旅游也可以开手机呀?! 是旅游的地方没有信号吗? 出去旅游为何不预先打个招呼? 真是奇了怪了!

嘟嘟嘟。一阵急骤的哨音惊得荆尚抬起头来。路灯下可见,警卫连的几十个战士持了枪正飞步向大门外跑去。出了什么事?

少啰嗦,快走,闪开! 办公大院门口哨兵的呵斥声又惊得荆尚抬起头来。他这才看清,平日常在家属院卖报纸的那个老邱推着三轮车站在大门外,哨兵正在赶他走开。荆尚紧走几步,问那两个哨兵:怎么回事?

他非要我们立马跟在办公大楼的孔德武局长联系不可。哨兵立正答道。

孔德武局长这会儿在办公楼里? 荆尚一怔。

是的,孔局长进去时间不太长。哨兵点头。

你要他们跟孔局长联系干啥? 荆尚转向老邱,他认识这个卖报纸的,但在这之前他还从未同他说过话。

是这样,上尉,老邱看着荆尚的肩章说,孔德武首长进办公大院前,托我去街上的药店里给他买点药,说他急着要用,所以我想请哨兵给他打个电话,就说我帮他把药买来了。

他托你给他买药? 荆尚惊奇了,他怎会托你给他买药?

他平日常在我这儿买报纸,一来二去就熟了。他刚才恰好碰到我,可能身子不舒服又去办公楼里有急事,所以就托了我——

药在哪儿? 我给他送去! 荆尚伸出手。这事让他觉着意外而惊奇,退休了的孔伯伯为何在夜晚进到办公室,而且又是匆匆忙忙带了病去,还让人去买了药送过来?

你帮忙送给他最好,要快些! 老邱急忙把一个纸包递给荆尚。荆尚接过扭头就向作战局的那栋办公楼走。走进大楼大厅时,一股好奇涌上心头,孔伯伯急切托人买的什么药? 是心脏不舒服？他顺手打开了那纸包，他最先看见的是一个小纸盒；纸盒里装着一支类似糖尿病人注射胰岛素的注射器，注射管里有药水；随后看见了一小张纸，纸上用钢笔写着几行大字：孔德武同志，我是你认识的那个卖报纸的老邱，真实身份是国家安全部的19号，负责跟踪恐怖分子。我从你刚才进办公大院的步态中发现，有人已经让你服了SHE毒药，这是近一阶段国际恐怖分子新发明的剧毒药物，我们也是刚刚破解，请见字后立刻将注射器里的药水注进身体，任何部位都可以，不然你必有生命危险！切记！

荆尚震惊地抬起头。尽管他不明白这些话的全部意思，但军人的敏感让他知道孔伯伯出了大事，他先是很快地向仍站在办公院大门口的老邱看了一眼，然后就猛地向电梯跑去。他平日为检查作战局的电脑防火墙来过这栋楼，所以他持有进电梯的身份卡而且熟悉孔伯伯的办公室位置，他几乎是一口气跑到了那个门口。作战值班室里的值班员可能听到了荆尚急切的脚步声，"咣"一声拉开门问：你找谁？

快，打开孔局长的门！荆尚喊。那位值班员显然意识到了情况紧急，忙用自己的门卡去开门，门开后，荆尚看到的情景令他惊骇不已：孔伯伯扑倒在办公桌前的地上，脸孔着地，身子一动不动。

伯伯——

他先是嘶喊了一声，随后捏着药盒跑了过去……

2008.10.26 第一稿

11.26 第二稿

2009.02.15 第三稿

04.26 第四稿